SCIENCE FICTION

Herausgegeben
von Wolfgang Jeschke

Ein Verzeichnis aller im HEYNE VERLAG
erschienenen STAR-TREK®-Romane finden Sie
am Schluß des Bandes.

JOHN VORNHOLT

STAR TREK
THE NEXT GENERATION

HINTER FEINDLICHEN LINIEN

DER DOMINION-KRIEG 1

Roman

**Star Trek®
The Next Generation™
Band 65**

Deutsche Erstausgabe

**WILHELM HEYNE VERLAG
MÜNCHEN**

HEYNE SCIENCE FICTION & FANTASY
Band 06/5765

Titel der amerikanischen Originalausgabe
THE DOMINION WAR 1:
BEHIND ENEMY LINES
Deutsche Übersetzung von Andreas Brandhorst

Umwelthinweis:
Dieses Buch wurde auf chlor- und
säurefreiem Papier gedruckt

Redaktion: Rainer-Michael Rahn
Copyright © 1998 by Paramount Pictures
All Rights Reserved.
STAR TREK is a Registered Trademark of Paramount Pictures
Erstausgabe by Pocket Books/Simon & Schuster Inc., New York
Copyright © 2000 der deutschen Ausgabe und der Übersetzung
by Wilhelm Heyne Verlag GmbH & Co. KG, München
http://www.heyne.de
Printed in Germany 2000
Umschlagbild: Pocket Books/Simon & Schuster, New York
Umschlaggestaltung: Nele Schütz Design, München
Technische Betreuung: M. Spinola
Satz: Schaber Satz- und Datentechnik, Wels
Druck und Bindung: Ebner Ulm

ISBN 3-453-17089-X

*Für Dennis,
der mich List und Tücke lehrte.*

1

Ro Laren sah zu den gelben Wolken empor, die unruhig über den steilen Hängen der fernen, olivgrünen Berge verharrten. Sie sah nicht die Schönheit des Himmels während der Dämmerung, auch nicht die Pracht des blühenden Landes kurz vor der Ernte. Ihre Aufmerksamkeit galt Kondensstreifen: Sie stammten von Shuttles und kleinen Transportern, die den Planeten Galion verließen. Die frühere Starfleet-Offizierin wußte, daß die meisten jener Schiffe kaum mehr waren als Schrott und nicht einmal über ein Warptriebwerk verfügten. Wohin wollten sie fliehen?

Ros Hände verharrten über den gut gediehenen Tomatenpflanzen in ihrem Gemüsegarten. Wer hätte gedacht, daß sie so großen Gefallen daran fand, dem Boden Nahrung abzugewinnen? Sie hatte plötzlich das Gefühl, daß sich eine Schlinge um ihren Hals zusammenzog, ihr die Luft abschnürte, und aus einem Reflex heraus ballte sie die Hände zu Fäusten. *Es ist nicht gerecht!* Kaum hatten sie so etwas wie Frieden gefunden, wurden sie mit dem Schrecken eines neuen Krieges konfrontiert. Ro Laren kannte das Grauen nur zu gut: brennende Ruinen, zerfetzte Leichen, erbärmliche Flüchtlingslager – daraus bestanden ihre Kindheitserinnerungen. Der neue Krieg war nicht ihr Kampf, aber neben ihm verblaßten alle anderen Konflikte zur Bedeutungslosigkeit.

In der Wellblechhütte, die ihnen als Heim diente,

wurde eine Tür geschlossen. Ro hatte bisher neben ihren Tomaten gekniet, atmete nun tief durch und erhob sich. Schlank, von körperlicher Arbeit abgehärtet, das braune Haar kurz – sie war eher beeindruckend als schön. Deutlich traten die Nasenknorpel hervor, und am rechten Ohr trug sie den traditionellen Schmuck, Zeichen ihrer bajoranischen Abstammung in dieser hauptsächlich aus Menschen bestehenden Maquis-Gemeinschaft.

Ro wischte ihre Hände an der Schürze ab, die sie über dem zerrissenen Overall trug. Schritte knirschten leise auf dem dünnen Boden der aus vorgefertigten Teilen bestehenden Hütte. Derek schien angespannt zu sein; vermutlich sammelte er gerade genug Mut, um ihr gegenüberzutreten.

Die Tür schwang auf, und das Geräusch der Schritte setzte sich auf dem schwarzen vulkanischen Boden fort. Nur eine Kombination aus hydroponischer Technik, chemischer Düngung und kontinuierlicher Bewässerung hatte dafür gesorgt, daß hier etwas wuchs. Ro wollte diese Erde noch nicht verlassen – es steckte zuviel von ihrem Schweiß darin.

Der Mensch kam um die Ecke der Hütte und blieb stehen, als er sie sah. Hängende Schultern und müde blickende blaue Augen vermittelten eine klare Botschaft. Selbst dem Schnurrbart gelang es, kummervoll zu wirken. Der grauhaarige Mann war ein ganzes Stück älter als Ro Laren, aber sein verwegener Charme hielt ihn jung. Heute konnte dieser Charme nicht über die Sorge in einem wettergegerbten Gesicht hinwegtäuschen. Derek hatte sich einst als Schmuggler und Waffenhändler seinen Lebensunterhalt verdient, und Ro war es gelungen, ihn auf die Seite des Maquis zu ziehen. Er handelte noch immer mit Waffen, aber jetzt ging es ihm vor allem darum, den Maquisarden zu helfen.

8

Sie lief zu Derek und schlang die Arme um ihn. Eine Strähne seines grauen Haars strich ihr über die Wange, und er hob ihr Kinn, sah ihr tief in die Augen. »Sie haben das Angebot nicht angenommen«, sagte er. »Wir müssen fort.«

»Schon wieder?« murmelte Ro Laren und wich ein wenig zurück. »Ich bin zu oft gezwungen gewesen, die Flucht zu ergreifen – vielleicht fehlt mir die Kraft, noch einmal zu fliehen. Wir haben den Cardassianern und der Föderation standgehalten. Können wir uns nicht auch *ihnen* gegenüber behaupten?«

Derek lächelte melancholisch. »Wir haben es nicht mit den Cardis oder irgendwelchen Föderationsleuten zu tun, sondern mit dem Dominion. Niemand kann dem Dominion auf Dauer Widerstand leisten. Die Föderation, die Klingonen … Sie müssen eine Niederlage nach der anderen einstecken; die Kriegsschiffe der Jem'Hadar scheinen unbesiegbar zu sein. Die Cardassianer sind vom Dominion wiederaufgerüstet worden, haben nun erneut eine schlagkräftige Flotte und sind auf Eroberungen aus. Ob du's glaubst oder nicht: Während unsere Gesandten Tral Kliban besuchten, um dort an Verhandlungen teilzunehmen, sahen sie zwei Schiffe mit Gefangenen aus der Föderation.«

Ro schnaufte verächtlich. »Von wegen Verhandlungen. Wie sollten wir die Cardassianer davon überzeugen, daß wir *neutral* sind? Wer einmal ein Feind der Cardassianer war, der bleibt es für immer.«

»Das stimmt nicht ganz«, erwiderte Derek sanft. »Wir haben leider keinen Verhandlungserfolg erzielt, aber die Bajoraner gingen auf einen Nichtangriffspakt ein. Sie *sind* neutral.«

»Bajor?« entfuhr es Ro. »Das kann ich nicht glauben.«

Dereks trauriges Lächeln wies darauf hin, daß er die Wahrheit sagte. »Ich glaube, es blieb Bajor kaum eine Wahl. Und wahrscheinlich ließ sich das Dominion vor allem deshalb auf eine solche Vereinbarung ein, um die Cardassianer zu ärgern und ihnen zu zeigen, wer der Boß ist. *Deep Space Nine* ging verloren, und der Rest wird folgen – die Föderation steht vor dem Ende. Nur die getarnten Minen vor dem Wurmloch haben den interstellaren Völkerbund bisher vor dem Untergang bewahrt.

Wir sind kleine Fische, aber das Dominion wird sich auch um uns kümmern. Von unseren Spionen haben wir erfahren, daß sie diesen Sektor ›säubern‹ wollen, weil sie jenseits der Badlands, in Sektor 283, irgendein großes Projekt planen.«

»Worum geht es dabei?«

»Um die Konstruktion eines künstlichen Wurmlochs«, sagte Derek, und in seiner Stimme erklang dabei so etwas wie Ehrfurcht. »Dabei werden vermutlich Zwangsarbeiter eingesetzt, Gefangene aus der Föderation.«

Ro starrte Derek groß an, und ihr stockte der Atem, als sie an die möglichen Konsequenzen dachte. Ein künstliches Wurmloch im stellaren Territorium der Cardassianer gab den Streitkräften des Dominion die Möglichkeit, zwischen dem Alpha- und Gamma-Quadranten hin und her zu wechseln, ohne auf das bajoranische Wurmloch angewiesen zu sein. Es konnte sogar zerstört werden, zusammen mit allen anderen für die Bajoraner wichtigen Dingen.

»Einige unserer Zellen sind bereits zur Föderation zurückgekehrt«, sagte Ro. »Wir müssen ihrem Beispiel folgen und unseren Stolz vergessen. Wenn uns die Föderation hilft, brauchen wir vielleicht nicht zu fliehen und können dieses Sonnensystem verteidigen.«

Diesmal war es Derek, der verächtlich schnaubte. »Die Föderation kann von Glück sagen, wenn es ihr gelingt, die *Erde* zu verteidigen. Wir sind unwichtig und vergessen. Wir können nur versuchen, irgendwo einen sicheren Unterschlupf zu finden – um uns dort zu verkriechen und abzuwarten, bis alles vorbei ist.« Er lächelte schief und humorlos.

»Die stolzen Maquisarden laufen also um ihr Leben und geben all die Jahre des Kampfes auf?« fragte Ro fassungslos.

Derek trat nach einem schwarzen Stein. »Unsere Gesandten bekamen ein Versprechen von den Cardassianern. Sie geben uns Zeit für die Evakuierung, vorausgesetzt, wir greifen nicht in den Kampf ein.«

Ro starrte ihn ungläubig an. »Evakuierung *wohin*? Vor einem solchen Krieg kann man nicht weglaufen. Entweder wir kämpfen – oder wir kapitulieren und liefern uns auf Gedeih und Verderb dem Feind aus.«

»Bajor stellt nach wie vor eine Möglichkeit dar«, entgegnete Derek ruhig und ignorierte den Zorn in Ros Worten. »Denk daran, daß Bajor neutral ist. Ein Komitee stellt derzeit eine Crew für dich zusammen. Du sollst Captain der *Träne des Friedens* werden und mit möglichst vielen Passagieren aufbrechen. Wenn ihr als Bajoraner unterwegs seid, habt ihr eine gute Chance, mit heiler Haut den Raumbereich des Dominion zu durchqueren.«

»Ich war nicht einmal bei der Besprechung zugegen!« erwiderte Ro scharf. »Wer hat beschlossen, mich zum Captain zu befördern?«

Derek lächelte müde und legte seine Hände auf ihre Schultern. »Nur du kannst eine solche Mission erfolgreich durchführen, Ro. Wir müssen die Evakuierung unter Kontrolle bringen, denn sonst zerstreuen sich unsere Leute in alle vier Winde. Wir würden uns nie wiederfinden. Der Maquis muß eine Gemeinschaft bleiben, auch wenn wir vertrieben werden. Ich wäre weitaus weniger besorgt, wenn ich wüßte, daß du auf Bajor bist. Und ich verspreche dir, daß ich so schnell wie möglich nachkomme.«

Ro Laren rümpfte die Nase, und dadurch zogen sich die Knorpel zusammen. »Du begleitest mich nicht?«

»Nein. Jemand muß unsere Waffenlager in Sicherheit bringen, und nur ich weiß, wo sich alles befindet. Ich meine, wir sind nicht direkt Pazifisten, oder?« Für einige Sekunden kehrte das verschmitzte Lächeln zurück.

Mit einem Ruck schmiegte sie sich an ihn, klammerte sich fast an ihm fest, und er schlang die Arme um sie. Ihre Lippen trafen sich zu einem bittersüßen Kuß, der nach Tränen schmeckte. Sie umarmten sich, in einem Gemüsegarten hinter einer Wellblechhütte, auf einem kaum bekannten Planeten in der früheren cardassianischen Entmilitarisierten Zone. Beide wußten: Vielleicht waren sie jetzt zum letztenmal zusammen.

»Wieviel Zeit bleibt uns?« fragte Ro heiser.

»Etwa eine Stunde. Dein Schiff ist unterwegs.«

»Möglicherweise muß es ein wenig warten«, sagte Ro, ergriff Derek am Arm und zog ihn mit sich zur Hütte.

Ro materialisierte im kleinen, aber eleganten Transporterraum der *Träne des Friedens*. Mit der grauen Mütze, dem Overall und ihrem Seesack sah sie wie ein gewöhnliches Besatzungsmitglied aus. Aber sie war der Captain dieses Schiffes, worauf die Zusammensetzung des Empfangskomitees deutlich hinwies. In dem kleinen Raum drängten sich drei provisorische Admirale, zwei der mit leeren Händen zurückgekehrten Gesandten und eine bis in den Korridor reichende Gruppe aus Würdenträgern.

Ich hätte es wissen sollen, dachte Ro. *Ich bringe die hohen Tiere in Sicherheit, nicht das gemeine Volk.*

Zwar bekleideten diese Männer und Frauen in der Hierarchie des Maquis einen höheren Rang, aber ihre Blicke sprachen von Ehrfurcht. Ro Laren kam einer lebenden Legende gleich: eine Frau, die Starfleet verlassen hatte, um zu einer heldenhaften Maquisardin zu werden. Immer wieder hatte sie sich bei Guerilla-Angriffen gegen Cardassianer und Föderation hervorgetan. Als der cardassianisch-klingonische Krieg dem Maquis relativen Frieden brachte, lehnte sie die Gesellschaft von hochrangigen Maquis-Offizieren ab. Sie hatte immer nur eine kleine Gruppe erfahrener Kämpfer kommandiert, mehr nicht. Ro wußte, daß sie für die anderen rätselhaft war, eine Außenseiterin, die sie respektierten und gleichzeitig fürchteten.

»Bürgerin Ro«, sagte Shin Watanabe, einer der vor kurzem zurückgekehrten Gesandten, »es freut uns sehr, daß Sie zu dieser Mission bereit sind.«

Ro trat von der Transporterplattform, und vor ihr teilte sich die Menge.

»Sie kennen unser Ziel«, meinte ein Admiral schroff. »Glauben Sie, wir schaffen es bis nach Bajor?«

Entschlossenheit zeigte sich in Ros Miene, als sie die Gesichter vor ihr musterte. Die meisten brachten Furcht, Ungewißheit und Zorn zum Ausdruck, Gefühle, die sie gut verstand. Diese Leute standen kurz vor einem inneren Zusammenbruch, und sie mußte dafür sorgen, daß sie nicht völlig den Mut verloren.

»Ich weiß, daß Sie alle besorgt sind«, begann Ro. »Ich bin es ebenfalls. Doch bevor wir aufbrechen, müssen wir eins klären. Aufgrund *Ihrer* Entscheidung bin ich jetzt Captain Ro und habe den Befehl über dieses Schiff. Bajor ist ziemlich weit entfernt, und während der Reise dorthin kann viel passieren. Bitte versprechen Sie mir, daß niemand meine Anordnungen und Entscheidungen in Frage stellen wird.«

Watanabe lachte nervös. »Nun, wir stehen Ihnen natürlich mit Rat und Tat zur Seite ...«

Ro sprang wieder auf die Transporterplattform und wandte sich den Anwesenden zu. »Beamen Sie mich zurück. Ich trete liebe den Cardassianern gegenüber, als zu riskieren, daß Sie sich ständig in mein Kommando einmischen.«

Eine Admiralin näherte sich. »Wir kennen uns seit langer Zeit, Laren. Müssen wir uns jetzt über Kompetenzen und dergleichen streiten?«

»Wir wissen, daß ein Raumschiff nur von einem Captain befehligt werden kann«, erwiderte Ro ruhig. »Wir haben keine Welt, keine Heimat, nur dieses Schiff, das unter falscher Flagge fliegt. Mit meiner Ernennung zum Captain haben Sie beschlossen, mir Ihr Leben anzuvertrauen. Es war Ihre Entscheidung. Wenn ich für die *Träne des Friedens* verantwortlich sein soll, so wird es eine *Crew* an Bord geben, keinen disziplinlosen Haufen. So einfach ist das. Entweder sind Sie damit einverstanden, oder Sie müssen sich einen anderen Captain suchen.«

Der zweite Admiral, ein älterer Mann namens Sharfer, salutierte vor Laren. »Aye, Captain. Sie haben mein Wort. Ich werde jeden in der Arrestzelle unterbringen, der es wagt, Ihren Anordnungen zu widersprechen.«

Die anderen starrten ihn schockiert an – um dann resigniert und beschämt den Kopf zu senken. Ro hatte nicht so streng sein wollen, aber sie hielt es für besser, diesen Punkt sofort zu klären. Der Flug würde problematisch genug sein, auch ohne die Notwendigkeit, jeden einzelnen Befehl zu diskutieren. Hinzu kam, daß Ro derzeit in keiner besonders guten Stimmung war. Der Abschied von Derek hatte sich als sehr schmerzhaft erwiesen.

»Hat man mir einen Ersten Offizier zugewiesen, Admiral Sharfer?« fragte sie.

»Noch nicht. Während des vergangenen Jahrs hatte dieses Schiff nur eine Wartungscrew. Es blieb uns nur wenig Zeit für die Zusammenstellung einer kompletten Besatzung.«

»Darf ich Sie bitten, als mein Erster Offizier zu fungieren?« fügte Ro hinzu.

Er nickte ernst, woraufhin Ro Laren erneut die Transporterplattform verließ und sich einen Weg durch die Menge bahnte. Sie führte Sharfer zur Tür und in den Korridor, schenkte den erstaunten Blicken der anderen keine Beachtung. Nachdem sie eine Wendeltreppe passiert hatten, die zum unteren Deck führte, fand sich Ro zurecht und lenkte ihre Schritte in Richtung Brücke. Der Admiral ging neben ihr.

»Wie ist der Status des Schiffes?« fragte sie Sharfer.

»Wie Sie wissen, befand sich die *Träne des Friedens* in einem ziemlich schlechten Zustand, als wir sie auf dem Schwarzmarkt kauften. Wir haben sie neu ausgerüstet und genug von der alten Technik übriggelassen, damit fremde Sensoren eine bajoranische Warpsignatur registrieren.«

»Das Schiff ist also langsam«, sagte Ro. »Und sicher auch ungenügend bewaffnet.«

Sharfer lächelte. »Nun, wir haben das Waffenpotential um sechs Photonentorpedos erhöht, und die *Träne des Friedens* kann Warp drei erreichen. Aber sie bleibt ein Mittelstreckentransporter.«

»Wie viele Personen nehmen an der Reise teil?«

»Zwanzig bilden die Crew, und hinzu kommen achtzig Passagiere.«

Ro runzelte die Stirn. »Dann wird's ziemlich eng.«

»Ja. Das Schiff diente ursprünglich zum Transport von Geistlichen, und daher war die Umrüstung zum Truppentransporter nicht weiter schwer. Eine gute Sache: Es gibt einen funktionierenden Nahrungsmittelreplikator an Bord.«

»Dadurch hat die *Träne des Friedens* Seltenheitswert in der Maquis-Flotte«, erwiderte Ro trocken. »Stellen Sie fest, ob der Replikator bajoranische Uniformen für die Brückencrew produzieren kann. Gibt es noch andere Bajoraner an Bord?«

»Nur einen: Shon Navo, einen jungen Techniker.«

»Von jetzt an ist er kein Techniker mehr. Befördern Sie ihn zum Brückenoffizier – er soll immer dann im Dienst sein, wenn ich mich nicht im Kontrollraum aufhalte, was selten der Fall sein wird. Wenn sich Schiffe des Dominion mit uns in Verbindung setzen, *müssen* sie einen Bajoraner sehen, der das Kommando auf der Brücke führt.«

»Verstanden«, sagte Sharfer.

Eine Tür öffnete sich vor ihnen, und sie betraten die Brücke. Die kleine Kommandozentrale der *Träne des Friedens* war eher geschmackvoll als praktisch. Rote Farbtöne herrschten vor, und die asketisch anmutenden Konsolen wirkten wie Betnischen. Sprüche der Propheten säumten den Hauptschirm. »Die Wege der Propheten führen zum Frieden« – so lautete die erste Weisheit, die Ro las. Dünne Falten bildeten sich in ihrer Stirn. Sie war nie so religiös oder ästhetisch gewesen wie viele andere Bajoraner.

Die Brückencrew bestand aus einer jungen Pilotin an den Navigationskontrollen, dem Einsatzoffizier und einer Frau an der taktischen Konsole. Alle drei erhoben sich sofort. »Captain auf der Brücke!« meldete einer von ihnen.

»Rühren«, sagte Ro. »Ihre Namen lerne ich unterwegs. Zunächst einmal: Reduzieren Sie das Brückenlicht um sechzig Prozent. Dann sieht man nicht gleich auf den ersten Blick, daß die meisten von uns keine Bajoraner sind.«

Die junge Crew nahm steif in ihren Sesseln Platz, und der Einsatzoffizier reduzierte die Lichtstärke.

An Bord der *Träne des Friedens* gab es keinen speziellen Sessel für den Captain, und deshalb setzte sie sich an eine Hilfskonsole. »Nehmen Sie Kurs auf Bajor.«

»Direkter Kurs?« fragte die Pilotin. »Keine Manöver, die zur Täuschung des Feindes dienen?«

»Führen Sie meine Befehle so aus, wie ich sie gebe, Fähnrich«, sagte Ro mit Nachdruck. »Wir wollen niemanden täuschen, denn wir haben überhaupt nichts zu verbergen. Wir sind eine bajoranische Handelsdelegation, die von Gesprächen mit dem Dominion heimkehrt. Ich bedaure, daß wir nicht genug Zeit haben, um allen Personen an Bord mit chirurgischen Maßnahmen das Erscheinungsbild von Bajoranern zu geben. Nun, irgendwie müssen wir ohne eine solche Tarnung zurechtkommen. Nehmen Sie jetzt Kurs auf Bajor, maximale Warpgeschwindigkeit.«

»Ja, Sir.« Die Finger der jungen Blondine huschten über die Navigationskontrollen. »Kurs programmiert.«

»Bringen Sie uns aus der Umlaufbahn, ein Drittel Impulsgeschwindigkeit.«

»Aye, Sir.«

Admiral Sharfer trat zur Tür. »Ich kümmere mich um die Uniformen und weise Mr. Shon der Brückencrew zu.«

Ro nickte. Sie schickten sich an, Galion endgültig zu verlassen, und diese Erkenntnis ließ einen Kloß in ihrem Hals entstehen.

»Wir sind aus dem Orbit heraus«, meldete die Pilotin. »Warptriebwerk bereit.«

Ro deutete mit dem Zeigefinger nach vorn, ahmte damit eine Geste nach, die sie einem ganz bestimmen Starfleet-Captain abgeschaut hatte. »Warptransfer einleiten.«

Energieblitze von zwei cardassianischen Kriegsschiffen der Galor-Klasse zuckten durchs All und trafen die *Enterprise*-E.

Das Starfleet-Schiff der Sovereign-Klasse erbebte und drehte dann ab, gefolgt von den gelben, fischförmigen Kampfschiffen.

Auf der Brücke schloß Captain Jean-Luc Picard die Hände fester um die Armlehnen des Kommandosessels. »Ausweichmanöver Zeta-neun-zwei.«

»Ja, Sir«, bestätigte Will Riker, der am zweiten Navigationspult saß. Der eigentliche Navigator hockte benommen neben der ausgebrannten Hauptkonsole, und Dr. Beverly Crusher behandelte eine Platzwunde in seiner Stirn. Überall roch es nach durchgebrannten und überladenen Schaltkreisen. Nach immer rasten hochenergetische elektromagnetische Impulse durchs Schiff und verursachten weitere Schäden.

»Kapazität der Schilde auf vierzig Prozent gesunken«, sagte Data, der die Kontrollen der Funktionsstation bediente. Die ruhige, gelassene Stimme des Androiden bildete einen sonderbaren Kontrast zur angespannten Lage.

»Hecktorpedos auf das erste Schiff richten!« befahl Picard.

»Zielerfassung für Quantentorpedos wird ausgerichtet«, meldete Fähnrich Craycroft von der taktischen Konsole. Die junge Frau schien Nerven aus Titan zu haben und erinnerte Picard an eine andere junge Frau, die vor zehn Jahren die gleichen Kontrollen an Bord einer anderen *Enterprise* bedient hatte. Es schien eine Ewigkeit her zu sein, daß sie den Tod von Tasha Yar betrauert hatten. Jetzt verlor Starfleet jeden Tag tausend Tasha Yars.

»Die beiden feindlichen Einheiten fliegen hintereinander«, berichtete Riker.

»Schilde senken«, sagte Picard. »Feuer!«

Fähnrich Craycroft berührte Schaltflächen. »Torpedos abgefeuert!«

Zwei Torpedos lösten sich vom Heck der *Enterprise* und wirkten wie Sternschnuppen, als sie durchs schwarze All huschten. Hungrigen Pirañas gleich jagten sie dem ersten cardassianischen Schiff entgegen und durchdrangen die Schilde – der Raumer explodierte in einem Chaos aus Gas und Flammen. Materie und Antimaterie reagierten miteinander, und der grelle Blitz erfaßte das zweite Schiff. Es drehte ab und funkelte einige Sekunden lang wie ein Weihnachtsbaum; dann erloschen alle Lichter, und das Schiff trieb antriebslos im All.

Die *Enterprise* setzte ihren Flug fort.

Riker sah zu Picard und grinste jungenhaft. »Es klappt jedesmal.«

»Zumindest klappt es bei Cardassianern«, schränkte der Captain ein. Er griff nicht gern zu Tricks, aber der Kampf gegen einen zahlenmäßig überlegenen Feind erforderte jedes Mittel. Die Cardassianer waren arrogant und ganz versessen darauf, ein so wichtiges Schiff wie die *Enterprise* zu vernichten. Dadurch wurden sie unvorsichtig – ein Fehler, der den Jem'Hadar nie unterlief.

»Schadensbericht«, sagte Riker.

»Es gibt energetische Fluktuationen in der Steuerbordgondel und auf den Decks fünfzehn bis sechsundzwanzig«, antwortete Data. »Die Plasmaverbindungen und EPS-Module auf Deck siebzehn müssen unverzüglich repariert werden. Ein Teil der Funktionen wird derzeit von Ersatzsystemen übernommen. Reparaturgruppen sind benachrichtigt und unterwegs. Die Kapazität der Schilde bleibt bei vierzig Prozent stabil, und ich leite zusätzliche Energie vom Hauptreaktor in die Deflektoren. Fünf Besatzungsmitglieder wurden verletzt, niemand von ihnen schwer.«

Beverly Crusher stand müde auf und strich eine blonde Strähne zurück, die unter dem Haarband hervorgerutscht war. Flecken zeigten sich an ihrem Kittel, und das Gesicht wirkte hohlwangig – ein Arzt im Krieg. »Ich bin unterwegs zur Krankenstation«, sagte sie.

Sie blickte auf ihren Patienten hinab und lächelte kurz. »Der Zustand von Fähnrich Charles ist jetzt stabil, aber ich möchte, daß er eine Zeitlang stillsitzt. Ich schicke so bald wie möglich jemanden, der sich um ihn kümmert. Sorgen Sie in der Zwischenzeit dafür, daß er es bequem hat.«

Picard lächelte schief. »Mangelt es Ihnen noch immer an Personal?«

»Nein, ich bin nur für den Fall hierhergekommen, daß Sie und Will ausfallen – dann kann ich endlich selbst das Kommando übernehmen. Ich möchte bereit sein, wenn es soweit ist.«

»Gut gedacht«, sagte Riker, der Galgenhumor mehr zu schätzen wußte als Picard. »Aber wir könnten Sie vom Computer benachrichtigen lassen.«

»Nun, er weiß ja, wo er mich erreichen kann.« Mit halb gesenktem Kopf ging die Ärztin durch den großen Kontrollraum, vorbei an zwei wissenschaftlichen Stationen, die seit Beginn des Krieges nicht mehr benutzt wurden. Ihre Schultern versteiften sich ein wenig, als sie den Turbolift betrat, aber sie sah nicht zurück.

Picard schluckte. Es fiel ihm schwer, sich an einen Krieg zu gewöhnen, der sie an allen Fronten mit einer Übermacht konfrontierte, während die eigenen Abteilungen chronisch unterbesetzt waren. Viele besonders erfahrene Mitglieder seiner alten Crew waren jetzt Chefingenieure, Bordärzte und Kommandanten anderer Schiffe. Picard hatte seine Beziehungen spielen lassen, um zu verhindern, daß die wichtigsten

Führungsoffiziere ebenfalls versetzt wurden. Niederlagen und Kapitulationen verlangten einen hohen Tribut, aber bei Starfleet erforderte der Bau neuer Schiffe weniger Zeit als die Ausbildung der dafür nötigen Besatzungsmitglieder.

»Wie ist die Situation der Flotte?« wandte sich der Captain an Data.

Theoretisch fand gerade eine bedeutende Offensive gegen die Streitkräfte des Dominion statt, aber Starfleet verzichtete inzwischen darauf, große Verbände zu bilden. Die gegnerischen Flotten waren mit ihrer Feuerkraft weit überlegen, und deshalb mußte eine unmittelbare Konfrontation zu einer verheerenden Niederlage führen. Die neue Taktik bestand darin, den Feind zu zwingen, einzelne Schiffe zu verfolgen. Mit etwas Glück und einer guten Crew konnte es ein Starfleet-Captain mit zwei oder drei cardassianischen Kriegsschiffen aufnehmen anstatt mit einem Schlachtkreuzer der Jem'Hadar. Und wenn er den Kampf überlebte, konnte er am nächsten Tag erneut zuschlagen.

Data schüttelte den Kopf. »Für eine exakte Beurteilung der Lage müßte ich die Subraum-Stille unterbrechen. Allerdings weisen die von den Fernbereichsensoren ermittelten Daten auf mögliche Feindseligkeiten hin.« Der Androide betätigte Schaltelemente, während er sprach.

»Halten Sie nach Notsignalen Ausschau«, sagte Picard und rieb sich die Augen. »Widmen wir uns unserer zweiten Aufgabe – der Rettung.«

»Übernehme die Daten des festgelegten Kurses für die sekundäre Aufgabe«, berichtete Riker. »Warp drei?«

»Volle Impulskraft, bis die wichtigsten Reparaturen durchgeführt sind«, erwiderte der Captain. »Ich möchte dieses Schiff schonen – die *Enterprise* ist alles, was wir haben.«

Der Erste Offizier nickte und klopfte auf seinen Insignienkommunikator. »Riker an Maschinenraum. Wie kommen Sie zurecht, Geordi?«

»Gut«, lautete die knappe Antwort. »Ich weiß, daß Sie eine Reparaturgruppe von mir erwarten – ich habe bereits eine zu Ihnen geschickt. Ist der Krieg noch immer nicht zu Ende?«

»Noch nicht ganz«, sagte Riker und lächelte dünn.

Captain Picard lehnte sich im Kommandosessel zurück. Sie hatten ein feindliches Schiff zerstört und ein weiteres schwer beschädigt – eigentlich genug für einen Tag. Aber bestimmt gab es dort draußen viele, die Hilfe brauchten.

Die Brücke der *Träne des Friedens* war nicht so groß und funktionell wie die runde Kommandozentrale der *Enterprise*. Der nur noch matt erhellte Raum erinnerte Ro an eine kleine bajoranische Kapelle, wobei hier kein Schrein den Mittelpunkt darstellte, sondern der Hauptschirm. Wie dem auch sei: Von den eleganten bajoranischen Instrumententafeln ging ein angenehmes rötliches und türkisfarbenes Glühen aus.

Ro sah zu Shon Navo, einem Teenager, der eigentlich die Schulbank drücken sollte, anstatt an einem Krieg teilzunehmen. Sie beide trugen die rostbraunen Uniformen von Bajor und außerdem einen besonders auffälligen Ohrschmuck. Als einzige Bajoraner an Bord dieses bajoranischen Schiffes mußten sie alle Rollen übernehmen. Zwei Stunden lang blieb die Reise völlig ereignislos. Der Transporter flog mit Höchstgeschwindigkeit, legte dabei einen Lichtmonat nach dem anderen zurück. Ro hielt die Gelegenheit für gekommen, den Jungen in seine Pflichten einzuweisen.

»Mr. Shon«, sagte sie förmlich, »bleiben Sie in meiner Nähe.«

»Ja, Captain«, antwortete er eifrig, näherte sich und verharrte dicht neben ihrer rechten Schulter. Er war ein wenig kleiner als sie.

»Wenn jemand aus irgendeinem Grund eine Kom-Verbindung zu uns herstellt, so nehmen Sie eine solche Position ein, ganz nahe bei mir. Wir stellen dann einen visuellen Kontakt her und zeigen, daß wir Bajoraner sind.«

»Ja, Sir.«

»Ich rede dann so mit Ihnen, als wären Sie mein Erster Offizier, und wir sprechen auf bajoranisch. Da eine Übersetzung möglich ist, sollten Ihre Bemerkungen einen Sinn ergeben.«

Der Junge räusperte sich nervös.

»Ja?«

»Ich ... ich spreche kein Bajoranisch. Früher kannte ich die Sprache ganz gut, aber inzwischen habe ich sie vergessen.«

»Kriegswaise?«

Er nickte. »Meine neuen Eltern nahmen mich mit zur Fellowship-Kolonie. Oh, dort war's schön, zumindest eine Zeitlang ... Dann hat uns die Föderation verraten und den Cardassianern überlassen.«

»Persönliche Meinungen beschränken wir lieber auf ein Minimum«, sagte Ro. »Wir fliegen nach Bajor. Die Bajoraner sind zwar offiziell neutral, aber sie bringen der Föderation Hochachtung entgegen. Immerhin ist der Abgesandte ein Mensch.«

Die Züge des Jungen verhärteten sich. »Die Cardassianer haben meine Eltern getötet und mehrmals versucht, mich umzubringen. Wer vor ihnen kneift, ist ein Feigling.«

»Ich verbiete Ihnen nicht zu hassen«, meinte Ro. »Aber behalten Sie Ihren Haß für sich.«

»Ja, Sir.«

»Vielleicht müssen Sie einen Kom-Kontakt herstellen, während ich nicht hier bin. Zögern Sie nicht – so etwas wirkt verdächtig. Identifizieren Sie sich einfach als Erster Offizier und geben Sie mir Bescheid. Ich komme dann so schnell wie möglich. Dies ist kein großes Schiff; ich kann also schnell hier sein. Wenn uns Zeit genug bleibt, bringe ich Ihnen einige bajoranische Worte bei. Anfangen können Sie mit ...«

»Captain ...«, sagte der Einsatzoffizier und wirkte plötzlich angespannt. »Eine Flotte passiert uns in einem Abstand von nur vier Parsec. Zwei Schiffe unterbrechen den Warptransfer, ändern den Kurs und fliegen in unsere Richtung.«

»Wohin sind die anderen unterwegs?« fragte Ro. »Stellen Sie fest, was ihr Ziel sein könnte.«

»Die beiden Jem'Hadar-Schiffe haben erneut den Warptransit eingeleitet und erreichen uns in einigen Minuten«, sagte die Pilotin nervös.

»Wir reden uns irgendwie heraus«, meinte Ro. »Zum Glück sind es Jem'Hadar und keine Cardassianer. Holen Sie Admiral Sharfer auf die Brücke. Und ich möchte wissen, wohin der Rest der Flotte fliegt.«

»O nein«, stöhnte die taktische Offizierin. »Die anderen Schiffe sind nach Galion unterwegs! Was unternehmen wir jetzt?«

Ro begriff, daß die Frau beim Maquis ausgebildet worden war, nicht bei Starfleet. Sie versuchte, Geduld mit ihr zu haben. »Zunächst einmal: Reißen Sie sich zusammen.«

»Ja, Sir«, erwiderte die Offizierin und straffte die Schultern. »Soll ich die Photonentorpedos vorbereiten?«

»Nein. Treffen Sie keine offensiven Maßnahmen ohne meinen ausdrücklichen Befehl. Übrigens: Wir alle haben jemanden auf Galion zurückgelassen.«

Die Frau lächelte dankbar und schluckte dann. »Sollen wir eine Warnung senden?«

»Wenn wir jetzt versuchen, eine Nachricht zu übermitteln, eröffnen die Jem'Hadar sofort das Feuer«, sagte Ro.

Sie sah zu Shon Navo. Der junge Bajoraner wirkte so unschuldig, obgleich Tragödien und Haß sein bisheriges Leben bestimmten. »Shon, ich möchte, daß man Sie zuerst sieht. Identifizieren Sie unser Schiff und weisen Sie darauf hin, daß wir Bajoraner sind. Verständigen Sie mich dann. Mit ein wenig Glück haben es die Jem'Hadar eilig.«

Sie trat hinter die Brückencrew. »Reduzieren Sie das Licht um weitere zehn Prozent. Die Schiffe im Anflug auf den Schirm.«

Der Hauptschirm zeigte zwei silbrige Objekte in der Ferne, winzig in der Weite des Alls. Die Angriffsschiffe der Jem'Hadar wirkten nicht besonders eindrucksvoll – sie waren kleiner als die *Träne des Friedens* –, aber Ro wußte, daß sie sehr schnell sein konnten und über ein außerordentliches destruktives Potential verfügten. Sie hatte noch nie einen Jem'Hadar gesehen, aber die Soldaten des Dominion standen in dem Ruf, erbarmungslos zu sein und ihren Herren, den Gründern, bedingungslos zu gehorchen.

»Sie fliegen mit Warp sechs und kommen rasch näher«, sagte die Pilotin.

»Kurs und Geschwindigkeit beibehalten«, entgegnete Ro. »Wir unterbrechen unseren Warptransfer nur, wenn man uns dazu zwingt.«

Die beiden Dominion-Schiffe auf dem Hauptschirm wurden nun größer. Es waren kleine, schnittige Kampfeinheiten, ausgestattet mit jeweils zwei Warpmodulen. Ihr Anblick erinnerte Ro an Katzen bei der Jagd. *Und wir sind die Maus*, dachte sie. Vermutlich scannte man die *Träne des Friedens* gerade, um ihre Warpsignatur zu überprüfen.

Zwar hatte Ro damit gerechnet, daß sich die

Jem'Hadar mit ihnen in Verbindung setzen würden, aber das plötzliche Summen am Kom-Pult sorgte trotzdem dafür, daß ihr Herz schneller klopfte.

»Sie versuchen, einen Kom-Kontakt herzustellen«, meldete die taktische Offizierin mit zittriger Stimme. »Und sie verlangen, daß wir unseren Warptransfer unterbrechen.«

»Öffnen Sie einen externen Kom-Kanal.« Ro bedeutete Shon Navo, vor den Hauptschirm zu treten, wich dann zurück und vertraute sich den Schatten im rückwärtigen Teil der Brücke an.

Der junge Bajoraner hob stolz den Kopf und versuchte, seinen eigenen Vorstellungen von einem Ersten Offizier zu entsprechen, als er vor den großen Bildschirm trat. Er räusperte sich und nickte.

Von einem Augenblick zum anderen erschien ein Jem'Hadar-Krieger im Projektionsfeld. Kleine Stachelbuckel zeigten sich in seinem Gesicht, und die graue, schuppige Haut wirkte leblos. In den roten, eidechsenartigen Augen funkelte es. Ein seltsames mechanisches Anhängsel ragte aus dem Schlüsselbein bis vor das linke Auge. Hinzu kam ein dünner Schlauch, durch den weiße Flüssigkeit in den Hals gelangte.

Hinter dem Jem'Hadar stand eine andere, weniger imposante Gestalt, die sich ebenso zurückhielt wie Ro Laren.

»Wir sind die *Träne des Friedens*, ein bajoranischer Transporter«, sagte Shon Navo in einem festen und gleichzeitig respektvollen Tonfall.

»Unterbrechen Sie den Warptransfer«, erwiderte der Jem'Hadar schroff. »Sie befinden sich im stellaren Territorium des Dominion.«

»Ich bin nur der Erste Offizier.« Shons Stimme vibrierte jetzt. »Der Captain ist unterwegs zur Brücke.«

»Sie befinden sich im stellaren Territorium des Dominion«, wiederholte der Jem'Hadar.

»Und wir sind Freunde des Dominion«, sagte Ro und trat vor. Shon Navo wich ein wenig zurück, blieb jedoch so nahe, daß sie sein Zittern spürte.

»Captain Tilo, zu ihren Diensten«, fügte sie hinzu.

»Unterbrechen Sie den Warptransfer!« befahl der Jem'Hadar.

Ro blickte zur Navigationsstation. »Volle Impulskraft«, sagte sie laut. »Kurs auf Bajor halten.«

An Bord des Angriffsschiffes beugte sich die schattenhafte Gestalt im hinteren Teil des Cockpits über die Schulter des Piloten. Dieser Mann stammte nicht aus dem Volk der Jem'Hadar, aber er war auch kein Cardassianer. Er hatte auffallend große Ohren, blasse, violette Augen und den servilen Gesichtsausdruck eines Berufspolitikers.

Ein Vorta, dachte Ro. Die Vorta fungierten als Verwalter und Manager des Dominion.

»Was führt Sie in diesen Raumsektor?« fragte er recht freundlich.

»Wir sind eine bajoranische Handelsdelegation«, antwortete Ro. »Bisher haben wir mit vielen Welten in diesem Sektor Handel getrieben, und wir hoffen, unsere Geschäftsbeziehungen aufrechterhalten zu können.«

»Es herrscht Krieg«, sagte der kleine Mann mit den großen Ohren. »Wir helfen unseren Verbündeten im Kampf gegen die skrupellosen Praktiken der Föderation. Ich rate Ihnen, den Heimflug ohne weitere Unterbrechungen fortzusetzen.«

»Das ist unsere Absicht«, gab Ro zurück. »Ich danke Ihnen für das Wohlwollen des Dominion.«

Der Vorta nahm das Kompliment mit einem anerkennenden Nicken entgegen. »Wir haben Ihr Schiff sondiert und festgestellt, daß sich recht viele Personen an Bord befinden, die meisten von ihnen Menschen.«

»Die Beförderung von Passagieren gehört auch zu unserem Geschäft, vor allem bei der Rückreise«, antwortete Ro glatt. »Wir fliegen geradewegs nach Hause.«

»Vermeiden Sie irgendwelche Umwege.« Der Vorta nickte dem Jem'Hadar-Piloten zu, der daraufhin die Kom-Verbindung unterbrach. Im Kontrollraum der *Träne des Friedens* zeigte der Hauptschirm wieder das All. Die beiden Dominion-Schiffe drehten ab und verschwanden im Warptransit.

Ro runzelte nachdenklich die Stirn. »Wie ist ihr Kurs?«

»Sie fliegen in die Richtung, aus der wir kommen«, erwiderte die taktische Offizierin. »Sie sind nach Galion unterwegs und haben es vermutlich auf die dortigen Maquis-Siedlungen abgesehen.«

»Setzen wir den Warpflug nach Bajor fort?« fragte die Pilotin.

Ro musterte die erwartungsvollen Gesichter der jungen Brückenoffiziere, richtete ihren Blick dann auf den wesentlich älteren und erfahreneren Admiral Sharfer. Niemand gab einen Kommentar ab; niemand bot an, die Entscheidung für sie zu treffen. Genau das hatte sie gewollt: totale Kontrolle über das Schiff und insgesamt hundert Personen.

Auch die junge Frau an der taktischen Konsole schwieg. Furcht zeigte sich in ihrer Miene, aber sie hielt die Tränen zurück. Ro wußte, daß die Furcht nicht dem eigenen Schicksal galt, sondern jenen, die auf Galion zurückgeblieben waren und nichts von der feindlichen Flotte ahnten, die sich ihnen mit hoher Geschwindigkeit näherte. Die feucht glänzenden Augen schienen zu sagen: Nur Tiere fliehen, ohne sich um geliebte Personen zu scheren, die hilflos dem Tod ausgeliefert sind.

Die *Träne des Friedens* konnte Galion nicht vor den

viel schnelleren Dominion-Schiffen erreichen. Aber sie konnte versuchen, Überlebende zu retten.

»Schicken Sie Galion eine Subraum-Nachricht«, sagte Ro. »Warnen Sie den Planeten vor der Dominion-Flotte. Kursumkehr, maximaler Warpfaktor.«

»Aye, Captain«, bestätigte die Pilotin mit einer Mischung aus Ehrfurcht und Besorgnis.

Der kastenförmige kleine Transporter wendete um hundertachtzig Grad und beschleunigte. Kurz darauf flackerte es im All, als die *Träne des Friedens* in den Warptransit ging.

2

Der einst blühende Planet Galion war jetzt eine verbrannte, tote Welt. Die großen Wälder und Olivenhaine hatten sich in Sümpfe verwandelt, schwarz wie Ruß, und nur noch heißer Schlick erinnerte an die Seen. Städte existierten nicht mehr. Bomben hatten sie ausgelöscht und gewaltige Krater hinterlassen, in denen noch immer das Feuer der Vernichtung brannte. Eine halbe Million Tote, mindestens. Leises Schluchzen erklang auf der Brücke der *Träne des Friedens*, und Ro ließ es geschehen. Der Anblick war so schrecklich, daß sie fast den Befehl gegeben hätte, ihn vom Hauptschirm zu verbannen. Aber es mußte Zeugen für das Massaker geben.

Sie näherte sich der Navigationskonsole. »Irgendwelche Lebenszeichen?«

Die Pilotin schüttelte den Kopf. »Keine, Sir. Obgleich die starke Strahlung unsere Sondierungssignale stören könnte.«

»Die Flotte war viel schneller als wir«, sagte Admiral Sharfer erschüttert. »Sie erreichte Galion innerhalb weniger Minuten, und wir brauchten Stunden.«

Ro ging durch den Kontrollraum und blieb hinter der Brückencrew stehen. »Setzen Sie die Sondierungen fort und suchen Sie insbesondere in den Städten nach Lebenszeichen.« Aber tief in ihrem Herzen wußte sie, daß es keine Hoffnung mehr gab. Galion war zu einem Scheiterhaufen geworden, der alle umgebracht hatte, zahllose Freunde und Kameraden – und auch Derek.

Immer weitere Passagiere drängten auf die Brücke, und das schmerzerfüllte Schluchzen wurde so laut, daß Ro es schließlich nicht mehr ertragen konnte. Sie drehte sich zu den Leuten um, hob die Hände und bat um Ruhe. »Sie sind Zeugen. Ohne irgendeine Provokation hat das Dominion unsere Heimatwelt zerstört, unser letztes Refugium. Ich gehe davon aus, daß wir bei diesem Krieg keine unschuldigen Zuschauer mehr sind – er betrifft auch uns.«

Sie warf einen Blick auf die Navigationskontrollen. »Wir brauchen vier Tage bis nach Bajor, und unterwegs müssen wir jederzeit damit rechnen, Dominion-Schiffen zu begegnen. Auf Bajor können Shon und ich uns frei bewegen, aber Sie müssen sich verstecken, damit die Cardassianer an Bord von *Deep Space Nine* Sie nicht entdecken. Ich glaube, Sie können sich nicht vor diesem Krieg verbergen. Statt dessen sollten Sie aufstehen und aktiv am Kampf gegen den Feind teilnehmen.«

Ro deutete zur Navigationsstation. »Ich schlage vor, wir fliegen direkt durch die EMZ zur Föderation und bieten dort unsere Hilfe an. In einigen Stunden könnten wir dort sein.«

»Und dann haben wir Gelegenheit, einige der verlogenen Mistkerle ins Jenseits zu schicken«, knurrte einer der Gesandten, die das Dominion tagelang darum gebeten hatten, den Maquis in Ruhe zu lassen.

»Unsere Sicherheit …«, begann jemand anders.

»Sicherheit ist eine Illusion«, warf Admiral Sharfer ein. »Das Dominion hat uns gerade einen klaren Beweis dafür geliefert. Wir müssen zur Föderation zurück.«

»Viele von uns müssen damit rechnen, verhaftet zu werden«, murmelte die Admiralin. Ein Schatten von

Entschlossenheit und auch Schmerz huschte durch ihr Gesicht.

»Ich stehe auf der Fahndungsliste ganz oben«, sagte Ro. »Trotzdem: Wir müssen zur Föderation zurück, ungeachtet aller persönlichen Risiken. Auf die Gnade des Dominion können wir gewiß nicht zählen. Gibt es irgendwelche Lebenszeichen auf Galion?«

»Nein, Sir«, lautete die Antwort.

»Nehmen Sie Kurs auf das Raumgebiet der Föderation«, befahl Ro. »Und sorgen Sie dafür, daß es hier drin heller wird.«

Der Wandschirm im Kontrollraum der *Enterprise* zeigte etwas, das jeden Starfleet-Offizier mit Kummer erfüllte – dunkel und leblos trieb ein Föderationsschiff im All, mit mehreren großen Löchern im Rumpf. Die *Gallant* gehörte zur Nebula-Klasse und war kompakter als die *Enterprise*. Ihre beiden Warpgondeln befanden sich direkt hinter dem Diskussegment, und oben kam ein großer Stabilisator hinzu. Kein einziges Licht glühte an dem Wrack, und ein Schweif aus Trümmern folgte ihm wie eine Blutspur.

»Lebenszeichen?« fragte Captain Picard und ahnte die Antwort.

Data schüttelte den Kopf. »Keine, Sir. Die Außenhülle weist insgesamt vierzehn Lecks auf, und es ist sehr unwahrscheinlich, daß es an Bord irgendeinen Bereich gab, der von der explosiven Dekompression unbehelligt blieb. Der Notruf wird automatisch gesendet, und die Signalstärke nimmt ab.«

»Sieht aus, als hätte man die *Gallant* für Schießübungen verwendet«, preßte Riker zwischen zusammengebissenen Zähnen hervor.

»Speichern Sie die Positionsdaten«, sagte Picard. »Ein anderes Schiff soll sie später ins Schlepptau nehmen. Und heben Sie die Alarmbereitschaft für Krankenstation und Transporterräume auf – hier gibt es niemanden, den wir retten könnten.«

Data sah auf die Anzeigen seiner Konsole und runzelte die Stirn. »Wir empfangen zwei weitere Notrufe, die fast den gleichen Ursprung haben und aus einer Entfernung von sechs Parsec kommen. Einer stammt von einem Starfleet-Schiff, der andere von einem bajoranischen Raumer.«

»Kurs programmieren, maximaler Warpfaktor«, sagte Picard sofort. »Angesichts von soviel Tod und Zerstörung wäre es nett, wenn wir wenigstens ein Leben retten könnten.«

Innerhalb weniger Minuten näherte sich die *Enterprise* einer weiteren von Vernichtung heimgesuchten Zone des Alls. Picard konnte nur hoffen, daß sie diesmal rechtzeitig genug eintrafen.

»Die von den Fernbereichsensoren ermittelten Daten weisen auf einen gerade stattfindenden Kampf hin«, berichtete Data. »Die *Aurora*, ein Schiff der Ambassador-Klasse, und ein unbekannter bajoranischer Transporter sind in ein Gefecht mit einem Jem'Hadar-Kreuzer verwickelt.«

»Schilde hoch«, sagte Picard. »Feuer frei für die Phaser, sobald wir den Warptransfer beenden. Den Jem'Hadar darf nicht genug Zeit bleiben, um zu reagieren.«

»Ja, Sir«, erklang Fähnrich Craycrofts Stimme von der taktischen Station. »Phaser bereit.«

»Ende des Warptransfers in dreißig Sekunden«, sagte Riker, der an einer Nebenkonsole saß. »Ich dachte, die Bajoraner sind neutral.«

»Dieser Krieg verschont niemanden«, erwiderte Picard. »Auf den Schirm.«

Der Jem'Hadar-Schlachtkreuzer wirkte wie ein Geschoß mit seitlichen Stabilisierungsflächen. Blaues Glühen ging vom Rumpf aus, als er die *Aurora* durch eine dünne, purpurne Gaswolke verfolgte und auf das bereits angeschlagene Schiff feuerte. Über den beiden Raumern glitt der bajoranische Transporter durchs All und setzte einen Photonentorpedo gegen den Kreuzer ein. Das Jem'Hadar-Schiff erbebte nur kurz und zeigte ansonsten keine Reaktion; es blieb darauf konzentriert, den größeren Starfleet-Raumer außer Gefecht zu setzen.

Captain Picard berührte eine Schaltfläche in der Armlehne des Kommandosessels. »Krankenstation und Transporterräume, halten Sie sich in Bereitschaft.«

Die *Enterprise* beendete den Warptransfer, paßte ihre Geschwindigkeit sofort der des Gegners an und machte von den Phasern Gebrauch. Das Kriegsschiff des Dominion wurde nun aus drei Richtungen unter Beschuß genommen, aber die Jem'Hadar ließen sich davon nicht beeindrucken und setzten die Verfolgung der *Aurora* fort. Das Starfleet-Schiff feuerte die ganze Zeit über, selbst dann, als zwei Torpedos die Backbordgondel trafen und zerfetzten. Atomares Feuer leckte aus den Resten der Gondel, und das Schiff geriet ins Trudeln.

Picard hätte gern damit begonnen, die Crew an Bord zu beamen, aber die Entfernung war zu groß. Und wenn es ihnen nicht gelang, den Kreuzer der Jem'Hadar zu erledigen, stand der *Enterprise* ein ähnliches Schicksal bevor wie der *Aurora*.

»Zielerfassung für Quantentorpedos«, ordnete der Captain an. »Auf mein Kommando hin die Schilde senken.«

»Torpedos sind ausgerichtet«, meldete Fähnrich Craycroft.

»Schilde senken. Feuer!«

Picard hoffte, daß die Schilde des Kreuzers durch den Kampf gegen die *Aurora* an Kapazität verloren hatten. Die Brückenoffiziere der *Enterprise* hielten den Atem an, als die Torpedos das Schiff der Jem'Hadar trafen. Die ersten beiden lösten sich an den Deflektoren auf, aber das zweite Paar durchschlug die Schilde und erreichte die Heckstabilisatoren. Explosionen erschütterten den Kreuzer, aber er drehte trotzdem bei, um die *Enterprise* und den bajoranischen Transporter mit den Phasern unter Beschuß zu nehmen.

Picard schloß die Hände fester um die Armlehnen des Kommandosessels, als sich das Brückendeck hob und senkte. »Weiterhin feuern!« rief er.

Craycroft kam wieder auf die Beine und bediente die Kontrollen ihrer Konsole. Weitere Torpedos rasten dem Dominion-Schiff entgegen. Energetische Entladungen tasteten über den Rumpf des Schlachtkreuzers und erreichten schließlich den Antimateriekern – in einer grellen Explosion platzte das Schiff auseinander.

»Das bajoranische Schiff ist schwer beschädigt, Captain«, sagte Data. »Die Lebenserhaltungssysteme versagen.«

»An alle Transporterräume, richten Sie den Transferfokus auf die Personen an Bord des bajoranischen Schiffes und beamen Sie sie hierher«, befahl Picard. »Medizinische Einsatzgruppen zu den Transporterräumen.«

Er wandte sich an Data. »Die *Aurora* ...«

Der Wandschirm beantwortete die unausgesprochene Frage. Es kam zu einer zweiten Explosion im All, und sie war noch größer als jene, die das Jem'Hadar-Schiff vernichtet hatte. Die *Aurora* verwandelte sich in einen Glutball, der anschwoll und immer heller wurde, um dann innerhalb weniger Sekunden zu verblassen.

Picard ließ die Schultern sinken und wandte den Blick vom großen Bildschirm ab.

»Keine Überlebenden«, meldete Riker kummervoll.

»Nehmen Sie einen entsprechenden Logbucheintrag vor.« Picard sah wieder zum Wandschirm und rechnete halb damit, daß auch der bajoranische Transporter explodierte. Aber das kleine, unscheinbare Schiff hing einfach nur in der Schwärze des Alls.

»Captain …« Ein Hauch Verwirrung erklang in Datas Stimme. »Wir haben fünfundneunzig Verwundete aus dem bajoranischen Schiff transferiert, und die meisten von ihnen sind Menschen.«

»Menschen?« wiederholte Picard. »Keine Bajoraner?«

»Nur zwei von ihnen sind Bajoraner«, bestätigt der Androide.

Riker runzelte die Stirn. »Das erklärt vielleicht, warum die Crew gegen das Dominion-Schiff kämpfte.«

»Läßt sich mit dem Transporter noch etwas anfangen?«

Data nickte. »Ja, Sir. Die Schäden sind doch nicht so gravierend, wie es zunächst den Anschein hatte. Betroffen sind vor allem die Lebenserhaltungssysteme und die künstliche Gravitation.«

»Wenn es Zivilisten sind, so brauchen sie ihr Schiff«, gab Riker zu bedenken. »Der Transporter ist so klein, daß er keine nennenswerte Belastung für uns darstellt.«

»Traktorstrahl vorbereiten«, sagte Picard. »Wollen wir dankbar dafür sein, daß wir rechtzeitig genug eintrafen, um einige Leben zu retten. Nehmen Sie Kurs auf das Kreel-System. Subraum-Stille wahren.«

Der Captain war nicht unbedingt versessen darauf zu erfahren, wie es um die Starfleet-Offensive stand. Nach den Ereignissen dieses Tages rechnete er kaum mit einem Sieg. Zweifellos hatten sie die Front ausgeweitet und das eine oder andere Scharmützel gewonnen, aber Picard brachte nicht genug Optimismus auf, um an einen ernsten Schlag gegen die Streitkräfte des Dominion und der Cardassianer zu glauben. Sie kämpften, um nicht überrannt zu werden – darauf lief es hinaus.

»Traktorstrahl ausgerichtet«, ertönte es von der Navigationsstation. »Kurs programmiert.«

»Maximale Warpgeschwindigkeit«, sagte der Captain. »Ausführung.«

Der Besatzung der *Enterprise* mangelte es gewiß nicht an Tapferkeit, aber die Erleichterung der Brückenoffiziere wurde fast greifbar, als sie in Richtung Föderation zurückflogen. Picard wußte, daß sie den Kampf hätten fortsetzen können – an der langen Front gab es genug Dominion-Schiffe –, aber die Crew war erschöpft, und es mußten einige Schäden an Bord repariert werden. Picard wußte, wann es Zeit wurde, eine Pause einzulegen, doch die Heimkehr schenkte ihm nicht nur innere Ruhe, sondern rief auch Schuldgefühle wach – sie hatten überlebt, während die Besatzungen vieler anderer Schiffe gestorben waren.

Er rieb sich die Augen und überlegte, ob er genug Kraft hatte, um aufzustehen und eine Tasse Tee zu trinken, als der Kommunikator summte. »Hier Picard«, meldete er sich.

»Jean-Luc ...«, erklang die vertraute Stimme von Beverly Crusher. »Ich glaube, Sie sollten besser zur Krankenstation kommen.«

»Gibt es ein Problem?«

»Die Tragbahren reichen bis weit in den Korridor hinein, aber das ist in diesen Tagen normal.« Die Ärztin zögerte kurz. »Wir haben jemanden an Bord gebeamt, den Sie kennen. Ich habe bereits Sicherheitswächter angefordert.«

Die letzten Worte weckten Picards Interesse. Er

stand auf. »Ich bin gleich bei Ihnen. Nummer Eins, Sie haben das Kommando.«

Ro Laren! Picard starrte verblüfft auf die Bewußtlose hinab, die in der Krankenstation auf einer Untersuchungsliege ruhte. Die Präsenz von vier Sicherheitswächtern sorgte dafür, daß es in der medizinischen Abteilung noch enger wurde. Sie standen bei Laren und einigen anderen prominenten Maquis-Offizieren. Der Captain hätte nie gedacht, seinen früheren Lieutenant jemals wiederzusehen, und ein Teil von ihm konnte es noch immer nicht fassen.

Erinnerungsbilder zogen an seinem inneren Auge vorbei. Er entsann sich noch gut daran, wie die junge Ro an Bord der *Enterprise*-D kam. Schon damals war sie recht eigensinnig gewesen, und die Starfleet-Uniform hatte ihr nicht soviel bedeutet wie anderen Leuten. Hinzu kam eine Personalakte, die nicht nur Positives zu berichten wußte. Will Riker und die halbe Crew hatten Ro von Anfang an mißtraut, aber die junge Frau wurde gebraucht, um eine Gruppe bajoranischer Terroristen zu infiltrieren. Sie meisterte diese schwierige Aufgabe und erzielte auch viele andere Erfolge, wurde schließlich zu einer Offizierin, der Picard voll und ganz vertraute.

Und dann verriet sie ihn und Starfleet.

Oder hatte Starfleet Ro Laren verraten? Nach ihrer Beförderung und Ausbildung in antiterroristischer Taktik hatte Admiral Nechajew sie einer sehr schwierigen Situation in der cardassianischen Entmilitarisierten Zone ausgesetzt. Bittere Erfahrungen und jede Menge Leid pflasterten Ros Lebensweg, und vielleicht war es ganz natürlich, daß sie deshalb mit Leuten sympathisierte, die ebenfalls viel gelitten hatten. Wie dem auch sei: Sie lehnte es ab, den Maquis zu verraten, verriet statt dessen Starfleet. Der Kampf

38

gegen Föderationskolonisten und frühere Kameraden war für Captain Picard eine besonders schmerzliche Pflicht gewesen. Doch alles, was er bisher erlebt hatte, verblaßte im Vergleich zu dem schrecklichen Krieg, den ihnen das Dominion aufzwang.

Er wandte sich an Beverly Crusher. »Wie geht es ihr?«

»Sie wird sich erholen«, antwortete die Ärztin. »Noch einige Sekunden ohne Luft, und niemand von ihnen hätte überlebt. Die meisten von ihnen kann ich sofort wecken, aber vielleicht stellen sie ein Sicherheitsrisiko dar.«

Picard schüttelte den Kopf. »Sie kämpften gegen das Dominion, als wir sie retteten. Deshalb halte ich sie zunächst für Verbündete.« Er sah zu den Sicherheitswächtern. »Warten Sie draußen und halten Sie sich dort bereit.«

Die vier Angehörigen der Sicherheitsabteilung verließen die Krankenstation, in der man sich daraufhin etwas leichter bewegen konnte. Picard blieb neben der Liege stehen und nickte Beverly zu, die einen Injektor an Larens Hals hielt.

Nach einigen Sekunden zuckten Ro Larens Lider. Sie verzog das Gesicht, öffnete die Augen und blinzelte verwirrt. Als sie die besorgte Miene von Captain Picard sah, deuteten ihre Lippen ein schiefes Lächeln an.

»Dann stimmt es also«, brachte sie erstaunt hervor. »Dies ist wirklich die *Enterprise*. Stehe ich unter Arrest?«

»Derzeit befinden Sie sich in *meiner* Obhut«, warf Beverly ein. »Aber an Ihrer Stelle würde ich mir wegen Captain Picard keine allzu großen Sorgen machen. Immerhin hat er ziemlich viel Mühe investiert, um Sie und die anderen Personen an Bord Ihres Schiffes zu retten.«

»Danke.« Ro setzte sich auf und ließ den Blick durch die Krankenstation wandern. »Wie geht es meinen Passagieren?«

»Bis auf fünf haben wir alle gerettet«, antwortete Beverly. »Soll ich Sie als Captain ins Logbuch eintragen?«

»Ja«, erwiderte Ro heiser. »Können wir uns irgendwo unterhalten?«

»Natürlich«, sagte Captain Picard. »An Bord dieses Schiffes gibt es einen Gesellschaftsraum, der Zehn-Vorne ähnelt. Angesichts des Krieges geht es dort nicht mehr so zu wie früher, aber für ein Gespräch eignet sich jener Raum allemal.« Er sah Crusher an, die zustimmend nickte.

Der Captain klopfte auf seinen Insignienkommunikator. »Picard an Troi.«

»Ja, Captain?« erklang die muntere Stimme einer Frau.

»Ich erwarte Sie im Gesellschaftsraum, Counselor.«

»Ja, Sir.«

Ro schwang ihre langen Beine über den Rand der Liege, stand unsicher auf und stützte sich dabei ab. »Trauen Sie mir nicht, Captain? Wollen Sie feststellen, ob ich die Wahrheit sage?«

»Wir sind im Krieg«, entgegnete Picard ernst.

»Verstehe. Macht es Ihnen etwas aus, wenn ich mich bei Ihnen einhake? Ich bin ein wenig schwach auf den Beinen.«

»Wie Sie wünschen.« Als Gentleman bot Picard seinem früheren Feind den Arm an.

Es ist tatsächlich nicht mehr so wie früher, dachte Ro Laren, als sie den leeren Gesellschaftsraum sah. Nur eine Ecke des saalartigen Raums war erleuchtet, und einige wenige Tische standen Personen zur Verfügung, die hier Entspannung suchten. Niemand war zugegen, abgesehen von Ro selbst, Captain Picard und Deanna Troi, die wie immer zuversichtlich wirkte und sich ihre Schönheit bewahrt hatte. Der Captain und die Counselor trugen andere Starfleet-Uniformen als damals – offenbar hatte sich bei der Flotte auch in dieser Hinsicht einiges geändert.

Mit mehreren von einem Replikator stammenden Getränken kehrte Picard zum Tisch zurück. »Jeder holt sich seine Sachen selbst«, sagte er in einem entschuldigenden Tonfall. »Bedienung am Tisch ist ein Luxus, den wir uns nicht mehr leisten. Wir haben ohnehin kaum Zeit, hier Platz zu nehmen und zu plaudern.«

»Ich hätte nicht gedacht, daß ich mich einmal freuen würde, jemanden von Starfleet wiederzusehen«, sagte Ro und nahm ein Glas Tomatensaft entgegen. »In diesem besonderen Fall freue ich mich sogar über alle Maßen.«

Deanna faltete die Hände und lächelte. »Erzählen Sie uns, was mit Ihnen geschehen ist.«

Ro preßte kurz die Lippen zusammen. »Um mich nicht selbst zu belasten, überspringe ich die Zeit, als wir noch gegen die Föderation kämpften. Als es zu dem Krieg zwischen Klingonen und Cardassianern kam, während die Föderation mit den Borg beschäftigt war, begann für uns eine friedliche Zeit. Wir gerieten in Vergessenheit und konnten zu einigen unserer alten Siedlungen zurückkehren.«

Sie trank einen Schluck Tomatensaft und lächelte wehmütig. »Ich habe Tomaten angepflanzt, und sie schmeckten viel besser als das hier.« Ro legte eine Pause ein und atmete tief durch, bevor sie fortfuhr: »Sie können sich vorstellen, was mit uns geschah. Das Dominion kam, half den Cardassianern bei der Wiederaufrüstung und schickte sie gegen ihre alten Feinde in den Kampf. Wir versuchten, neutral zu sein,

41

so wie die Bajoraner, denn wir hatten das Kämpfen satt. Aber es klappte nicht. Die Cardassianer zerstörten unsere Siedlungen und brachten Tausende von uns um.«

»Das tut mir sehr leid«, sagte Deanna mit echter Anteilnahme.

Ro zuckte mit den Schultern. »Es passiert überall, nicht wahr? Der Maquis ist nichts Besonderes mehr, nur ein Haufen armseliger Flüchtlinge. Zum Glück habe ich Erfahrung darin, ein Flüchtling zu sein, und daher weiß ich: Manchmal sollte man fliehen; aber bei anderen Gelegenheiten ist es besser, den Kampf aufzunehmen. Wir brachen als Flüchtlinge nach Bajor auf, doch unterwegs entschieden wir uns für den Kampf. Als wir dem Raumschiff in Not begegneten, kamen wir ihm zu Hilfe.«

»Das war entweder sehr tapfer oder sehr dumm«, kommentierte Picard.

»Das ist die Geschichte meines Lebens«, erwiderte Ro und lehnte sich zurück. »Und nun ... Stehe ich unter Arrest?«

»Nein«, sagte Picard fest. »Wir können uns nicht den Luxus leisten, nachtragend zu sein. Ich brauche Sie bestimmt nicht darauf hinzuweisen, daß der Krieg für uns sehr schlecht läuft, oder?«

Ro schnitt eine finstere Miene. »Leider bringe ich keine guten Nachrichten. Tief im cardassianischen Raumbereich konstruiert das Dominion ein künstliches Wurmloch.«

»Was?« brachte Picard bestürzt hervor. »Sind Sie sicher?«

»Ja, das bin ich.« Ro sah Deanna Troi an. »Sie können bestätigen, daß ich sicher bin, nicht wahr?«

Die Counselor seufzte. »Ja, das kann ich.«

»Vielleicht setzt man Gefangene aus der Föderation für den Bau ein«, sagte Ro. »Zwangsarbeiter.«

Picard stand auf, ohne seine Tasse Tee angerührt zu haben. »Sind Sie bereit, das vor meinen Führungsoffizieren zu wiederholen? Vielleicht haben sie Fragen.«

Die Bajoranerin nickte ernst. »Ja, ich bin bereit. Aber ich möchte, daß keine strafrechtlichen Maßnahmen gegen die Passagiere meines Schiffes eingeleitet werden.«

»Es steht mir nicht zu, Ihnen so etwas zu versprechen«, antwortete der Captain. »Wie dem auch sei: Wir haben den Transporter im Schlepptau, und Data meint, daß man ihn reparieren kann. Bitte entschuldigen Sie.«

Er verließ den Gesellschaftsraum, und seine Haltung brachte Entschlossenheit zum Ausdruck. Ro sah ihm nach und schüttelte dann erstaunt den Kopf. »Noch immer der alte Captain Picard.«

»Ja«, pflichtete ihr Deanna bei. »Noch immer der Beste.«

Ro Laren beendete ihren Bericht, ließ die Hände sinken und richtete einen erwartungsvollen Blick auf die Offiziere im Beobachtungszimmer. In ihrem Gesicht zeigte sich die sonderbare Mischung aus Aufmerksamkeit und Indifferenz, die Picard von ihr erwartete. Ihre Informationen kamen aus zweiter Hand, und sie lieferte keinen Beweis. Trotzdem bewirkten die Schilderungen Betroffenheit, vor allem dann, als sie die Schiffe voller Föderationsgefangener erwähnte. Alle wußten, daß es sich dabei um die tragische Wahrheit handelte.

Trotzdem bemerkte Picard hier und dort Skepsis, insbesondere bei Will Riker. Oder vielleicht galt die Sorge in den Zügen des Ersten Offiziers der katastrophalen Tragweite von Ros Geschichte. Wenn das Dominion über ein künstliches Wurmloch im stellaren Territorium der Cardassianer verfügte, so verlor das verminte bajoranische Wurmloch seine Bedeutung und konnte zerstört werden. Dann war das Dominion nicht mehr auf *Deep Space Nine* angewiesen und hatte die Möglichkeit, sich anderen Zielen zuzuwenden, zum Beispiel der Erde.

»Irgendwelche Fragen?« schloß Ro.

»Warum wird das künstliche Wurmloch so nahe bei den Badlands konstruiert?« erkundigte sich Riker argwöhnisch.

»Vermutlich geht das Dominion davon aus, daß es dort nicht von Fernbereichsensoren erfaßt werden kann.«

»Das stimmt auch«, bestätigte Geordi LaForge.

»Könnten Sie uns die Position des Wurmlochs auf einer Karte zeigen?« fragte Riker.

»Ungefähr«, erwiderte Ro. »Ich habe es nicht mit eigenen Augen gesehen, aber ich kenne den Sektor 283 recht gut.«

Riker blieb skeptisch. »Sind Sie sicher, daß Ihre Informationsquelle vertrauenswürdig ist?«

Ro versteift sich, und in ihren Augen blitzte es kalt. »Ich habe nicht den geringsten Zweifel daran, daß mir jener Mann die Wahrheit sagte. Er hat nie gelogen, hatte auch gar keinen Grund dazu. Er war sicher, daß die Föderation den Krieg verliert, und deshalb wollte er mit dem Dominion Freundschaft schließen.«

Unangenehme Stille folgte, und Picard rang sich ein Lächeln ab. »Danke, Captain Ro. Fähnrich Craycroft bringt Sie zur Krankenstation zurück. Wie ich hörte, hat sich der größte Teil Ihrer Passagiere inzwischen erholt.«

Ro sah zu den Schaukästen an der einen Wand des Beobachtungszimmers. Die Vitrinen enthielten Modelle früherer Raumschiffe mit dem Namen *Enterprise*, und ihr Anblick brachte ein wehmütiges Lächeln auf die Lippen der Bajoranerin. »Oft habe ich gedacht, wie dumm ich war, dies alles aufzugeben. Und was passiert? Ich finde mich an Bord der *Enterprise* wieder und stelle fest, daß es Ihnen ebenso ergeht wie mir: Wir alle kämpfen um unser Leben. Es ist komisch, wie die Zeit manchmal alles aufs Wesentliche reduziert.«

»Ich kann nichts Komisches daran erkennen«, brummte Riker. Seine Miene erhellte sich ein wenig. »Aber ich bin froh, daß wir Sie retten konnten. Und ich danke Ihnen für die Hilfe, die sie der *Aurora* geleistet haben.«

»Den Ort unseres Todes können wir nicht wählen, aber jeder von uns kann entscheiden, wie er stirbt.« Ro Laren sah zur Sicherheitsoffizierin an ihrer Seite. »Gehen wir.«

Fähnrich Craycroft berührte eine Schaltfläche. Die Tür öffnete sich, und sie geleitete die Bajoranerin in den Korridor.

Das Schott hatte sich gerade wieder geschlossen, als Riker sagte: »Sie bleibt eine Verräterin, und außerdem haben wir nicht den geringsten Beweis dafür, daß ihre Geschichte stimmt. Es könnte eine Falle sein.«

»Counselor Troi entdeckte keine verborgenen Absichten oder etwas in der Art«, erwiderte Picard, und Deanna nickte. Er ging am glänzenden Konferenztisch entlang. »Wir wußten, daß Föderationsgefangene vom Dominion verschleppt werden, aber wir wußten nicht *warum*. Was Ro betrifft ... Zum erstenmal konnten wir mit einer Person sprechen, die hinter den feindlichen Linien gelebt hat.«

»Und ihr allgemeiner Gesundheitszustand deutet darauf hin, daß es kein luxuriöses Leben gewesen ist«, warf Beverly Crusher ein.

»Ich glaube, sie sagt die Wahrheit«, meinte Deanna Troi. »Zumindest hat sie uns das gesagt, was sie für die Wahrheit hält.«

»Und genau da liegt der Haken«, ließ sich Picard vernehmen. »Handelt es sich um Fakten oder nur um ein Gerücht? Data, ist ein künstliches Wurmloch überhaupt denkbar?«

»Rein theoretisch, ja«, antwortete der Androide. »Vor drei Jahren hat eine Gruppe von Trill-Wissenschaftlern unter der Leitung von Doktor Lenara Kahn versucht, eine Antwort auf diese Frage zu finden. Sie verwendeten das bajoranische Wurmloch als Modell und gelangten zu dem Schluß, daß die Konstruktion eines künstlichen Wurmlochs zwar möglich, aber sehr problematisch ist. Ohne funktionierende Prototypen muß ein mindestens acht Kilometer langer Verteron-Beschleuniger gebaut werden. Ich kann Ihnen eine genauere Schätzung nennen, wenn Sie möchten.«

»Vielleicht später«, sagte Picard. Geordi beugte sich vor und schien etwas auf dem Herzen zu haben. »Ja, Mr. LaForge?«

»Meiner Meinung nach betrifft das größte Problem nicht die Ausmaße des künstlichen Wurmlochs, sondern das Baumaterial«, sagte der Chefingenieur. »An der Öffnung des Wurmlochs entsteht ein ungeheuer starker nach außen gerichteter Strahlungsdruck, vergleichbar mit dem Druck im Zentrum eines besonders massereichen Neutronensterns. Wir kennen kein Material, das einer solchen Belastung standhalten könnte.«

»Vergessen Sie Corzanium?« fragte der Androide.

LaForge lächelte, und seine künstlichen Netzhäute funkelten heiter. »Ich bitte Sie, Data. In der ganzen Föderation gibt es nicht mehr als einen Teelöffel Corzanium. Die Substanz muß auf dem Quantenniveau aus einem Schwarzen Loch gewonnen werden, mit Hilfe eines Traktorstrahls, der durch einen Metaphasenschild-Verstärker geleitet wird. Andererseits: Mit genügend Corzanium dürfte der Druck an der Öffnung des Wurmlochs kein Problem mehr darstellen.«

»Das Dominion verfügt über beträchtliche Ressourcen«, sagte Picard leise. »Und auch über die notwendigen Leute – die unter anderem aus der Föderation stammen. Das künstliche Wurmloch könnte also tatsächlich gebaut werden?«

»Ja, Sir«, antwortete Data. »Meiner Ansicht nach sollten wir Captain Ros Bericht ernst nehmen.«

Diese einfachen Worte schufen Beklommenheit im Beobachtungszimmer. Niemand mußte noch einmal darauf hinweisen, welche Katastrophe drohte, wenn das Dominion weitere Kriegsschiffe der Jem'Hadar, weitere salbungsvolle Vorta und weitere Gestaltwandler in den Alpha-Quadranten bringen konnte.

»Wir müssen uns die Sache ansehen«, sagte Picard. »Und wenn wirklich ein künstliches Wurmloch gebaut wird, so darf es nicht fertiggestellt werden.«

»Captain …« Riker strich sich nachdenklich über den Bart. »Ihnen ist hoffentlich klar, daß Sie von einem selbstmörderischen Einsatz sprechen. Wer daran teilnimmt, kann kaum hoffen, lebend zurückzukehren.«

Picard seufzte. »Und wenn wir uns nicht auf den Weg machen und Ro recht hat? Das käme einem Selbstmord der ganzen Föderation gleich. Ich schicke Starfleet eine Nachricht und bitte um Erlaubnis, Nachforschungen in Hinsicht auf Ros Bericht anzustellen. Danke für Ihre Kommentare – Sie können gehen.«

Ro Laren saß in einem kleinen Therapiezimmer und half dem jungen Shon Navo bei Bewegungsübungen – die Sehnen des rechten Ellenbogens und rechten Knies waren behandelt worden. Die meisten Besatzungsmitglieder und Passagiere der *Träne des Friedens* hatten weitaus ernstere Verletzungen erlitten, aber bei dem Jungen kam ein besonderes Problem hinzu: An Bord der *Enterprise* sah er überall Menschen mit Starfleet-Insignien, was für Shon Navo eine schwere psychische Krise bedeutete. Fast sein ganzes Leben lang hatte er Starfleet gehaßt, und jetzt hing seine Sicherheit ausgerechnet von Angehörigen der Flotte ab.

Er beugte und streckte den Arm, während Ro seine Fortschritte mit einem medizinischen Tricorder überwachte. »Ausgezeichnet«, sagte sie. »Noch zehnmal, und dann beginnen wir mit dem Knie.«

Shon ließ den Arm auf den Tisch sinken. »Was hat das für einen Sinn? Bestimmt werden wir alle getötet – oder ins Gefängnis gesteckt.«

»Das wissen wir nicht. In unserem Fall besteht eine gute Chance dafür, daß man uns nach Bajor schickt.«

»Vorausgesetzt, wir kommen dem Planeten nahe genug«, brummte Shon.

Ro runzelte die Stirn und mußte sich der Tatsache stellen, daß sie ziemlich weit von zu Hause entfernt waren – wenn es überhaupt ein Zuhause für sie gab. Es blieb nicht ohne Folgen für sie beide, heimatlos zu sein. Shon ähnelte ihr, war ebenfalls zynisch und desillusioniert, ohne Respekt vor der Autorität. Und der Krieg sorgte dafür, daß es noch mehr Flüchtlinge gab, noch mehr Gefangene, noch mehr zerstörte Existenzen.

Sie trank einen Schluck Tomatensaft. »Die Menschen und ihre Verbündeten sind keine schlechten Leute«, sagte Ro langsam. »Sie vertrauen zu schnell und halten bei Begegnungen mit anderen Völkern immer nach den guten Eigenschaften Ausschau. Das gilt sogar für die Cardassianer. Wenn sie diesen Krieg überleben, sind sie in Zukunft vielleicht vorsichtiger. Wichtig ist, daß wir folgendes einsehen: Wir stehen jetzt alle auf der gleichen Seite.«

Für einige Sekunden legte der Junge die Maske der

Tapferkeit ab. »Wird man uns nicht in irgendeinem Gefangenenlager unterbringen – bis uns das Dominion schließlich erwischt? Alle sagen, daß die Föderation den Krieg verliert!«

»Dann kümmere dich um dich selbst«, sagte Ro und duzte den Jungen jetzt. »Kämpfe, wenn du dazu gezwungen wirst, rette Leben, wenn du kannst. Diesmal ist es gut, Bajoraner zu sein.« Sie rieb ihm freundlich die Schulter.

Die Tür öffnete sich, und als Ro den Kopf drehte, sah sie Captain Picard im Korridor – er wirkte besorgt. Fast wäre die Bajoranerin aufgestanden, um Haltung anzunehmen. Sie entspannte sich und dachte daran, daß sie jetzt ebenfalls Captain war. Picard hatte sie vor seiner Crew wie jemanden behandelt, der den gleichen Rang bekleidete, und wenn der Rest von Starfleet die gleiche Bereitschaft gezeigt hätte, über gewisse Vorfälle in der Vergangenheit hinwegzusehen ... *Dann könnte mir dieses neue Bündnis sogar gefallen*, dachte Ro Laren.

Picard trat ein, sah den Jungen an und lächelte. »Entschuldige bitte die Störung, aber ich muß dringend mit Captain Ro sprechen. Bestimmt ist einer der Sanitäter bereit, dir bei der Therapie zu helfen.«

Ro nickte dem jungen Bajoraner zu. Shon machte kaum einen Hehl aus seinem Haß, als er dem Captain einen kurzen Blick zuwarf und den Raum verließ. In Gedanken war Picard viel zu sehr mit anderen Dingen beschäftigt, um davon Kenntnis zu nehmen.

»Was wird aus den Passagieren und der Crew meines Schiffes?« fragte Ro.

»Wir werden ihnen Schutz gewähren, aber wenn wir den Krieg verlieren ...« Picard sprach den Satz nicht zu Ende. »Ich weiß nur eins: Wenn es dem Dominion tatsächlich gelingt, ein künstliches Wurmloch zu konstruieren, sind wir erledigt. Es muß unbedingt zerstört werden. Ich habe Starfleet um Erlaubnis gebeten, auf der Grundlage Ihres Berichts Nachforschungen anzustellen. Leider muß ich sagen, daß mir die Antwort nicht gefällt.«

Er seufzte. »Starfleet Command ist nicht bereit, die *Enterprise* bei einer solchen Mission aufs Spiel zu setzen. Wir haben allerdings die Möglichkeit, mit einem anderen Schiff aufzubrechen, vorzugsweise mit einem, das nicht zu Starfleet gehört und keinen Verdacht erregt.«

Ro neigte den Kopf ein wenig zur Seite und lächelte. »Zum Beispiel die *Träne des Friedens*?«

»Genau. Mr. LaForge meint, die Reparaturarbeiten – und einige Verbesserungen an den Bordsystemen – nehmen etwa dreißig Stunden in Anspruch. Eine kleine, gut ausgewählte Crew könnte ins cardassianische Raumgebiet vorstoßen und das künstliche Wurmloch vernichten, wobei sie darauf achten sollte, keine Zwangsarbeiter aus der Föderation zu gefährden.«

Ros Lächeln wuchs in die Breite. »Sie sprechen von einer wichtigen Spionagemission und einem noch bedeutungsvolleren Sabotageakt. Wenn wir in Gefangenschaft geraten ... Haben Sie eine Ahnung, wie lange uns die Cardassianer foltern werden? Zum Schluß flehen wir sie an, uns endlich zu töten.«

»Ich bin mit den cardassianischen Foltermethoden vertraut«, erwiderte Picard grimmig. »Wenn Sie in bezug auf Ihre Crew und die Passagiere besorgt sind, so werde ich sicherstellen, daß man sie fair behandelt und für den Verlust der *Träne des Friedens* entschädigt. Ich bitte nur um das Schiff, nicht um Ihre Teilnahme an der Mission – obwohl ich mich sehr darüber freuen würde.«

»Das Schiff bricht nicht ohne mich auf. Außerdem kennt die Badlands niemand so gut wie ich.« Ro zögerte kurz. »Wie ist die Kommandohierarchie beschaffen?«

»Sie sind der Captain des Schiffes, so wie bisher«, antwortete Picard. »Ich leite die Mission. Oft bin ich in *Ihrer* Position gewesen, während jemand anders für die Mission zuständig war. Es ist also eine angenehme Abwechselung für mich.«

»Haben Sie Bajoraner an Bord?«

»Nein, aber in Hinsicht auf Tarnungen hat Dr. Crusher im Verlauf der Jahre großes Geschick entwickelt. Sie ist imstande, Menschen so in Bajoraner zu verwandeln, daß sich ihre wahre Natur nicht einmal bei einem Scan herausstellt. Unsere Crew wird aus fünfzehn Personen bestehen; mehr kann ich nicht entbehren. Sie wissen, daß unsere Mission erfolgreich sein *muß*, nicht wahr?«

Das Lächeln verschwand aus Ros hohlwangigem Gesicht, und sie wirkte wieder wie eine Soldatin. »Ja. Aber Sie erwarten zuviel, wenn Sie ins cardassianische Raumgebiet vorstoßen, das künstliche Wurmloch finden, es zerstören *und* die Föderationsgefangenen befreien wollen. Wir müssen realistisch sein – die Gefangenen sind verloren.«

»Die Mission kommt an erster Stelle«, bestätigte Picard ernst. »Wir können den Gefangenen nur helfen, indem wir einen Eindruck von der Situation gewinnen. Das Leid unserer Kameraden läßt sich allein durch einen Sieg übers Dominion rächen.«

Ro hob ihr Glas Tomatensaft und sah in Captain Picards entschlossen blickende Augen. »Auf die Rache.«

3

Sam Lavelle schwebte gewichtslos im Nichts. Auf der spröden, schmutzigen Haut fühlte sich der Raumanzug wie ein Gewand aus feinster Seide an. Ein Kabelschlauch verband ihn mit dem Gerüst, gab ihm Luft und Sicherheit. Außerdem ermöglichte er es, ihn die ganze Zeit über zu kontrollieren. Der Anzug behinderte ihn nur, wenn er versuchte, die Arme weit über den Kopf zu heben. Wenn das geschah, entspannte er sich, schwebte eine Zeitlang und versuchte dann, sich in eine bessere Position zu bringen, um die Arbeit an der Verbindungsstelle fortzusetzen. Inzwischen vermied er es, die kleinen Düsen des Raumanzugs zu verwenden – mehrmals war er dadurch übers Ziel hinausgeschossen und hatte wertvolle Sekunden verloren.

Der große Schraubenschlüssel in seiner Hand hatte kein Gewicht, fühlte sich leicht wie eine Feder an – doch er konnte eine sehr wirkungsvolle Waffe sein, wenn er mit den Füßen irgendwo festen Halt fand. Zum hundertsten Mal an diesem Tag stellte sich Sam vor, das Werkzeug auf den Kopf des Jem'Hadar-Aufsehers zu schmettern.

»Nummer Null-fünf-neun-sechs«, erklang eine schroffe Stimme an Sams Ohr. »Sie fallen hinter den Zeitplan zurück. Wenn Sie das Siegel nicht innerhalb von vierzehn Minuten schließen, verlieren Sie Ihre Privilegien.«

Sam hob die Hand und winkte, fragte sich dabei,

ob die Jem'Hadar seinen gestreckten Mittelfinger sehen konnten. Wahrscheinlich nicht; die einzelnen Segmente des Handschuhs waren ziemlich dick. ›Privilegien‹ war ein Euphemismus für Essen, Wasser, Sauerstoff und eine Koje – das absolute Minimum fürs Überleben. Man verlor seine Privilegien nur ein oder zweimal. Anschließend wurde der Betreffende zusammen mit dem Müll ausgeschleust, und zwar ohne Raumanzug.

Sam Lavelle ließ seine Gedanken auch weiterhin treiben, als er über den gewaltigen Verteron-Beschleuniger hinwegsah, ein röhrenförmiges Gerüst, zehn Kilometer lang und zwei Kilometer breit. Es fiel schwer, sich die ganze Konstruktion vorzustellen, wenn man immer nur einige dünne Stangen sah, umgeben von der Schwärze des Alls.

Der Anblick Tausender von Arbeitern, die Raumanzüge trugen und wie ungeschickte Spinnen an dem Gebilde herumkletterten, vermittelte einen Eindruck von der unglaublichen Länge. Kleine cardassianische Shuttles, die im Zentrum der langen Röhre patrouillierten, ermöglichten eine Vorstellung von der Breite.

Sam begriff plötzlich, daß er sich trotz der Warnung des Jem'Hadar-Aufsehers nicht bewegt hatte. Ließ sich daraus der Schluß ziehen, daß er für den Tod bereit war?

Doch er durfte nicht sterben, nicht jetzt – zu viele Leben hingen von ihm ab. Zufall und vermutlich auch die Kraft seiner Persönlichkeit hatten dafür gesorgt, daß er zum Sprecher für fünfhundert Gefangene in Kapsel 18 wurde. Er gab sich nicht der Illusion hin, besser dran zu sein als seine Mitgefangenen oder größere Überlebenschancen zu haben. Aber er war bereit, für sie zu sprechen, ihre Interessen zu vertreten.

Erstaunlicherweise war es ihm noch nicht gelungen, die Aufseher so sehr zu verärgern, daß sie ihn umbrachten. *Vermutlich ist es nur eine Frage der Zeit*, dachte Sam.

Er stülpte den Schraubenschlüssel über einen Bolzen, sah auf die digitale Anzeige im Griff und zog an, bis der richtige Spannungswert erreicht war. Zwei Meter entfernt ragte ein zylindrisches Verteron-Beschleunigungsmodul in seine Richtung. Es sah aus wie eine bizarre Kanone und erinnerte Sam an den Krieg. Vielleicht war bereits die Entscheidung gefallen und die ganze Föderation unterworfen. Andererseits: Das Dominion trieb die Konstruktionsarbeiten entschlossen voran, was darauf hinwies, daß der interstellare Völkerbund nach wie vor eine Bedrohung darstellte. Das künstliche Wurmloch wurde dringend benötigt.

Ein technisches Wunderwerk – eine Brücke zu einem anderen Quadranten der Galaxis, Zehntausende von Lichtjahren entfernt. Das an diesem Ort entstehende Wurmloch stellte eine Mischung aus Dominion- und Föderationstechnik dar. Außerdem wurde es von Angehörigen des Dominion und der Föderation gebaut. Es hätte ein Symbol des Friedens sein können; statt dessen sollte es das Ende der Föderation besiegeln.

Wie Tausende von anderen Männern und Frauen, die im Innern des Verteron-Beschleunigers schwebten oder in den Laboratorien und Fabriken des Konstruktionskomplexes schufteten, suchte auch Sam nach Möglichkeiten, die eigene Arbeit zu sabotieren. Leider wurden sie alle streng überwacht, und Vorta kontrollierten immer wieder die Qualität der geleisteten Arbeit. Nur wenn die Tests begannen, würde sich herausstellen, ob es tatsächlich jemandem gelungen war, das künstliche Wurmloch zu sabotieren. Sam wartete auf die Chance, zu einem Helden zu werden, aber jeder verstreichende Tag brachte das Dominion seinem Ziel näher.

Wie ein Roboter, der sich nicht um die Konsequenzen seiner Tätigkeit scherte, überprüfte Sam das Siegel und meldete es als geschlossen. Es handelte sich um die letzte Aufgabe, die an diesem Segment erledigt werden mußte, und deshalb stieß er sich ab, trieb im All. Seine körperlichen Empfindungen beschränkten sich auf Lethargie und eine unangenehme Leere, die den Magen betraf, vielleicht aber auch die Seele.

Sam straffte seine ›Nabelschnur‹ und beobachtete, daß sie bis zur Wartungskapsel an der Verbindungsstelle von sechs Stützstreben reichte. »Ich bin bereit für die Rückkehr«, sagte er.

»Ihre Abholung verzögert sich«, ertönte einmal mehr die schroffe Stimme des Aufsehers.

Sam seufzte laut, und im Raumhelm klang das Geräusch seltsam hohl. Eben hatte man ihm noch Strafe für den Fall angedroht, daß er nicht rechtzeitig fertig wurde, und jetzt ließ man ihn weiterhin im All schweben. Was mochte der Grund für die Verzögerung sein? Sam drehte sich langsam, um in die entgegengesetzte Richtung zu sehen.

Ein cardassianischer Tanker manövrierte vor der Öffnung des Verteron-Beschleunigers. Sam war kein Physiker, nur ein einfacher Pilot und Navigator, aber er wußte: Die gravitationellen und temporalen Kräfte würden am Ausgangspunkt des künstlichen Wurmlochs am größten sein. Nur einige wenige Gefangene, von allen anderen isoliert, kannten die Konstruktionspläne für jene Sektion des Beschleunigers. Sam vermutete, daß sie eine schwache Stelle darstellte, die sich besonders leicht sabotieren ließ. Er beobachtete jetzt eine wichtige Entwicklung, und zwar aus einer Entfernung von einigen Kilometern. Der Tanker und die Gestalten in der Ferne hatten seine volle Aufmerksamkeit.

Kleine Manövrierdüsen glühten, und eine Gruppe von Arbeitern driftete dem Frachthangar im Heck des Tankers entgegen. Sam zählte insgesamt fünfzehn in weiße Raumanzüge gekleidete Gefangene und die gleiche Anzahl von Jem'Hadar-Wächtern in grauen Schutzanzügen – die Ladung des Tankers mußte von ziemlich großer Bedeutung sein.

Das Schott des Frachthangars öffnete sich, und im Innern des Tankers schien ein Sonnenstrahl zu glänzen. Sam bedauerte, keine Einzelheiten zu erkennen, aber sein Instinkt sagte ihm auch, daß man besser einen sicheren Abstand wahrte. Ein *Etwas* aus reiner Energie glitt aus dem Hangar, schien etwa zehn Meter lang und einen Meter breit zu sein. Die Arbeiter nahmen an dem schimmernden Objekt ihre Positionen ein – wie Sargträger – und dirigierten es fort vom Tanker.

Sam nahm an, daß die geheimnisvolle Substanz in einem Stasisfeld steckte, oder vielleicht in einem besonders strukturierten Kraftfeld. Er glaubte nicht, daß das Dominion Antimaterie als Baumaterial einsetzte, aber dieser Substanz begegnete es mit dem gleichen Respekt.

Plötzlich zündeten die Manövrierdüsen des cardassianischen Schiffes. Es hatte sich erst einige Meter entfernt, als der Raum zwischen ihm und der strahlenden Fracht ebenso flirrte wie die Luft über einer heißen Asphaltstraße. Sam hielt unwillkürlich den Atem an und begriff: Was jetzt geschah, war nicht geplant. Das glühende Material schimmerte heller, bis ein greller, alles andere überstrahlender Glanz entstand.

Sam kniff die Augen zu und sah, wie die Arbeiter in den weißen Schutzanzügen ihre Düsen einsetzten und zu fliehen versuchten. Die Jem'Hadar schenkten der Gefahr keine Beachtung und schossen auf die fliehenden Gefangenen. Phaserstrahlen zuckten durchs All, und einige der weißen Gestalten explodierten wie Heliumballons, die Feuer fingen. Sam schnappte nach Luft und breitete hilflos die Arme aus – die Umstände zwangen ihn, sich auf die Rolle des Beobachters zu beschränken.

Wer dem Massaker entkam, fiel unmittelbar darauf einer gräßlichen Kettenreaktion zum Opfer. Das Stasisfeld flackerte und verschwand. Das glühende Material in seinem Innern wuchs wie eine Protuberanz und verschlang nicht nur die Arbeiter, sondern auch die Jem'Hadar und den cardassianischen Tanker. Das Schiff explodierte, verwandelte sich in eine Wolke aus Funken und goldenem Gas. Ein Feuerball entstand an der Öffnung des Verteron-Beschleunigers.

Sam spannte die Muskeln, als die energetische Druckwelle ihn erfaßte und wie ein welkes Blatt im Wind davonschleuderte. Er spürte, wie die Temperatur im Innern des Schutzanzugs zunahm, und dieser Umstand besorgte ihn – bis er hart gegen einen Stahlträger stieß. Er prallte ab und flog durch die Leere. Der Kabelschlauch spannte sich immer mehr, und er befürchtete einen möglichen Riß der Nabelschnur – rasch aktivierte er die Düsen, um zu kompensieren.

Trümmerstücke rasten an ihm vorbei. Glücklicherweise wurde er nicht getroffen, und es gelang ihm, die Deckung eines metallenen Pfeilers zu erreichen. Von dort aus blickte er erneut über die ganze Länge der Konstruktion und stellte fest: Überall herrschte Chaos.

Cardassianische Schiffe und Raumer der Jem'Hadar näherten sich dem Ort des Unglücks, doch dort gab es nichts und niemanden zu retten. Vom Tanker war nur eine sich schnell ausdehnende Staubwolke übriggeblieben. Tote schwebten im All, die Körper zerfetzt und verbrannt.

»Bleiben Sie, wo Sie sind!« erklang eine scharfe Stimme an Sams Ohr. »Bewegen Sie sich nicht!«

Sam Lavelle lachte verbittert. Zahllose Leben waren durch cardassianische Achtlosigkeit ausgelöscht worden, aber den Aufsehern ging es nur darum, die Gefangenen an der Flucht zu hindern. Hilflos trieben die Zwangsarbeiter im All. Wohin sollten sie fliehen? Wie weit konnten sie mit einem Schutzanzug kommen, der ohne den Kabelschlauch nur wenige Minuten Atemluft enthielt?

Wenn es nicht so tragisch wäre, könnte man es für komisch halten, dachte Sam. Vielleicht wies der Zwischenfall darauf hin, daß das künstliche Wurmloch nie fertiggestellt wurde. Das mochte eine gute Nachricht für die Föderation sein, aber es bedeutete gleichzeitig, daß Tausende von Gefangenen nicht mehr gebraucht wurden. Bei einem Fehlschlag des Projekts mußten die Zwangsarbeiter damit rechnen, daß das Dominion seinen Zorn an ihnen ausließ.

Wir sind ohnehin so gut wie tot, dachte Sam, als er ziellos in der Leere schwebte und ein ganz bestimmtes Glühen in der Ferne beobachtete. Es ging von den Badlands aus, großen Gaswolken, in denen einst der Maquis Zuflucht gefunden hatte. Jetzt kam das matte Licht einer Verheißung gleich, stellte Flucht und Freiheit in Aussicht – obwohl es unter den gegenwärtigen Umständen überhaupt keinen Sinn hatte, über solche Dinge nachzudenken.

Sams Leben war zu Ende gegangen, als der Feind die *Aizawa* aufbrachte. Als Brückenoffizier hatte er zu ihrer Crew gehört, zusammen mit Taurik, seinem besten Freund. Er fragte sich, ob ihr früheres Schiff, die *Enterprise*, den Krieg bisher heil überstanden hatte. Bisher war er keinen Gefangenen von der

Enterprise begegnet, aber das mußte nichts heißen. Picards Schiff konnte trotzdem nur noch eine Staubwolke sein, so wie auch der cardassianische Tanker.

Sam dachte an die Tage an Bord der *Enterprise* zurück, an seine Freunde Taurik, Sito Jaxa und Alyssa Ogawa. Angesichts von Leistungsbewertungen und Beförderungswünschen war es nicht unbedingt eine unbekümmerte Zeit gewesen, aber es hatte echte Kameradschaft gegeben. Jaxas Tod bei einer geheimen Mission konfrontierte sie damals zum erstenmal mit der bitteren Realität, die noch viele andere Opfer von ihnen verlangen würde.

Aus den Augenwinkeln bemerkte er eine Bewegung und war dankbar für die Ablenkung. Ein gedrungen wirkendes, bronzefarbenes Shuttle schwebte über ihm. »Verbindung lösen«, wies ihn eine Stimme an. »Seien Sie bereit, aufgenommen zu werden.«

Sam seufzte und schloß das Einlaßventil des Kabelschlauchs. Er schob den Schraubenschlüssel in die Halterung, löste den Verbindungsstutzen und beobachtete, wie die Nabelschnur zur Wartungskapsel glitt. Einige Sekunden lang hing er frei im All – wenn man in dieser Hinsicht von ›frei‹ sprechen konnte. Dann spürte er ein Prickeln, das vom Transporterstrahl verursacht wurde.

Er materialisierte im Transporterraum des Shuttles, und drei Jem'Hadar-Wächter richteten ihre Waffen auf ihn. »Bewegung!« befahl einer und winkte mit dem Phaser.

Sam trat von der Plattform und spürte nun das Gewicht des Raumanzugs. Die Jem'Hadar wirkten heute besonders gereizt, und außerdem: Für gewöhnlich empfingen ihn nur zwei, nicht drei. Er spürte ihre kalten Blicke auf sich ruhen, als er den Schutzanzug auszog und auch den Rest der Kleidung ablegte. Den

Anzug schob er ins dafür vorgesehene Fach, und anschließend wartete er nackt.

Für Scham und dergleichen gab es in diesem Inferno keinen Platz, erinnerte sich Sam, als ihn die Jem'Hadar in einen anderen Raum führten. Dort hockten zwei Männer und vier Frauen auf dem Boden, alle nackt.

Früher einmal hätte der Anblick von nackten jungen Frauen den Lieutenant erregt, aber jetzt sah er nur Opfer in ihnen, ihrer Menschlichkeit und ihres Willens beraubt. Es waren Schwestern im Leid, keine Objekte der Begierde. Sie alle brauchten ein Bad, und niemand von ihnen bekam Gelegenheit zu angemessener Körperpflege. Wie die meisten Männer hatte Sam einen dunklen, zottigen Bart. Selbst Taurik, der wie alle Vulkanier großen Wert auf das Erscheinungsbild legte, wirkte ungepflegt, als er nackt auf dem Boden saß, den Rücken an die kalte Wand gelehnt.

Sam nickte seinen Mitgefangenen müde zu, als er sich neben Taurik niederließ. Ein Kraftfeld versiegelte den Ausgang, und dicht dahinter stand ein bewaffneter Jem'Hadar, der sie beobachtete. Einigen Jem'Hadar war es gleich, wenn sich die Gefangenen unterhielten, doch andere erlaubten das Sprechen erst in den Quartierskapseln. Cardassianische Wächter gaben sich gern herrisch und schlugen Gefangene, die miteinander redeten.

Sam beschloß, den Jem'Hadar-Wächter auf die Probe zu stellen. »Was hältst du von der Explosion?« wandte er sich leise an Taurik.

Der Vulkanier neigte nachdenklich den Kopf, so als hätte man ihm unter ganz normalen Umständen eine ganz normale Frage gestellt. »Offenbar ging sie auf den fehlerhaften Umgang mit einem sehr gefährlichen Material zurück. Vermutlich kam es beim Stasisfeld zu einem Stabilitätsverlust. Vielleicht sollte die

Substanz beim Bau der Wurmlochöffnung verwendet werden.«

Schritte näherten sich, und die Gefangenen sahen zwei Jem'Hadar-Wächter, die einen verletzten Menschen trugen – an seinem nackten Körper zeigten sich starke Verbrennungen. Die Jem'Hadar gingen alles andere als zimperlich mit dem Verwundeten um und warfen ihn in eine leere Zelle. Dort blieb der Namenlose liegen, dem sicheren Tod ausgeliefert, wenn er nicht bald behandelt wurde.

Einer der männlichen Gefangenen begann zu weinen. Sie alle wußten, daß den Verletzten keine Behandlung erwartete. Er würde sterben, allein und vergessen, in einem Käfig.

Sam sah zu dem weinenden Mann. »Ich verstehe Ihre Empfindungen. Wir müssen überleben, uns an dies erinnern und davon berichten.«

»Ich will nicht mehr leben«, brachte der Mann verzweifelt hervor. »Und mir liegt ganz gewiß nichts daran, mich an dies zu erinnern.«

»Er ist ein Kollaborateur«, zischte eine Frau und starrte Sam an.

»Das stimmt nicht«, erwiderte Taurik. »Lieutenant Lavelle hat sich bereit erklärt, als Verbindungsoffizier für Kapsel Achtzehn zu fungieren, und dadurch bekommt er häufiger Kontakt mit den Jem'Hadar als ein gewöhnlicher Gefangener. Aber das bedeutet nicht, daß er dem Feind die für einen Kollaborateur typische Unterstützung gewährt. Er setzt sich für uns ein.«

»Schon gut, Taurik«, brummte Sam. »Sollen sie denken, was sie wollen.«

»Mit ihm ist alles in Ordnung«, sagte die älteste der vier Frauen, eine Klingonin, an deren Körper sich überall Narben zeigten. »Wenn ihr einen Kollaborateur sucht, so wendet euch an den Trill Enrak Grof!

61

Man gebe mir ein Messer, und ich schneide den verdammten Wurm aus ihm heraus!«

»Professor Grof ist ein Trill ohne Symbiont, soweit ich weiß«, erwiderte Taurik. »Aber ich stimme Ihnen zu. Er ist ein Kollaborateur im Sinne dieser Bezeichnung.«

Sam musterte den Vulkanier und fragte sich, ob er tatsächlich einen Hauch Bitterkeit in seiner Stimme gehört hatte. Es wäre durchaus verständlich gewesen. Enrak Grof stand kurz davor, eins der größten Rätsel der Wissenschaft zu lösen: Er war dem Geheimnis von Wurmlöchern auf der Spur und schickte sich an, einen künstlichen Tunnel durch Zeit und Raum zu bauen. Um die Möglichkeit dafür zu bekommen, arbeitete Grof mit dem Feind zusammen. Sein Name stand auf allen schematischen Darstellungen und Konstruktionshinweisen, und in der hiesigen Hierarchie schien er den gleichen Rang einzunehmen wie die Vorta-Techniker. Er war dem Dominion auch deshalb sehr nützlich, weil er darauf hinweisen konnte, welche Arbeiten sich für die Gefangenen eigneten.

Als Sam darüber nachdachte … Vielleicht verdiente es Grof wirklich, daß man ihm mit einem stumpfen klingonischen Messer den Bauch aufschlitzte.

Taurik schüttelte den Kopf. »Es ist sehr unwahrscheinlich, daß jemand von uns Gelegenheit bekommt, Professor Grof zu schaden. Nur wenige von uns haben ihn gesehen, seitdem er an Bord von *Deep Space Nine* in Gefangenschaft geriet.«

»Er wurde gefangengenommen?« fragte die jüngste Frau. Ein beliebter Zeitvertrieb der Zwangsarbeiter bestand darin, sich zu erzählen, wie sie in die Gewalt des Feindes geraten waren.

»Er weigerte sich, seine Experimente in Hinsicht auf das bajoranische Wurmloch aufzugeben«, antwortete Taurik. »Er blieb auf *Deep Space Nine*, als das

Dominion die Raumstation übernahm, und dadurch wurde er zum Gefangenen. Die Arbeit scheint ihm wichtiger zu sein als alles andere.«

»Wichtiger auch als seine *Ehre*«, fauchte die Klingonin. »Vielleicht steckt kein Wurm in seinem Innern, aber er *ist* ein Wurm.«

»Mich zogen sie aus einer Rettungskapsel«, sagte die jüngste Frau und starrte dabei ins Leere. Sommersprossen reichten ihr bis auf den Rücken.

Ein dumpfes Klacken und eine leichte Erschütterung wiesen Sam darauf hin, daß sie am Kapselkomplex angedockt hatten. Er stellte ihn sich als riesiges Modell eines sehr kompliziert strukturierten Moleküls vor, mit langen, schmalen Tunneln, die einzelne, fensterlose Kugeln miteinander verbanden, die Heime für Gefangene und Aufseher. Bisher war niemandem die Flucht aus dem Kapselkomplex gelungen. Wohin sollte man auch fliehen? Weit und breit gab es nichts als leeres, kaltes All.

Sam stellte sich oft vor, ein Raumschiff zu stehlen, aber die Jem'Hadar und Cardassianer ließen ihre Shuttles nie länger als einige wenige Sekunden angedockt. Sie berücksichtigten alle Möglichkeiten und verstanden es, einer Flucht der Gefangenen vorzubeugen.

»Sie können von Glück sagen«, murmelte einer der Männer. »Ich meine jene, die bei der Explosion starben.«

Niemand widersprach diesen düsteren Worten. An manchen Tagen schien der Tod besser zu sein als eine Schufterei, die dem Feind zum Vorteil gereichte. Durch Krieg und Gefangenschaft wurden Tod und Dunkelheit zu ständigen Begleitern.

Bewaffnete Jem'Hadar traten vor den Zellenzugang, und einer von ihnen deaktivierte das Kraftfeld. Sie winkten mit ihren Strahlern, und daraufhin erhoben sich die Gefangenen, traten in den Korridor. Die meisten von ihnen versuchten, dem Verletzten in der anderen Zelle keine Beachtung zu schenken, aber Sam deutete auf ihn.

»Können Sie ihm helfen?« fragte er.

»Er ist verwundet«, erwiderte ein Jem'Hadar. »Gehen Sie weiter.«

Sam wollte protestieren, aber dann erinnerte er sich daran, daß die Jem'Hadar verletzten Angehörigen des eigenen Volkes mit der gleichen Geringschätzung begegneten. Die Starken überlebten, und die Schwachen wurden besser ausgesondert. Außerdem war es für einen Jem'Hadar die größte aller Ehren, für das Dominion zu sterben, und warum sollte es für Gefangene anders sein? Hatten die Jem'Hadar den Tod ihrer durch die Explosionen ums Leben gekommenen Kameraden betrauert? Nein. Ihre einzige Reaktion bestand darin, strengere Sicherheitsmaßnahmen zu ergreifen und die Schicht vorzeitig zu beenden.

Sam folgte den anderen erst durch den Korridor und dann durch eine Luke, hinter der sich die Frachtkapsel erstreckte. Kalt war es dort – die Temperatur mußte in der Nähe des Gefrierpunkts liegen. Rasch nahmen die Gefangenen abgetragene Overalls von einem Gestell und streiften sie über.

Die Frau, die Sam als Kollaborateur bezeichnet hatte, bedachte ihn mit einem verlegenen Blick. Er nickte und wußte, daß er nicht mit einer aus Worten bestehenden Entschuldigung rechnen konnte. An diesem Ort fiel Mißtrauen viel leichter als Hoffnung.

Die Wächter bedeuteten den Frauen, einen mit vertikalen roten Streifen markierten Turbolift zu betreten. Die Männer schlurften zu einem anderen Lift, an dem sich horizontale blaue Streifen zeigten. Vielleicht sahen sie sich nie wieder.

Sam hatte einmal darum gebeten, Frauen und Männer gemeinsam unterzubringen, woraufhin ihm ein Jem'Hadar mitteilte, schwangere Frauen müßten getötet werden. Daraufhin hielt es Sam für besser, nicht auf seinem Anliegen zu bestehen.

Zusammen mit Taurik und dem anderen Mann betrat er den Lift und wartete darauf, daß sich die Tür schloß. Auch in dieser Hinsicht gingen die Jem'Hadar kein Risiko ein: Nie ließen sie sich zusammen mit Gefangenen von einem Turbolift transportieren. Sie vermieden es, den Zwangsarbeitern zu nahe zu sein – um ihnen keine Gelegenheit zu geben, sie anzugreifen und eventuell eine Waffe zu erbeuten. Sam hatte noch nie einen Jem'Hadar dabei ertappt, achtlos zu sein oder einen Fehler zu machen. Sie kämpften bis zum Tod, wenn die Gründer es ihnen befahlen, aber es war dann ein kontrollierter, wohlüberlegter Selbstmord.

Der Turbolift trug die Männer durch den Kapselkomplex, und Sam fragte sich zum wiederholten Mal, ob es einen Weg aus der kleinen Transportkapsel gab. Ein Gefangener namens Neko hatte einmal behauptet, er könnte aus einem Turbolift entkommen. Nach jener Prahlerei war Sam ihm nie wieder begegnet.

Die Tür öffnete sich. »Gefangener Drei-sechs-eins-neun«, ertönte eine schroffe Stimme. »Dies ist Kapsel Fünfzehn. Verlassen Sie den Lift.« Der Mann, der die Toten beneidete, schlurfte los und verschwand in einem schmalen Korridor.

Die Tür schloß sich wieder; Sam und Taurik setzten die Reise fort. Aufgrund der langen Fahrten mit dem Turbolift stellte sich Sam vor, daß der Komplex aus einzelnen Kapseln bestand, durch lange Schächte miteinander verbunden. Eigentlich spielte es gar keine Rolle, aber es war etwas, über das man nachdenken konnte, wenn man an nichts denken wollte.

»Ein schwerer Tag liegt hinter uns«, sagte Taurik.

Es handelte sich um das vulkanische Äquivalent einer beiläufigen Konversation.

»Ja, das stimmt«, pflichtete ihm Sam bei. »Und die schwierigsten Tage liegen noch vor uns.«

Vor dem Ende der Arbeiten mußten sie irgendwie einen Aufstand organisieren und das künstliche Wurmloch zerstören. Vermutlich würde niemand von ihnen mit dem Leben davonkommen, aber es mußte trotzdem ein entsprechender Versuch unternommen werden – sonst litten sie für den Rest ihrer Tage an Schuldgefühlen. Doch je mehr Zeit verstrich, desto mehr breiteten sich bei den Gefangenen Lethargie und Hoffnungslosigkeit aus.

Einmal mehr öffnete sich die Tür, und die schroffe Stimme erklang erneut. »Gefangene Null-fünf-neun-sechs und Null-fünf-neun-sieben, dies ist Kapsel Achtzehn. Verlassen Sie den Lift.«

Sam und Taurik traten aus der Transportkapsel in den matt erhellten Korridor, der zu ihrer Unterkunft führte. Nach einigen Dutzend Metern erreichten sie eine Luke, die aufglitt, als sie sich ihr näherten. Dahinter erstreckte sich ein Raum mit hoher Decke, der ihn an eine große, spartanische Sporthalle erinnerte.

Fünfhundert dünne Matratzen lagen auf dem Boden, und die meisten von ihnen dienten männlichen Gefangenen als Betten. Fast alle Völker der Föderation schienen präsent zu sein, von blauhäutigen Andorianern bis hin zu schnabelbewehrten Saurianern. Sie hockten da und starrte zu den Beobachtungslinsen empor, die es den Wächtern erlaubten, sie ständig zu überwachen.

Sechs Gefangene eilten Sam und Taurik entgegen, als sie eintraten. Mehrere Stimmen erklangen gleichzeitig. »Habt ihr es gesehen? Es soll zu einem Unglück gekommen sein! Was ist da draußen passiert?«

Sam bedeutete ihnen zu schweigen, berichtete dann

von den jüngsten Ereignissen. Er wies nicht darauf hin, wie viele Gefangene durch die Explosion ums Leben gekommen waren.

»Kam es zu vielen Opfern?« fragte ein junger Fähnrich.

Sam hob und senkte die Schultern. »Nur einige wenige von uns. Aber es starben die ganze Crew eines cardassianischen Tankers und außerdem ziemlich viele Jem'Hadar-Wächter!«

»Ausgezeichnet!« freute sich ein Gefangener und hob die Faust. Eine aufgeregte Diskussion folgte.

Taurik warf Sam einen Blick zu, der darauf hinwies, daß er die Lüge erkannte. Doch er schwieg. Wie alle anderen hatte der Vulkanier gelernt, die Welt anders zu sehen, seit er zum Zwangsarbeiter geworden war. Er wußte jetzt: Manchmal brachte eine Lüge den Gefangenen ein wenig Trost.

Stechender Schmerz erinnerte Sam an die Kollision mit dem Stahlträger. Er rieb sich die Schulter. »Wie spät ist es?« fragte er. »Zeit fürs Essen?«

»Wir glauben, es dauert noch eine gute Stunde«, antwortete ein Gefangener. Draußen fand die Arbeit streng nach der Uhr statt, aber in den Quartierskapseln waren keine Chronometer erlaubt. Es gab weder Tag noch Nacht, um die verstreichende Zeit zu messen, und die Beleuchtung änderte sich nie. Die Gefangenen waren auf eigene Schätzungen angewiesen, auf der Grundlage von Arbeitseinsätzen und Mahlzeiten.

Ein akustisches Signal erklang und ließ Sam zusammenzucken. Zusammen mit Hunderten von anderen Gefangenen blickte er zu den Beobachtungslinsen in der Decke hoch. Den aufgeregten Gesprächen folgte eine erwartungsvolle Stille.

»Gefangener Null-fünf-neun-sechs, bereiten Sie sich darauf vor, den Raum zu verlassen«, ertönte eine Stimme.

Sam befeuchtete sich nervös die Lippen und ging zur Tür. »Wir sehen uns später beim Essen«, teilte er den anderen mit. Sie starrten ihn mit einer Mischung aus Furcht, Argwohn und Neid an.

Die Tür öffnete sich, und erneut trat Sam in den matt erhellten Korridor. Als das Schott hinter ihm zuglitt, fühlte er sich von seinen Mitgefangenen geächtet. Es fiel ihm immer schwerer, sich zu beherrschen und zu allen freundlich zu sein – man erwartete soviel von ihm. Sam wollte vor allem sicherstellen, daß es auch weiterhin eine Kommunikation zwischen den Gefangenen und ihren Aufsehern gab. Sie waren keine Tiere, solange sie kommunizieren, ihre Bedürfnisse und Wünsche mitteilen konnten.

Er hörte Schritte und sah einen bewaffneten Jem'Hadar, der sich ihm näherte. Ein kleiner Vorta namens Joulesh begleitete ihn – Sam war ihm bisher nur zweimal begegnet. Wenn er ganz offiziell Anliegen der Gefangenen vortrug, so bekam er es normalerweise nicht mit einem Vorta zu tun, sondern nur mit irgendeinem cardassianischen Schergen.

»Welch eine Ehre«, kommentierte Sam und versuchte, nicht zu sarkastisch zu klingen.

»Sie ahnen nicht, welche Ehre Ihnen zuteil wird«, erwiderte Joulesh und lächelte. »Dies ist nur der Anfang.«

Der kleine Humanoide drehte sich um und ging mit langen Schritten durch den Korridor. Sam folgte ihm unter dem strengen Blick des Wächters. Zu seiner großen Überraschung trat der Vorta in einen Turbolift und winkte ihn zu sich. Sam betrat ebenfalls die Transportkapsel und rechnete damit, daß auch der Jem'Hadar den Lift benutzte. Doch der Wächter blieb im Korridor, bedachte ihn noch mit einem letzten finsteren Blick.

Die Tür glitt zu, und der Turbolift setzte sich in Bewegung.

Joulesh rümpfte die Nase. »Ich wünschte, Sie hätten ein Bad nehmen können, aber leider reicht die Zeit nicht aus – dies ist ein Notfall. Ich rate Ihnen, sich ordentlich zu benehmen.«

»Kommt darauf an, was Sie von mir verlangen«, sagte Sam.

Es funkelte in den Augen des Vorta. »Was mit Ihnen geschieht, hängt ganz von dem Gespräch ab, das Sie gleich führen werden. Sie sind nicht der einzige Kandidat für den Posten. Andererseits: Ich habe Sie beobachtet und glaube, daß Sie sich am besten dafür eignen.«

»Darf ich Sie an meinen Status als Kriegsgefangener erinnern? Ich bin kein Angestellter des Unternehmens Dominion AG.«

Der Vorta wischte imaginären Staub von seiner eleganten, mit Silber verzierten Jacke. »Sie sind ein Aktivposten des Dominion. Es liegt ganz bei Ihnen, ob Sie Ihr Potential nutzen oder zusammen mit dem Müll im All enden. Bisher haben Sie sich als geschickter Arbeiter erwiesen und versucht, die Beziehungen zwischen Ihren Leuten und uns zu verbessern. Mit solchen Fähigkeiten könnten Sie es im Dominion weit bringen.«

Sam trachtete danach, ruhig zu bleiben und nicht mit dem Vorta zu streiten. Das Dominion setzte Handel und Kooperation als Tarnung ein, aber das konnte nicht darüber hinwegtäuschen, daß es sich um eine Diktatur handelte. Er fragte sich, wie lange es dauerte, bis die Cardassianer begriffen, daß sie nichts weiter waren als Lakaien, nützliche Helfer bis zum Eintreffen großer Jem'Hadar-Flotten.

»Wenn die Föderation doch endlich verstehen würde, daß wir sie nur unter unseren Schutz bringen wollen«, sagte Joulesh und klang dabei wie ein Shuttleverkäufer. »Tot oder gefangen nützen uns die Bürger der Föderation nichts.«

»Dann lassen Sie uns frei«, sagte Sam.

Die Tür des Lifts öffnete sich, und der Vorta lächelte amüsiert. »Vielleicht lassen wir Sie tatsächlich frei, einen nach dem anderen. Kommen Sie.«

Diesmal schritten sie durch einen Korridor, der hell erleuchtet war, mehrere Türen aufwies – und in dem es keine Jem'Hadar-Wächter gab. Sam folgte Joulesh zu einem zweiten Turbolift mit diagonalen gelben Markierungen. Ausgestattet war er mit einem dicken Teppich und einer eleganten Schalttafel – ganz offensichtlich die Luxusversion. Alle anderen Lifte wurden von außen kontrolliert, aber dieser gehorchte Joulesh' Fingern, die über Tasten huschten. Sam spürte keinen Ruck, doch die Transportkapsel bewegte sich. Kurze Zeit später öffnete sich wieder die Tür.

»Ihnen steht die Begegnung mit einem Gott bevor«, sagte der Vorta.

Sam begriff nicht, was er meinte – bis er den Turbolift verließ und sich in einem großen Panoramazimmer wiederfand. In einer Ecke stand ein Tisch mit einer großen Auswahl an Speisen und Getränken. An der gegenüberliegenden Wand zeigte sich ein langes Fenster. Einige andere Personen waren zugegen, doch Sams Aufmerksamkeit galt zunächst nur dem Tisch mit den Nahrungsmitteln – ein herrlicher Duft ging davon aus. Auf halbem Wege durch den Raum bemerkte er eine schlanke Gestalt, die einen funkelnden, beigefarbenen Umhang trug und wie ein Engel am oberen Ende des Tisches stand. Die haarlosen Züge des Mannes wirkten seltsam glatt und unfertig, wiesen praktisch gar keine Details auf.

Ein Gründer! fuhr es Sam durch den Sinn. Es geschah zum erstenmal, daß er einem Gestaltwandler begegnete, und er wußte nicht, wie er reagieren sollte. Joulesh kroch geradezu, und Sam entschloß sich zu einer respektvollen Verbeugung. Er verzichtete darauf, die Hand auszustrecken – er konnte sich einfach nicht vorstellen, ein so erhaben wirkendes Wesen zu berühren. Zwar gab sich der Gründer ein humanoides Erscheinungsbild, aber er sah eher nach einem Trugbild aus, einem Phantom jenseits der Realität.

Sam erinnerte sich daran, daß es einigen wenigen Gestaltwandlern fast gelungen wäre, das Klingonische Imperium von innen zu zerstören. Unbehagen erfaßte ihn, als er daran dachte, daß das Wesen vor ihm jede beliebige Gestalt annehmen konnte.

Er blickte zu den anderen Personen im Raum und fragte sich, ob sie wirklich das waren, was sie zu sein schienen. Zwei Jem'Hadar-Wächter standen neben einem goldenen Becken, und ein zweiter Vorta sprach leise mit Joulesh. An dem langen Fenster stand ein großer Mann mit weißem Kittel. Er hat einen ungepflegten braunen Bart, und Flecken reichten von Stirn und Schläfen bis zum Hals.

Enrak Grof, dachte Sam. *Er muß es sein.* Ein erstaunliches Treffen. Wenn die anderen Gefangenen erfuhren, in welcher Gesellschaft er sich hier befand, würden sie ihm nie wieder trauen.

Er näherte sich dem Tisch. »Entschuldigen Sie bitte«, wandte er sich an den Gestaltwandler. »Darf ich etwas essen?«

»Erst wenn der Gründer die Speisen gesegnet hat«, sagte Joulesh. Er klang schockiert, schien Sams Verhalten für unverschämt zu halten.

»Es ist erlaubt«, sagte der Gründer mit samtiger Stimme und nickte. Der Vorta verbeugte sich tief und wich zurück.

Sam griff nach einem Teller, auf dem etwas lag, das nach Schinken aussah. Es war ihm völlig gleich, um was es sich handelte – Hauptsache, das Zeug hatte Substanz und brachte ihn nicht um. Welches Angebot auch immer ihn hier erwartete – mit ziemlicher Sicherheit würde er ablehnen. Deshalb hielt er es für besser, möglichst viel in sich hineinzustopfen, bevor man ihn hinauswarf.

»Lieutenant Juniorgrade Samuel Lavelle, oder ist er befördert worden?« fragte der Gründer. Er schien Gefallen daran zu finden, die unvertrauten Silben des Namens zu formulieren. »An Bord der *Aizawa* gefangengenommen. Zuvor Besatzungsmitglied der *Enterprise*. Jetzt Techniker und Verbindungsoffizier für Kapsel Achtzehn.«

Sam begnügte sich mit einem knappen Brummen, denn er wollte vermeiden, daß ihm etwas aus dem Mund fiel. Es erstaunte ihn, daß der Gründer nicht etwa eine Nummer nannte, sondern seinen Namen. Er blickte zu Professor Grof und fragte sich, ob er Gelegenheit erhalten würde, mit dem berüchtigsten aller Kollaborateure im Konstruktionskomplex zu sprechen. Der Trill trat einen Schritt vor und schien etwas sagen zu wollen. Doch im letzten Augenblick überlegte er es sich anders und schwieg ebenfalls. *Ein kluger Kollaborateur unterbricht keinen Gründer*, dachte Sam.

Erneut füllte er sich den Mund. Was auch immer geschah: Er wollte vermeiden, sofort aus diesem Schlaraffenland verbannt zu werden. Sam kaute hingebungsvoll – und hätte sich fast verschluckt, als er die nächsten Worte des Gründers hörte:

»Lieutenant Lavelle, wir möchten Ihnen das Kommando über ein Raumschiff geben.«

4

Sam Lavelle ließ den Teller langsam sinken und starrte den Gestaltwandler an. Das ideale Pokergesicht – nichts verriet, ob es sich um einen grausamen Scherz handelte oder ob man ihn wirklich für irgendeine Mission rekrutieren wollte. Nur wenige Gründer hielten sich im Alpha-Quadranten auf, und Sam bezweifelte, daß es einem von ihnen nur darum ging, auf seine Kosten zu lachen. Welcher Einsatz auch immer bevorstand: Bestimmt war damit nicht nur große Gefahr verbunden, sondern auch Verrat.

»Sie wollen mir ein Schiff geben?« fragte er langsam. »Die Sache hat doch bestimmt einen Haken. Ich schlage vor, daß Sie mir alles erklären, während ich weiterhin esse.«

»Zunächst einmal...«, sagte der Gründer. »Was wissen Sie über den heutigen Sabotageakt?«

Sam sah sich in dem geschmackvoll eingerichteten Zimmer um und bemerkte die ernsten Mienen der Anwesenden. Nein, hier erlaubte sich niemand einen Scherz. »Sabotage? Meinen Sie den *Unfall*? Ich war draußen, als es geschah, und daher weiß ich: Es ist einzig und allein die Schuld der dämlichen Cardassianer.«

Aus reiner Angewohnheit blickte er sich noch einmal um und vergewisserte sich, daß keine Cardassianer in der Nähe weilten. Alle wichtigen Völker waren bei dieser Besprechung präsent, aber nicht die Lakaien.

Sam glaubte, kein Blatt vor den Mund nehmen zu müssen.

»Ich weiß nicht, welche Fracht das cardassianische Schiff beförderte, aber eins steht fest: Die Manövrierdüsen wurden zu früh gezündet und beeinträchtigten das Stasisfeld.«

»Schwachköpfige Narren!« platzte es aus Grof heraus, der sich nicht länger zurückhalten konnte. »Ich habe sie oft genug gewarnt.«

»Sie meinten, es sei nicht ausschließlich ihre Schuld«, erwiderte Joulesh und richtete einen vorwurfsvollen Blick auf Grof.

Der Trill verschränkte die dicken Arme. »Ich habe auf die Instabilität der Substanz hingewiesen – und auch darauf, daß sie nicht von Cardassianern transportiert werden sollte. Die Ereignisse geben mir in beiden Punkten recht.«

»Aber alle unsere Modelle ...«

Sam hatte gerade begonnen, Gefallen an der verbalen Auseinandersetzung zu finden, als der Gründer zwischen Vorta und Trill trat. Er bewegte sich dabei mit einer so anmutigen Eleganz, daß er zu schweben schien. »Genug. Erklären Sie es ihm so, daß er es verstehen kann.«

Mit anderen Worten: Drücken Sie es mit möglichst einfachen Worten aus, damit der dumme Mensch nicht überfordert ist, dachte Sam verärgert. Aber er schwieg auch weiterhin, hörte zu und aß.

Grof deutete anklagend mit dem Zeigefinger auf Joulesh. »Die *Vorta* wählten das falsche Material, um den Öffnungsbereich des Wurmlochs zu verstärken. Lieutenant, bestimmt kennen Sie sich gut genug mit Physik aus, um zu wissen, daß wir für die Öffnung kein gewöhnliches Baumaterial verwenden können. Wenn wir dort nicht die richtige Substanz einsetzen, wird der enorme Druck den Beschleuniger zerfetzen.«

Der Wissenschaftler schritt am Tisch entlang und maß Joulesh mit einem verächtlichen Blick. »Die Vorta glaubten den Cardassianern, als diese ihnen versicherten, ein aus Subquarkpartikeln bestehendes Material würde allen Erfordernissen genügen – trotz der enormen Instabilität einer solchen Substanz. Als das Stasisfeld zusammenbrach, verbanden sich die Subquarkpartikel wieder.«

Der Trill schnaufte.

»Es gibt eine weitaus bessere Lösung für das Problem. Erst vor einigen Jahren hat die Föderation das perfekte Baumaterial gefunden. Die betreffende Substanz zeichnet sich durch hohe Stabilität aus – nachdem man sie gewonnen hat. Und *das* ist bisher nur *uns* gelungen.«

»Corzanium«, sagte Sam.

»Ah.« Grof brummte zufrieden. »Sie sind also mit den neuesten Forschungen vertraut.«

»Nicht unbedingt«, erwiderte der Mensch. »Ein Freund von mir – Taurik – hat davon erzählt. Er bewundert Ihre Arbeit, hält aber nicht viel von Ihnen persönlich.«

»Viele Leute teilen diese Einschätzung«, meinte der Trill. »Aber sie gehen dabei von falschen Voraussetzungen aus. Wir stehen an der Schwelle großer Entdeckungen. Wenn unsere Kulturen miteinander verschmelzen, wird es zu enormen wissenschaftlichen Durchbrüchen kommen. Wie dem auch sei: Derzeit ist Föderationspersonal am besten dafür geeignet, Corzanium zu gewinnen. Auf die Cardassianer können wir uns dabei gewiß nicht verlassen.«

»Sind Sie bereit, das angebotene Kommando zu übernehmen?« fragte der Gründer geradeheraus. Joulesh' große Ohren zuckten in Erwartung der Antwort.

»Ich soll mit einem Schiff in ein Schwarzes Loch fliegen?« entgegnete Sam spöttisch. »Daher kommt das Zeug doch, oder? Jetzt verstehe ich, warum Sie die Cardassianer nicht daran beteiligen wollen – weil sie zu *schlau* sind, um sich auf eine so verrückte Mission einzulassen.«

Trotz seiner herausfordernden Haltung wollte Sam in erster Linie Zeit gewinnen, um über die Situation nachzudenken. Vielleicht ging er als größter Verräter in die Geschichte Starfleets ein, aber die Versuchung, mit einem Schiff unter seinem Kommando aus der Gefangenschaft zu entkommen, war einfach zu groß. Ein Überlebensinstinkt, den er tot und begraben geglaubt hatte, erwachte plötzlich, als er sich die Freiheit vorstellte.

Hinzu kam: Wenn er ablehnte, würde man ihn vermutlich umbringen. Bestimmt ließ man ihn nicht zu den anderen Gefangenen in Quartierskapsel 18 zurückkehren – inzwischen wußte er zuviel.

»Können wir eine Antwort von Ihnen erwarten?« fragte Joulesh. »Oder wollen Sie auch weiterhin nur essen und gelegentlich eine spöttische Bemerkung von sich geben?«

»Was ist für mich dabei drin?« erkundigte sich Sam.

»Sie bekommen Ihre Freiheit zurück«, erwiderte der Gründer so ernst, als sei es das größte aller Geschenke.

»Ich möchte die Crew selbst zusammenstellen«, sagte Sam.

»Hören Sie endlich damit auf, alles so kompliziert zu machen!« knurrte Grof. »Sagen Sie dem Gründer, daß Sie einverstanden sind, damit wir uns um den Rest kümmern können.«

Sam versuchte, sich ebensowenig anmerken zu lassen wie der Gründer. Natürlich war er nicht gerade in einer guten Verhandlungsposition, aber möglicherweise konnte er dem Gestaltwandler das eine oder andere Zugeständnis abringen. Für Geduld, ein gutes Mundwerk und ordentliche Arbeitsleistungen wurde er nun mit einer Beförderung belohnt – das Kommando über ein Raumschiff! Sam verabscheute den Umstand, daß Enrak Grof ihn beobachtete, während er über sein Schicksal entschied. Nun, ganz gleich, welche Wahl er traf: Wahrscheinlich überlebte er nicht lange genug, um sie zu bedauern.

»In Ordnung, ich übernehme den Job«, sagte er. »Ich kehre vermutlich nicht zur Quartierskapsel Achtzehn zurück, oder?«

»Nein«, antwortet Joulesh. »Müßten Sie dort um Ihre Sicherheit fürchten?«

Sam lächelte. »Ich fürchte hier überall um meine Sicherheit.«

»Essen Sie«, sagte der Gründer und klang wie ein freundlicher Verwandter. Er wirkte nicht in dem Sinne androgyn, aber die männlichen Geschlechtsmerkmale waren nur schwach ausgeprägt. Einige wenige Änderungen hätten genügt, um der Gestalt eine weibliche Identität zu geben. Sam fand das Geschöpf sehr faszinierend, und einige Sekunden spielte er mit dem Gedanken, es zu bitten, sich in einen Stuhl zu verwandeln. Wie mochte das Leben auf dem Heimatplaneten der Gründer sein, wo diese Geschöpfe einen See bildeten, die sogenannte ›Große Verbindung‹?

Sam widerstand der Versuchung, den Gestaltwandler zu fragen, warum das Dominion unbedingt den Alpha-Quadranten erobern wollte. Vielleicht steckte jene Arroganz dahinter, die dazu geführt hatte, daß Europäer Nord- und Südamerika unter ihre Kontrolle brachten, oder daß die Cardassianer Bajor unterwarfen – eine Arroganz, die auf dem Glauben an moralische und intellektuelle Überlegenheit basierte.

Der Gründer nickte andeutungsweise, woraufhin die beiden Jem'Hadar das Becken hochhoben und nach draußen trugen. Der Gestaltwandler folgte ihnen, und die beiden Vorta bildeten den Abschluß. Sam blieb allein mit Professor Grof und einem Tisch voller Speisen und Getränke zurück.

»Offenbar verabschieden sie sich nicht gern«, meinte der Mensch.

»Ich glaube, der Gründer war müde«, sagte Grof. »Vielleicht muß er sich bald verflüssigen, um neue Kraft zu schöpfen. Es gibt nur wenige Gründer im Alpha-Quadranten, und viele Dinge erfordern ihre Aufmerksamkeit – früher oder später macht sich der Streß bemerkbar. Außerdem haben sie jetzt, was sie wollten.«

»Mich?« fragte Sam ungläubig.

»Ja. Sie hätten ruhig etwas mehr Respekt zeigen können. Es war eine große Ehre für Sie.«

»Diesen Hinweis höre ich nicht zum erstenmal.« Sam sah sich noch einmal im Zimmer um. »Kann ich ganz offen reden? Beobachtet man uns?«

»Sparen Sie sich die Mühe, mich zu beschimpfen«, entgegnete der Trill. »Sie wollen mir sagen, daß ich ein Verräter bin, ein Kollaborateur und so weiter und so fort. Sie wollen mir sagen, daß wir fliehen oder versuchen sollten, das künstliche Wurmloch zu sabotieren. Nun, ich möchte Sie auf folgendes hinweisen: Was wir hier bauen, bleibt länger von Bestand als das Dominion oder die Föderation. Der Krieg wird eine Fußnote dieser Erfindung sein. Ich stehe auf der Seite der Wissenschaft, und was wir hier konstruieren, wird die ganze Galaxis revolutionieren.«

»Und zu welchem Preis?« fragte Sam. »Sind Sie wirklich bereit, den aus Hunderten von Welten bestehenden interstellaren Völkerbund einer *Maschine* zu opfern? Auf welcher Seite stehen Sie *hier*? Sind Sie ein Gefangener, oder gehören Sie zu den Aufsehern?«

Grof verzog das Gesicht und senkte die Stimme.

»Beides trifft zu. Ich möchte mein Werk zu Ende führen, und dabei soll mir die Politik keine Hindernisse in den Weg legen. Ich würde meine Entdeckungen gern der Föderation zugänglich machen. Vielleicht bringt das Wurmloch beide Seiten einander näher und beendet diesen dummen Krieg – ich hoffe es sehr. Aber ganz abgesehen davon: Ich bin nach wie vor ein Gefangener. Ob ich eine Chance zur Flucht nützen würde? Vielleicht später, und nur dann, wenn keine Gefahr droht.«

Sam griff nach einer Melonenscheibe und biß hinein. Köstlicher Saft tropfte ihm von den Lippen und rann durch den Bart. »Offenbar räumt man Ihnen große Freiheiten ein. Sie scheinen beim Dominion großes Vertrauen zu genießen.«

»Ich erledige nur meine Arbeit«, sagte Grof.

Sam beschloß, Enrak Grof mit Argwohn zu begegnen. Ganz offensichtlich neigte der Trill dazu, den eigenen Interessen Priorität einzuräumen. Sam würde seine Flucht ohne ihn planen, es sei denn, Grof mußte unbedingt daran beteiligt werden. Und vorausgesetzt natürlich, es drohte keine Gefahr.

»Was für ein Schiff bekomme ich?« fragte Sam.

»Einen speziell ausgestatteten cardassianischen Antimaterie-Tanker. Sie gehen sofort an Bord, um sich mit allem vertraut zu machen. Die Crew wird aus sechs Personen bestehen; Joulesh und ich haben bereits eine Liste mit Namen vorbereitet. Alle benötigten Personen stehen zur Verfügung.«

»Da bin ich sicher«, brummte Sam.

Grof ignorierte den Sarkasmus. »Wir brauchen zwei Spezialisten für den Umgang mit der Substanz, einen Traktorstrahlexperten und jemanden, der den Transporter bedient.«

»Und Taurik. Ich möchte, daß uns der Vulkanier begleitet.«

»Damit bleibt noch eine Person übrig«, sagte Grof. »Ich selbst.«

Sam blinzelte überrascht. »Sie wollen an der Mission teilnehmen?«

»Alles hängt von ihr ab«, antwortete der Trill. »Es hat sich herausgestellt, daß die Vorta-Techniker auf das falsche Material gesetzt haben. Jetzt liegt es an uns, den Fehler zu korrigieren und zu zeigen, wie wichtig wir sind.«

»Wie gefährlich könnte es werden?«

Der Trill lächelte. »Das hängt ganz von uns ab.«

»Es ist zu gefährlich«, beharrte Will Riker. »Captain, bitte überlegen Sie es sich noch einmal.«

Captain Picard lag auf einem Operationstisch in der Krankenstation, schloß die Augen und versuchte, die besorgte Stimme des Ersten Offiziers einfach zu überhören. Er konzentrierte sich statt dessen auf die Geräusche, die Dr. Crusher und Schwester Ogawa bei der Vorbereitung ihrer Instrumente verursachten. Es klang nach silbernem Besteck, das für ein Bankett bereitgelegt wurde.

»Captain, es gibt viele andere, die Ihren Platz bei dieser Mission einnehmen könnten«, beharrte Riker.

»Unsinn«, widersprach Picard. »Es herrscht ein solcher Personalmangel, daß praktisch alle Besatzungsmitglieder unersetzlich sind. Tatsache ist: *Sie* können den Befehl über dieses Schiff führen, und damit bin ich entbehrlicher als die meisten anderen Leute an Bord. Darüber hinaus weiß ich besser als sonst jemand, worauf es bei der Zusammenarbeit mit Ro Laren ankommt – sie kann recht kratzbürstig sein.«

»Sie ist einer der Gründe dafür, warum ich die Mission für so gefährlich halte«, erwiderte Riker verärgert.

»Mr. LaForge und ich sollten eigentlich imstande

80

sein, sie zu bändigen«, sagte Picard. *Im wahrsten Sinne des Wortes*, fügte er in Gedanken hinzu und erinnerte sich an den Kampfgeist der Bajoranerin. »Außerdem verfolgt Data unseren Weg mit den Fernbereichsensoren.«

»Und wenn er Sie in den Badlands verliert?« fragte Riker.

»Nichts ist ohne Risiko, Nummer Eins. Wenn wir Hilfe brauchen, schleusen wir die Subraumboje mit dem codierten Notsignal aus.«

»Trotzdem, Captain …«

Picard öffnete die Augen und sah zum Ersten Offizier auf. »Sie können mich nicht umstimmen, Will. Um ganz ehrlich zu sein: Ich brauche dringend eine Abwechslung. Dieser ständige Zuschlagen-und-schnell-Verschwinden-Kampf hängt mir zum Halse raus, und Sie kommen damit ohnehin besser zurecht als ich. Wenn ich Ros Bericht überprüfe, habe ich wenigstens das Gefühl, mich nützlich zu machen.«

»Ich hoffe, Sie jagen keinen Phantomen nach.«

»Genau das hoffe ich«, erwiderte Picard ernst. »Ein nicht fundiertes Gerücht – sogar eine für uns bestimmte Falle – wäre mir in jedem Fall lieber, als tatsächlich ein vom Dominion kontrolliertes künstliches Wurmloch zu finden. Wenn es wirklich existiert, so hängt das Schicksal der Föderation von unseren Aktionen ab.«

Riker strich sich über den Bart. »Wir befinden uns im Krieg, und deshalb hat es wohl kaum einen Sinn, Sie zur Vorsicht zu mahnen. Aber wie dem auch sei: Seien Sie vorsichtig.«

»Sie ebenfalls.«

Beverly Crusher trat an den Tisch heran und schüttelte den Kopf. »Captain Riker, in meinem nächsten Logbucheintrag werde ich auf folgendes hinweisen: Zwar haben Sie sich große Mühe gegeben, aber es ist

Ihnen auch diesmal nicht gelungen, ihn zur Vernunft zu bringen. Ich hatte ebenfalls keinen Erfolg damit. So, und jetzt muß ich mich an die Arbeit machen. Es warten noch einige andere Operationen dieser Art auf mich.«

Riker sah kurz zu den kleinen Implantaten, die auf Schwester Ogawas Tablett lagen. Picard vermied es, sie zu betrachten. Wenn er erwachte, würde er wie ein Bajoraner aussehen und einen Ohrring tragen.

»Ich sehe nach, wie es um die Reparaturen der *Träne des Friedens* steht«, sagte Riker und verließ den Operationsraum.

Beverly griff nach einem Injektor und bedachte Picard mit einem beruhigenden Lächeln. »Entspannen Sie sich, Jean-Luc. Ich muß Ihnen ein Betäubungsmittel verabreichen, aber Sie werden nur für kurze Zeit bewußtlos sein.«

Picard nickte. Die Vorstellung, einige Minuten lang nichts zu denken und zu empfinden, erschien ihm recht angenehm. Er spürte den kühlen Injektor am Hals und entspannte sich ganz bewußt. Bald konnte er dem Drang nachgeben, etwas zu unternehmen, *aktiv* zu werden. Wie Don Quichotte würde er entweder gegen Windmühlen kämpfen oder gegen den größten Drachen im ganzen Königreich.

Sam Lavelle stand auf der schlichten, grauen Brücke der *Tag Garwal* und betrachtete die schematischen Darstellungen des Antimaterie-Tankers, der unter seinem Kommando stand. Über Jahre hinweg hatte er sich mit cardassianischen Schiffen beschäftigt, besonders intensiv in den Wochen vor dem Krieg. Das Konstruktionsmuster war ihm vertraut und ähnelte dem vergleichbarer Starfleet-Tanker. Die *Tag Garwal* war nicht dafür vorgesehen, hohe Geschwindigkeiten zu erreichen, und man konnte sie auch nicht gerade als einen Luxusliner bezeichnen. Bei ihrem Bau hatte man Wert darauf gelegt, alles möglichst robust, zuverlässig und unkompliziert zu gestalten. Sam glaubte nicht, daß es ihm und seiner Crew schwerfallen würde, mit diesem Schiff zurechtzukommen.

Professor Grof saß an einer Konsole und überprüfte sowohl den Traktorstrahl als auch die ein Deck tiefer gelegenen Transporter. Gelegentlich sah er auf, um festzustellen, womit sich Sam beschäftigte. Das Schweigen wurde immer unangenehmer, und Sam suchte nach einem Thema, das sich für eine beiläufige Konversation eignete.

»Danke dafür, daß Sie die Handbücher übersetzt haben«, sagte er schließlich.

»Gern geschehen«, erwiderte Grof brüsk. »Aber das war eigentlich Joulesh' Idee. Sind Sie mit dem Schiff zufrieden?«

»Das weiß ich erst nach einem Probeflug.«

»Da wir gerade dabei sind: Während des Probeflugs wird man Sie streng überwachen. Jeder Versuch, mit dem Schiff zu fliehen, käme Selbstmord gleich.«

»Sie brauchen mich nicht dauernd daran zu erinnern, daß ich nach wie vor ein Gefangener bin«, entgegnete Sam verärgert. »Ich hab's keineswegs vergessen. Wir sind entbehrlicher als die Jem'Hadar und selbst als die Cardassianer ...«

»*Sie* sind entbehrlich, aber ich bin es nicht!« sagte Grof scharf. »Ich bin unersetzlich, ganz gleich, wem das künstliche Wurmloch einst gehören mag.«

»Ihnen ist völlig *gleich*, was mit uns geschieht, nicht wahr?« fragte Sam aufgebracht. »Weil Sie auf *ihrer* Seite stehen!«

»Offenbar sind Sie zu dumm, um zu begreifen, daß wir hier keine einfachen Gefangenen sind!« erwiderte der Trill scharf. »Die Föderation ist die wichtigste Macht im Alpha-Quadranten, und deshalb testet uns das Dominion. Auch wenn Sie nichts bemerken: Unser Verhalten im Konstruktionskomplex wird genau beobachtet und beurteilt. Zum Beispiel hatten Sie keine Ahnung, daß das Dominion *Ihnen* große Aufmerksamkeit schenkte. Sie beeindruckten es mit Ihrer Fähigkeit, Unzufriedenheit zum Ausdruck zu bringen und dabei ruhig und vernünftig zu bleiben.«

Grof seufzte verärgert. »Das Dominion setzt kein echtes Vertrauen in die Cardassianer – sie sind nur nützliche Helfer vor Ort, weiter nichts. Irgendwann geht dieser Krieg zu Ende, und dann müssen wir mit dem Dominion leben. Wenn Sie und ich bei dieser Mission erfolgreich sind, bringen die Gründer der Föderation sicher mehr Respekt entgegen.«

»Oh, wundervoll. Glauben Sie, daß ich dann mit einer Beförderung rechnen kann?« Sam schnitt eine Grimasse und begriff, daß er den Kampf mit sich selbst verlor, indem er zu umstrittenen Themen zurückkehrte. Er mußte dieses Gespräch so schnell wie möglich beenden, um zu vermeiden, den Verräter zu beleidigen.

»Hören Sie, Grof, ich habe mich zu der Mission bereit erklärt, und ich werde mit dem Dominion zusammenarbeiten – aber erwarten Sie nicht von mir, daß es mir gefällt. Mir geht es ums Überleben, nicht um die Wissenschaft oder darum, bei irgend jemandem Pluspunkte zu erzielen.«

Der Trill wirkte sehr enttäuscht. »Es genügt, wenn Ihre Einstellungen pragmatisch bleiben.«

»Gut«, erwiderte Sam, obwohl es besser gewesen wäre, keine Antwort zu geben. Aber Enrak Grof gefiel ihm einfach nicht.

Er suchte nach einem anderen Thema.

»Wie ist es, ein Trill ohne Symbiont zu sein?« fragte er.

Grof schnaufte. »Sie möchten wissen, wie es ist, ein Bürger zweiter Klasse zu sein? Stellen Sie sich vor, daß es in der Gesellschaft Ihrer Heimatwelt eine kleine Kaste gibt, deren Angehörige automatisch als überlegen gelten und deshalb die besten beruflichen Chancen bekommen. Stellen Sie sich vor, daß diese Personen auf die Erfahrungen mehrerer Leben zurückgreifen können, während Sie selbst am Anfang Ihres eigenen, einzigen Lebens stehen. Wie soll man mit solchen Leuten konkurrieren?«

»Ich nehme an, Sie fielen beim Einführungsprogramm durch, oder?«

»Ja, das stimmt«, gestand Grof. »Der für mich zuständige Praxisdozent nahm Anstoß an meinem Verhalten oder etwas in der Art. Nun, wenn achtzehn Kandidaten auf jeden zur Verfügung stehenden Symbionten kommen, können sie es sich natürlich leisten, wählerisch zu sein.«

»Sie suchten sich also einen Bereich, in dem Sie sich besonders hervortun und die vereinten Trill übertreffen konnten.«

Ein Lächeln zeigte sich im sonst immer so verdrießlich wirkenden Gesicht des Wissenschaftlers. »Nun, ein Teil meines Ehrgeizes geht vermutlich auf jene Enttäuschung zurück. Aber ich bin fest davon überzeugt, daß ich diese Arbeit auch mit einem Symbionten geleistet hätte.«

»Vielleicht hat man Sie deshalb beim Einführungsprogramm abgelehnt«, spekulierte Sam. »Weil Sie zu halsstarrig sind.«

Grof runzelte die Stirn. »Bei mir dauerte es doppelt so lange, bis meine Arbeit und meine Theorien Anerkennung fanden. Ich hätte Gruppen leiten sollen, denen ich als einfaches Mitglied angehörte – wichtige Entscheidungen wurden immer nur von einem vereinten Trill getroffen.«

»Aber das Dominion akzeptierte Sie sofort«, vermutete Sam.

»Ja«, bestätigte Grof. »Hier erwuchsen mir nie Nachteile daraus, keinen Symbionten zu haben. Man respektierte mich als einen Mann der Wissenschaft. In vielerlei Hinsicht gibt das Dominion dem Alpha-Quadranten die Chance, noch einmal von vorn zu beginnen.«

»Ja, aber unter seiner Herrschaft – und Sie helfen dabei, all jene zu vernichten, die auf Freiheit und Unabhängigkeit Wert legen.« Sam verfluchte sich innerlich für Gedanken, die immer nur in eine Richtung zielten. Er hatte genau die Worte ausgesprochen, die er vermeiden wollte.

Grof strich über seinen Bart und sah sich um. »Begreifen Sie denn nicht, daß diese Technik nicht nur dem Dominion neue Möglichkeiten gibt, sondern auch uns?« erwiderte er leise. »Wir könnten ebenfalls ein Wurmloch konstruieren und den Gamma-Quadranten angreifen. Meine Erfindung wird die ganze Galaxis demokratisieren.«

Er schüttelte den fleckigen Kopf. »Es ist absurd, auf ein natürliches Wurmloch angewiesen zu sein, in dem halb mythologische Wesen wohnen, die nur *eine* Person gesehen hat. Wir schaffen hier das Transportmittel der Zukunft, und es ist ebenso wichtig wie das Warptriebwerk oder die künstliche Gravitation! Raumschiffe brauchen keinen gefährlichen Treibstoff wie Antimaterie mehr zu transportieren, weil künstliche Wurmlöcher es erlauben, das nächste Sonnensystem oder den nächsten Quadranten innerhalb von Sekunden zu erreichen.«

»Und es mangelt ja nicht an Zwangsarbeitern für den Bau«, brummte Sam. »Nun, ich schätze, ich bin kaum besser als Sie. Meine Freunde glauben sicher, ich sei beim Kampf gegen den Feind ums Leben gekommen. Statt dessen bin ich hier, genieße gutes Essen und habe ein eigenes Schiff. Da fällt mir ein ... Wo schlafe ich?«

»Hier.« Grof vollführte eine Geste, die der kleinen Brücke galt. »Das Quartier des Captains soll recht komfortabel sein, wie ich hörte. Außerdem gibt es eine kleine Ruhenische direkt hinter uns.«

Sam sah an dem Trill vorbei und bemerkte dort ein kleines Nebenzimmer, wo sich an Bord von Starfleet-Schiffen der Bereitschaftsraum befand. »Ja, diese Kiste ist ganz offensichtlich für lange Flüge eingerichtet. Nun, wenn sie unser neues Heim darstellt, sollten wir herausfinden, welche Unterhaltungsmöglichkeiten es gibt.«

Er betätigte eine Schaltfläche, und daraufhin erhellte sich der Hauptschirm. Einige Sekunden lang zeigte er mehrere geschlossene Luftschleusen, und dann wechselte das Bild: Dem Anblick leerer Frachtkammern folgten Darstellungen des Verteron-Beschleunigers und des Kapselkomplexes. Sam nahm zufrieden zur Kenntnis, daß er tatsächlich wie das gewaltige Modell eines Moleküls aussah.

»He, wir sind mit dem Sicherheitsnetz verbunden«, sagte Sam. »Es hat eben Vorteile, auf der Seite der Mächtigen zu sein.«

Ein weiteres, auf Sam recht verlockend wirkendes Bild zeigte mehrere Raumschiffe, angedockt an einer peripheren Kapsel. Sam berührte Schaltflächen und fand einen Weg, schneller von einer Darstellung zur nächsten zu wechseln. Der Tanker erschien im Projektionsfeld: ein grauer Rumpf, mit gelben Streifen markiert. Hier und dort zeigten sich Mulden in der Außenhülle.

»Das sind wir, nicht wahr? Einen Schönheitswettbewerb gewinnen wir bestimmt nicht.«

Sam ließ die Bilder erneut wechseln und betrachtete einige interessante Installationen, darunter Laboratorien, Fabriken und Kontrollzentren. Grof wurde immer nervöser und hielt ganz offensichtlich nichts davon, daß der Mensch die Übertragungen des Sicherheitskanals beobachtete. Sam wollte den Schirm schon deaktivieren, als ein neues Bild plötzlich eine Frauen vorbehaltene Quartierskapsel präsentierte.

Er sah, wie zwanzig Cardassianer den großen Raum betraten, ausgestattet mit Knüppeln, Helmen und Schutzkleidung. Innerhalb weniger Sekunden waren die wehrlosen Gefangenen umkreist.

Genau in diesem Augenblick kam es zu einem neuerlichen Szenenwechsel, und im Projektionsfeld erschien eine andere, leere Quartierskapsel. Sam betätigte rasch die Kontrollen, um zum vorherigen Bild zurückzukehren.

»Ersparen Sie sich das«, sagte Grof leise.

Sam achtete nicht auf ihn, und schließlich gelang es ihm, wieder eine Darstellung der ersten Quartierskapsel auf den Schirm zu holen. Zwei Cardassianer hielten eine Frau an den Armen und schüttelten sie heftig, während ein dritter sie verhörte. Es wurden keine Geräusche übertragen – alles blieb still. Die anderen Wächter versuchten, die übrigen Gefangenen zurückzuhalten, aber Dutzende von Frauen drängten nach vorn, um zu sehen, was mit ihrer Leidensgenossin geschah. Eine Katastrophe bahnte sich an, und Sams Hände schlossen sich fest um den Rand der Konsole.

Der das Verhör führende Cardassianer schlug die Frau mitten ins Gesicht – und daraufhin kam es zur Revolte. Die Cardassianer griffen erbarmungslos durch, schwangen ihre Knüppel und schlugen gnadenlos zu. Sam beobachtete entsetzt, wie die Frauen an die Wände zurückgetrieben wurden.

Grof beugte sich vor und schaltete den Hauptschirm aus. Das Gesicht des Trill brachte Erschütterung zum Ausdruck – vielleicht hatte sich gerade sein Gewissen gemeldet.

»Die Cardassianer sind dem Dominion wirklich sehr nützlich«, sagte Sam. »Ich bin nicht sicher, ob Föderationspersonal zu so etwas fähig wäre.«

Grof öffnete den Mund, um etwas zu sagen, aber ihm fehlten die Worte. Hastig verließ er die Brücke der *Tag Garwal*; Sam hörte seine Schritte auf der Leiter, die zum unteren Deck führte.

Zorn brodelte in ihm, doch er versuchte, ruhig zu bleiben. Er dachte kurz daran, den Bildschirm wieder einzuschalten, aber was hatte das für einen Sinn? Der Haß wurzelte bereits tief in seiner Seele; in dieser Hinsicht änderte die Beobachtung neuer Grausamkeiten überhaupt nichts. Er mußte auch weiterhin die Maske der Gelassenheit tragen, bis sich die Chance ergab, dem Dominion einen harten Schlag zu versetzen – auch wenn das den eigenen Tod bedeutete.

Nach einer Weile reaktivierte Sam das zentrale Projektionsfeld, aber er ließ sich von ihm nur den Weltraum zeigen, das unendliche All mit den Sternen und in der Ferne den glühenden Gaswolken der Badlands. Gab es in diesem riesigen Universum niemanden, der ihnen helfen konnte? Wo blieben die Macht von Starfleet und die angeblich so immensen Ressourcen der Föderation?

Vielleicht war der Krieg bereits vorbei, gewonnen vom Dominion. Vielleicht gab es dort draußen tatsächlich niemanden, der Hilfe leisten konnte.

Sam verdrängte diesen Gedanken, zog sich in die Schlafnische zurück und versuchte, Ruhe zu finden. Doch vor seinem inneren Auge zogen immer wieder Bilder von Gefangenen vorbei, die Raumanzüge trugen und wie Ballons in der kalten Leere des Alls zerplatzten.

Ro Laren stand auf der Brücke der *Träne des Friedens* und staunte über das Erscheinungsbild ihrer Crew.

Mit ihren rostbraunen Uniformen, den baumelnden Ohrringen und Nasenknorpeln sahen die Leute aus wie die Creme der bajoranischen Jugend. Es gab auch einen älteren Bajoraner, der am Navigationspult saß. Bis auf zwei graue Haarbüschel über den Ohren war sein Kopf kahl, und dadurch wirkte er fast wie ein etwas zerstreuter alter Bibliothekar. Sein Ohrring hing ein wenig schief.

Ro lächelte unwillkürlich, als sie ihren früheren Captain musterte.

»Es ist Ihr Schiff«, sagte der Pilot. »Die Crew wartet auf Ihre Anweisungen.«

»Wir sollten Ihnen einen anderen Namen geben«, erwiderte Ro. »Der echte ist zu bekannt. Wissen Sie, an wen Sie mich erinnern? An Boothby, den alten Gärtner der Akademie.«

Picard lächelte. »Das nehme ich als Kompliment entgegen, denn ich hatte Boothby im Sinn, als ich diese Tarnung wählte. Es klingt nicht sehr bajoranisch, aber es könnte durchaus ein Spitzname sein.«

»Na schön, Boothby, setzen Sie Kurs auf die Badlands.« Ro klopfte auf ihren Insignienkommunikator, der natürlich keine Starfleet-Insignien zeigte, sondern ein bajoranisches Symbol: eine Kugel und eine Flosse, umgeben von konzentrischen Ovalen. »Ro an La-Forge. Ist bei Ihnen alles in Ordnung?«

»Ja, Sir«, ertönte die muntere Stimme des besten Ingenieurs von Starfleet. »Das Warptriebwerk hat jetzt ein höheres Potential, aber dies ist trotzdem kein Langstreckenschiff. Wir können nicht stundenlang mit maximaler Warpgeschwindigkeit fliegen.«

»Ich weiß, daß wir niemandem davonlaufen können und bei einem Gefecht den kürzeren ziehen würden«, pflichtete Ro dem Chefingenieur bei. »List und Schläue – das habe ich beim Maquis gelernt.«

»Schön und gut«, sagte LaForge. »Aber ich bin

auch wegen der Plasmastürme in den Badlands besorgt.«

»Es gibt Ruhezonen in ihnen«, erklärte Ro. »Ich kenne mich damit aus. Haben Sie die Sondierungen durchgeführt?«

»Ja. Wir sind ein bajoranisches Schiff, und nur bei einem sehr gründlichen Scan könnte sich ergeben, daß wir mehr darstellen, als es zunächst den Anschein hat. Biologische Sondierungen werden unsere Identität als Bajoraner bestätigen.«

»Danke, LaForge. Brücke Ende.« Ro klopfte erneut auf ihren Insignienkommunikator. »*Träne des Friedens* an *Enterprise*. Wir sind startbereit.«

Captain Rikers ernstes Gesicht erschien auf dem Hauptschirm. Ganz offensichtlich stand er der Mission noch immer skeptisch gegenüber. »Startsequenz eingeleitet. Das Außenschott des Shuttlehangars wird geöffnet. Ich wünsche Ihnen viel Glück.«

»Danke«, antwortete Ro. Das Bild auf dem Schirm wechselte, zeigte glatte, silbern glänzende Wände und ein riesiges Schott. Der Anblick erinnerte Ro Laren daran, wie groß die *Enterprise* war – der bajoranische Transporter paßte problemlos in einen Shuttlehangar. Eine breite Öffnung bildete sich in der Außenhülle, und jenseits davon leuchteten Sterne in der ewigen Nacht.

Ro nickte in Richtung der Navigationsstation. »Bringen Sie uns mit dem Manövriertriebwerk nach draußen, bis zu einer Entfernung von tausend Kilometern. Beschleunigen Sie anschließend auf Impulsgeschwindigkeit.«

»Ja, Sir«, erwiderte eine dunkelhäutige Frau.

Picard lächelte. »Sie halten sich noch immer an die Starfleet-Regeln.«

»Es sind alte Angewohnheiten.« Ro zuckte mit den Schultern. »Und sie haben einen gewissen Sinn.«

Die Manövrierdüsen feuerten, und mit ihrem Schub glitt der kastenförmige Transporter durchs offene Schott ins All. Das kleine Schiff wurde schneller, passierte die beiden Warpgondeln der *Enterprise*, beschleunigte und sauste in Richtung der Badlands davon.

5

Sam hörte Schritte auf der Leiter, wandte sich von der Funktionsstation ab und sah einen dürren, blassen Cardassianer, der die Brücke der *Tag Garwal* betrat. Aus einem Reflex heraus wollte er nach einer Waffe greifen, um sich zu schützen, doch dann begriff er, daß sich die Situation geändert hatte. Er selbst gehörte jetzt ebenfalls zu den Helfern des Dominion; dies war *sein* Schiff.

Der Cardassianer bedachte ihn trotzdem mit einem mißtrauischen Blick, als er zur Seite trat, damit der elegante Vorta Joulesh durch die Luke klettern konnte. Noch immer klackte es auf der Leiter, und wenige Sekunden später traf Taurik im Kontrollraum ein. Als er Sam sah, zeichneten sich Überraschung und Verwirrung in seinen Zügen ab.

»Taurik!« freute sich Sam. Er hätte seinen Freund am liebsten umarmt, doch dann fiel ihm ein, wo er sich befand und wer ihm Gesellschaft leistete. »Freut mich, dich wiederzusehen.«

»Mir geht es ebenso«, erwiderte der Vulkanier und nickte knapp. »Es kommen noch weitere von uns.«

Er wich beiseite, und vier hohlwangige Starfleet-Offiziere folgten ihm auf die Brücke des cardassianischen Tankers. Ihre Mienen verrieten eine Mischung aus Verwunderung und Neugier. Die Präsenz des Cardassianers und des Vorta erfüllte sie mit verständlichem Unbehagen.

»Hier ist Ihre Crew«, sagte Joulesh stolz. »Es fehlt

nur Professor Grof, der sich uns bald hinzugesellen wird. Ich nehme an, Sie kennen Lieutenant Taurik.«

»Ja.«

Der Vorta deutete auf die zwei Frauen und zwei Männer, die Sam jetzt zum erstenmal sah. Sie waren älter als er und schienen erfahrene Offiziere zu sein. »Chief Leni Shonsui, Transportertechnikerin. Commander Tamla Horik, Traktorstrahlspezialistin. Chief Enrique Masserelli, Stasistechniker. Und Lieutenant Jozarnay Woil, Experte für den Umgang mit gefährlichen Materialien. Sie alle leiteten früher die betreffenden Abteilungen an Bord ihrer Schiffe.«

Der Vorta lächelte, zufrieden mit sich selbst. »Zwei Frauen und zwei Männer. Zwei Menschen, eine Deltanerin und ein Antosianer. Hinzu kommen ein Vulkanier und ein Trill – man könnte sagen, daß ein repräsentativer Querschnitt der Föderation an dieser Mission beteiligt ist. Leider sind es alles Humanoiden. Ich hätte mich über einen Horta und Angehörige noch exotischerer Spezies gefreut, aber dieses Schiff ist für eine humanoide Besatzung bestimmt.«

Sam deutete auf den Cardassianer. »Was macht *er* hier?« fragte er.

»Er fungiert als Lehrer«, erläuterte Joulesh. »Sie glauben vermutlich, bereits alles zu wissen, aber bestimmt ergeben sich Fragen, die nur von einem erfahrenen Offizier beantwortet werden können. Meine besondere Besorgnis gilt dem Einsatz des Traktorstrahls.«

Der Vorta klatschte in die Hände. »Fast hätte ich es vergessen – ich sollte auch *Sie* vorstellen. Meine Damen und Herren, das ist der Captain dieses Schiffes, Lieutenant Sam Lavelle.«

Die vier gefangenen Starfleet-Offiziere richteten mißtrauische Blicke auf Sam, und er ahnte, was ihnen jetzt durch den Kopf ging. Er wußte, daß er von seiner Crew zunächst weder Loyalität noch Respekt erwarten konnte; Furcht und Neugier mußten vorerst genügen. Außerdem hatte er sicher ihren Überlebensinstinkt auf seiner Seite.

»Wieviel haben Sie über die bevorstehende Mission erfahren?« fragte Sam.

»Nur wenig«, entgegnete Taurik. »Mir teilte man mit, ich würde für eine spezielle Aufgabe gebraucht. Ich habe dich für tot gehalten, bis ich dir hier begegnete.«

»Eine vernünftige Annahme«, kommentierte Sam. »Zum Glück lebe ich noch.« Er kratzte sich am Kinn, das zum erstenmal seit Wochen nicht mehr von einem Bart bedeckt wurde. Er war rasiert und trug einen neuen blauen Overall, während die Kleidung der anderen Föderationsgefangenen noch immer aus zerrissenen Lumpen bestand. Darüber hinaus waren sie schmutzig – sie hatten noch keine Gelegenheit bekommen, sich zu waschen.

»Es ist ganz einfach«, sagte Sam. »Wir sollen nur Corzanium aus einem Schwarzen Loch holen. Klingt nach einer Menge Spaß, nicht wahr?«

Der Antosianer Woil starrte ihn groß an. »Corzanium? Bisher konnte man diese Substanz nur in winzigen Mengen gewinnen. Wofür soll sie verwendet werden?«

»Man will mit ihr den Öffnungsbereich der Verteron-Beschleunigers verstärken«, sagte Sam. »Aber das braucht uns nicht weiter zu interessieren. Wir haben ein Schiff und eine Aufgabe zu erfüllen. Wenn wir erfolgreich sind, läßt man uns frei.«

Die Blicke der anderen Gefangenen brachten ein emotionales Spektrum zum Ausdruck, das von Ungläubigkeit bis zu Ablehnung reichte. Taurik wirkte nur nachdenklich. *Können sie denn nicht zwischen den Zeilen lesen?* dachte Sam verärgert. Die Gesellschaft eines Vorta und eines Cardassianers hinderte sie daran, offen miteinander zu reden. Diese Gruppe mußte so schnell wie möglich begreifen, daß sie eine einzigartige Chance bekam.

Sam erinnerte sich daran, wie verärgert Grof gewesen war, als er das Angebot nicht sofort angenommen hatte. Er runzelte die Stirn. »Ich weiß, daß Sie sich nicht freiwillig für dieser Sache gemeldet haben. Man hat Sie ausgewählt, weil jeder von Ihnen die Repräsentanten des Dominion auf irgendeine Weise beeindruckt hat. Geben Sie mir Bescheid, wenn Sie sich nicht unserer Gruppe anschließen und statt dessen die Arbeit im All fortsetzen möchten. Ein Wort von Ihnen genügt, und Sie können in Ihre Quartierskapseln zurückkehren.«

Joulesh lächelte dünn und maß Sam mit einem neugierigen Blick. Beide von ihnen wußten, daß eine Rückkehr der Gefangenen nicht in Frage kam, was auch immer geschah. Alle schwiegen, und daraufhin wuchs das Lächeln des Vorta in die Breite.

»Ausgezeichnet«, sagte Joulesh. »Können wir jetzt beginnen?«

Nachdem alle frische Overalls bekommen und eine Tour durch den Tanker hinter sich gebracht hatten, fingen sie damit an, sich mit den Bordsystemen vertraut zu machen. Besonders wichtig waren dabei Brückenstationen, Traktorstrahl, Transporterraum, Stasisfelder und die Antimateriebehälter – man hatte sie für die Aufnahme von Corzanium restrukturiert. Als der Tag zu Ende ging, stellten sich auch die neuen Mitglieder der Crew den Herausforderungen ihrer Aufgabe und gaben erste Anregungen. Joulesh war recht zufrieden mit den erzielten Fortschritten, aber der Cardassianer machte kaum einen Hehl aus seiner Verachtung.

Sam und Taurik wurden darin unterwiesen, wie

man den an einer Schürfsonde montierten Greifarm benutzte.

»Ich habe noch eine andere Aufgabe für dich«, flüsterte Sam dem Vulkanier zu.

»Ja?« erwiderte Taurik leise.

»Finde heraus, ob sich irgendwelche Überwachungseinrichtungen an Bord befinden.«

Der Vulkanier warf ihm einen kurzen Blick zu. »Du möchtest feststellen, ob wir offen reden können?«

»Ja.«

Taurik nickte, und anschließend widmeten sie ihre Aufmerksamkeit wieder der Schürfsonde.

Am Ende der langen Schicht traf ein schweigsamer Enrak Grof ein und brummte nur, als man ihn dem Rest der Gruppe vorstellte. Er wies kurz darauf hin, daß er seine Vorbereitungen beendet und berechnet hatte, wieviel Corzanium für die Verstärkung der Wurmlochöffnung nötig war. Er fügte hinzu, daß er nicht ins Laboratorium zurückkehren mußte und für die Dauer der ganzen Mission bei ihnen bleiben würde.

Die Ausbildung ging weiter, und Sam versuchte, eine bessere Vorstellung von seinen Leuten zu gewinnen. Ganz offensichtlich waren sie erfahren und kompetent – kein Captain konnte sich bessere Besatzungsmitglieder für sein Schiff wünschen. Aber die langen Wochen der Gefangenschaft hatten Verbitterung in ihnen wachsen lassen. Mit Ausnahme von Grof waren sie vermutlich der Föderation treu, doch reichte ihre Loyalität für die Bereitschaft, das eigene Leben zu opfern? Gab sich Sam Illusionen hin, wenn er glaubte, daß sie mehr erreichen konnten, als nur die eigene Haut für einige weitere Tage zu retten? Eine ziemlich hohe Wahrscheinlichkeit sprach dafür, daß sie alle bei diesem riskanten Einsatz ums Leben kamen.

»Wundervoll!« rief Joulesh, klatschte erfreut in die Hände und unterbrach Sams Grübeleien. »Ich glaube, wir sind gut vorangekommen und dem Zeitplan voraus. Den Probeflug können wir schon während der nächsten Schicht stattfinden lassen. Der Gründer wird sich freuen!«

Der Vorta nickte dem Cardassianer zu, der zwar mürrisch blieb, jedoch mit wichtigen Hinweisen geholfen hatte. »Sie können gehen.«

Der Cardassianer knurrte, kletterte die Leiter hinunter und verschwand. Joulesh wandte sich der Crew zu. »Ihnen ist hoffentlich klar, daß wir enorm großes Vertrauen in Sie setzen. Ja, Sie haben die Möglichkeit, irgend etwas Dummes anzustellen und ihre Unzufriedenheit zu zeigen. Aber Sie bekommen auch die Chance, die Wissenschaft voranzubringen und die Beziehungen zwischen unseren Völkern zu verbessern.«

Sam musterte seine Leute. Alle begegneten den Worten des Vorta mit steinernen Mienen, selbst Grof, der Sam seit seiner Ankunft aus dem Weg gegangen war. Dachte er noch immer an die Cardassianer, die auf wehrlose Frauen einschlugen? Oder ärgerte er sich nach wie vor über das von den Cardassianern verursachte Unglück?

Der stämmige Trill hatte deutlich zu erkennen gegeben, wie wenig er von dem cardassianischen Lehrer hielt. Sam beschloß, keinen direkten Gegner mehr in ihm zu sehen, sondern eine neutrale Person, die jedoch unberechenbar blieb. Man vermied es besser, mit Grof über Politik und dergleichen zu reden.

Joulesh lächelte noch immer. »Ein anstrengender Tag liegt hinter uns, und bestimmt sind Sie müde. An Bord befinden sich Unterkünfte für zwölf Personen; Sie haben also genug Platz. Der Replikator im Speisesaal ist auf Föderationsspeisen programmiert, und alle anderen Systeme sind voll funktionstüchtig – abgesehen natürlich von den Waffen. Sie waren ohnehin kaum der Rede wert.«

Der Vorta ging zur Leiter und winkte dort noch einmal. »Gebrauchen Sie Ihre Intelligenz und handeln Sie nicht voreilig. Wir sehen uns beim Probeflug. Ja, der Gründer wird zufrieden sein!«

Als der Vorta das Schiff verlassen hatte, trat Taurik sofort an die Funktionsstation heran und begann mit einer internen Sondierung des Schiffes. Sam sah ihm über die Schulter, während Grof und die vier anderen Besatzungsmitglieder unsichere Blicke wechselten.

»Wo liegt bei dieser Sache der Haken?« fragte Enrique. »Will man uns wirklich ein Raumschiff geben und damit fortfliegen lassen?«

»Ja«, bestätigte Grof. »Wie ich schon dem Captain sagte: Als Verbündete des Dominion taugen die Cardassianer nicht viel, denn sie sind einfach inkompetent. Wir haben die Chance, einen guten Eindruck zu machen.«

»Von wegen«, brummte die kahlköpfige Deltanerin Tamla Horik. »Die Worte klingen zwar ganz gut, aber es läuft trotzdem darauf hinaus, daß wir dem Feind helfen.«

»Leise«, warnte Sam. »Vielleicht hört man uns.«

»Ich habe keine Überwachungsgeräte irgendwelcher Art geortet«, meldete Taurik. »Joulesh hat vermutlich die Wahrheit gesagt: Dieses Schiff ist tatsächlich unverändert, sieht man von den restrukturierten Behältern und dem Fehlen von Waffensystemen ab. Es gibt keinen Grund, warum wir nicht offen sprechen sollten. Unsere Erfolgsaussichten hängen sogar von uneingeschränkter Kommunikation ab.«

»Endlich ertönt eine Stimme der Vernunft«, sagte Grof. »Hören Sie auf den Vulkanier. Dies ist weder ein Scherz noch irgendein Test. Wir stehen vielmehr vor einer überaus wichtigen Mission, deren Erfolg die

Fertigstellung der größten Erfindung unserer Zeit ermöglicht. Ich habe Lieutenant Lavelle bereits alles erklärt. Das künstliche Wurmloch wird länger von Bestand bleiben als das Dominion oder die Föderation. Angesichts der neuen Technik spielen Entfernungen keine Rolle mehr; sie ermöglicht beliebige Reisen durch die Galaxis.«

»Und dadurch kann das Dominion die ganze Galaxis unter seine Kontrolle bringen«, warf Leni Shonsui ein.

»Versuchen Sie gar nicht erst, mit ihm zu diskutieren«, sagte Sam. »Ich habe ihn bereits auf alles hingewiesen, aber er will nicht darauf hören.«

»Und was ist mit Ihnen?« fragte Leni. »Welche Vereinbarung haben Sie mit dem Dominion getroffen, um zum Captain dieses Schiffes zu werden?«

»Eine ähnliche Frage könnte ich an Sie richten. Wir alle teilen das gleiche Schicksal, ob es uns gefällt oder nicht. Wir sind hier, wir haben ein Schiff und eine Aufgabe, die es zu erfüllen gilt. Konzentrieren wir uns zunächst darauf. Über den Rest können wir uns später noch Gedanken machen.«

Enrique wandte sich der Leiter zu. »Liefert der Replikator wirklich alle Speisen, die wir möchten?«

»Ich denke schon«, erwiderte Sam. »Gehen Sie nur und genießen Sie alles, solange Sie Gelegenheit dazu haben. Ich fürchte nämlich, daß uns diese Mission selbst dann das Leben kostet, wenn wir nichts ›Dummes‹ anstellen.«

»Die Chancen dafür, den bevorstehenden Einsatz zu überleben und erfolgreich zu beenden, stehen etwa zehn zu eins – dagegen«, ließ sich Taurik vernehmen.

Sam lachte leise, und die Anspannung wich aus seinen Zügen. »Danke, Taurik. Sehen Sie? Feindseligkeiten unter uns sind völlig sinnlos. Ganz gleich, wie wir uns verhalten: Vieles spricht dafür, daß wir an

Bord dieses Schiffes den Tod finden. Aber wenigstens sterben wir im All und nicht in irgendeiner Zelle.«

Grof schnitt eine finstere Miene, ging zur Leiter und schob Enrique beiseite. »Wir werden nicht ster-, ben, sondern einen *Erfolg* erzielen!« Im Anschluß an diese Worte verschwand er nach unten, und das Klacken seiner Schritte hallte durchs Schiff.

Sam trat der Crew entgegen. »Ob mit oder ohne Grof«, flüsterte er. »Wir werden einen Fluchtversuch unternehmen. Aber erst, wenn ich es sage.«

»Raumschiffe im Anflug«, meldete Data.

Will Riker beugte sich im Kommandosessel der *Enterprise* vor. »Wie viele? Und woher kommen sie?«

»Es sind drei Schlachtkreuzer der Jem'Hadar«, antwortete der Androide. »Mit Warp acht durchqueren sie Sektor neun vier sechs zwei und fliegen einen Abfangkurs.«

Picards Stellvertreter stand auf und schritt zu Datas Station. »Auf wen haben sie es abgesehen? Auf uns oder die *Träne des Friedens*?«

»Offenbar auf uns, Sir. Die *Träne des Friedens* hat das cardassianische Raumgebiet vor neun Minuten und zweiunddreißig Sekunden erreicht, und bisher scheint der kleine Transporter nicht geortet worden zu sein.« Der Androide sah ernst zu Riker auf. »In einundzwanzig Minuten und dreißig Sekunden sind die Jem'Hadar bis auf Gefechtsreichweite heran.«

»Gibt es irgendwelche Starfleet-Schiffe, die uns helfen könnten?«

»Keins von ihnen ist imstande, uns rechtzeitig zu erreichen.«

Riker nickte langsam. »Drei Schlachtkreuzer stellen eine zu große Übermacht dar. Wir müssen uns absetzen, aber dann haben wir keine Möglichkeit mehr, den Weg der Einsatzgruppe zu verfolgen.«

»Nicht unbedingt, Sir.« Data neigte den Kopf ein wenig zur Seite. »Der *Enterprise* bleibt nichts anderes übrig, als sich zurückzuziehen, aber ich könnte mit einem kleinen Shuttle auf dem sechsten Planeten des Kreel-Systems landen. Mit den Sensoren des Shuttles wäre ich in der Lage, die *Träne des Friedens* zu orten, bis die Gefahr vorüber ist. Wenn ich meine relative Position beibehalte, kann ich jederzeit feststellen, wie es um das bajoranische Schiff steht.«

»Es ist ein Planet der Klasse Q«, sagte Riker voller Abscheu, dachte dabei an extrem niedrige Temperaturen und eine Methanatmosphäre. Dann begriff er: Für Data spielte es überhaupt keine Rolle, ob es sich um einen Planeten der Klasse M oder Q handelte.

»Das unwirtliche Ambiente hindert die Jem'Hadar vielleicht daran, mir zu folgen. Als Landeplatz schlage ich die Polarregion vor, wo das Methan gefroren ist.«

»Wir könnten Sie hinunterbeamen«, sagte Riker.

»Es wäre mir lieber, mit einem Shuttle aufzubrechen. Dann hätte ich größere Mobilität.«

Von einer Sekunde zur anderen traf Riker eine Entscheidung und deutete zum Turbolift. »Also los.«

Der Androide sprang auf und verließ die Brücke. Seinen Platz nahm ein Ersatzoffizier ein, eine Frau, die so jung wirkte, daß sie Rikers Tochter hätte sein können.

»Brücke an Shuttlehangar Eins«, sagte Riker. »Bereiten Sie ein Shuttle für Commander Data vor. Er ist zu Ihnen unterwegs.«

»Ja, Sir«, kam die Bestätigung.

Der Erste Offizier zupfte an seinem Bart, als er durch den runden Kontrollraum der *Enterprise* wanderte. Dies war sein schlimmster Alptraum: den Befehl über das Schiff während einer kritischen Situation zu führen, ohne Captain Picard, Geordi oder

Data. Er machte sich nicht nur Sorgen um seine Freunde, sondern auch um die Tüchtigkeit der Crew ohne die Führungsoffiziere. Riker war umgeben von Fähnrichen, die frisch von der Akademie kamen – er hatte noch nicht einmal Zeit gefunden, sich alle ihre Namen zu merken. *Unter den derzeitigen Umständen würde sich Beverly Crusher bestimmt nicht wünschen, meinen Platz einzunehmen,* dachte er.

»Die feindlichen Schiffe sind in neunzehn Minuten bis auf Gefechtsreichweite heran«, sagte die junge Frau, die den Platz des Androiden einnahm. Ihre Stimme vibrierte.

Riker verharrte hinter der Navigationsstation. »Wenn sie uns unbedingt erwischen wollen … Locken wir sie zum Rendezvouspunkt – dort bekommen wir Hilfe. Kurs zwei fünf acht Komma sechs vier.«

»Ja, Sir.« Der blauhäutige Bolianer betätigte Schaltflächen. »Kurs programmiert.«

Riker ging zur taktischen Station. »Fähnrich Craycroft, schicken Sie Starfleet eine Nachricht. Kündigen Sie uns an und weisen Sie darauf hin, daß wir in Begleitung von drei Jem'Hadar-Schlachtkreuzern kommen.«

»Ja, Sir.« Craycroft bediente die Kommunikationskontrollen.

Riker sah zur Funktionsstation. »Wo befindet sich Commander Data?«

»Er geht gerade an Bord des Shuttles *Cook.* Startsequenz wird eingeleitet … Das Außenschott des Hangars öffnet sich.«

»Auf den Schirm.« Riker wich ein wenig zurück und beobachtete den Start des Shuttles auf dem Wandschirm. Zum zweiten Mal an diesem Tag sah er, wie ein kleines Schiff aus dem Bauch der *Enterprise* glitt – er verglich es mit einer Fledermaus, die mitten in der Nacht aus einer Höhle flog.

»Distanz fünfhundert Kilometer, sechshundert, siebenhundert ...«, sagte der Einsatzoffizier.

»Viel Glück, Data«, murmelte Riker. »Navigation, maximale Warpgeschwindigkeit.«

Umgeben von einem Halo aus goldenem Licht ging die *Enterprise* in den Warptransit: Sie schien sich zu dehnen, verschwand dann in einem jähen Lichtblitz. Einige tausend Kilometer entfernt nahm ein kleines Shuttle Fahrt auf und glitt dem sechsten Planeten des Kreel-Systems entgegen.

Ro Laren schritt durch den kleinen, matt erhellten Kontrollraum der *Träne des Friedens*. Ihrer Meinung nach war die Rückkehr in den cardassianischen Raum zu einfach und ereignislos verlaufen. Wenn nicht gerade ein wichtiges militärisches Unternehmen stattfand, an dem viele Schiffe des Dominion teilnahmen, hätte der bajoranische Transporter längst geortet werden müssen. Immerhin flog er geradewegs durch ein Kriegsgebiet und näherte sich dem wichtigsten Bereich des Dominion im Alpha-Quadranten.

»Noch immer keine Spur von feindlichen Schiffen?« fragte sie Picard, der nach wie vor an der Navigationsstation saß. Sie hatten sich darauf geeinigt, daß Ro die Kommandantin des Schiffes war und die Leitung der Mission bei Picard lag. Er nahm es mit einer erstaunlichen Gelassenheit hin, an Bord einen ihr untergeordneten Rang zu bekleiden. Nun, ein echter Captain brauchte vielleicht keinen Kommandosessel oder entsprechende Rangknöpfe am Kragen. Captain Picards Haltung und Würde genügten, um dafür zu sorgen, daß ihm alle mit Respekt begegneten.

Er schüttelte den Kopf. »Es gibt interplanetaren Verkehr in einigen Sonnensystemen, die wir passieren, aber niemand scheint Interesse an uns zu haben.«

»Es ist zu leicht«, sagte Ro besorgt. »Bestimmt werden wir beobachtet und eingeschätzt – ich spüre es. Und wenn sich uns schließlich Schiffe nähern, ist es zu spät. Dann steht die Entscheidung darüber, was mit uns geschehen soll, bereits fest.«

Picard zupfte an seinem Ohrring und war auf dem besten Weg, das zu einer Angewohnheit werden zu lassen.

»Vielleicht sollten wir den Kurs ändern«, sagte er. »Wählen Sie ein bewohntes Sonnensystem und erwecken Sie den Eindruck, dort Geschäfte tätigen zu wollen.«

»Dann gerät unser Zeitplan durcheinander«, gab der Einsatzoffizier zu bedenken.

»Wenn wir getötet werden, nützt uns der Zeitplan überhaupt nichts«, erwiderte Ro und bedachte den Mann mit einem durchdringenden Blick.

Picard nickte Ro zu. »Finden Sie einen geeigneten Planeten. Schnell.«

»Es befinden sich doch Handelswaren an Bord, oder?« fragte die Bajoranerin.

»Ja«, bestätigte der Captain. »Wir haben Zajerbeeren-Wein, bajoranische Seide und Tetralubisol repliziert. Hinzu kommt eine Kiste mit religiösen Broschüren.«

»Vielleicht lese ich sie, wenn wir dies überleben«, murmelte Ro.

»Klingt es nicht seltsam, wenn wir behaupten, mit einer cardassianischen Kolonie Handel zu treiben?« fragte der Einsatzoffizier.

»Oh, deshalb würde ich mir keine zu großen Sorgen machen«, erwiderte Picard. »Nach den Informationen des Starfleet-Geheimdienstes haben die Cardassianer während der Besatzungszeit Gefallen an bajoranischen Waren gefunden, und Bajor versucht noch immer, die Wirtschaft in Schwung zu bringen.

Wenn man diese Umstände berücksichtigt, sieht alles nach einer klugen Geschäftsentscheidung aus.«

Der Einsatzoffizier seufzte und schien nicht besonders begeistert zu sein. »Es gibt eine landwirtschaftliche cardassianische Kolonie auf dem sechsten Planeten des Systems H-949.«

»Na schön«, sagte Ro. »Wir nehmen Kurs darauf und fliegen mit Warp eins. Die Beobachter sollen sehen, daß wir ein Sonnensystem ansteuern.«

Picard saß an der Navigationsstation, und jetzt lag es bei ihm, ob er Ros Anweisungen durchführte oder nicht. Alle Brückenoffiziere beobachteten ihn, als er die neuen Daten ohne zu zögern eingab. »Kurs programmiert. Wir sollten den Warptransfer unterbrechen, um den Kurswechsel vorzunehmen.«

Der kleine Transporter erzitterte kurz, als er den Warpflug unterbrach, sich mit einem eher schwerfälligen Manöver in eine neue Richtung wandte und dann erneut in den Warptransit ging, um den Flug zu einer cardassianischen Kolonie fortzusetzen.

Ro seufzte und wußte nicht genau, ob sie ihre Erleichterung dem Kurswechsel verdankte oder dem Umstand, daß sich die falschen Bajoraner an ihre Order hielten. Ihre Autorität gegenüber der Crew hing allein von Captain Picard ab. Ohne sein Vertrauen war sie nichts weiter als ein Flüchtling, dem man mit Geringschätzung begegnete. Die Crew bestand aus jungen Leuten, die darauf brannten, dem Feind gegenüberzutreten. Ro hingegen war nervös und vorsichtig. Im stellaren Territorium der Cardassianer, vom Feind umgeben, zog sie ihre Furcht unerfahrener Naivität vor.

»Dort sind sie«, sagte Picard und blickte auf den Bildschirm seiner Station. »Zwei Kriegsschiffe verfolgen uns jetzt. Ein cardassianischer Raumer und einer der Jem'Hadar.«

106

»Ich *wußte*, daß man uns beobachtet. Kurs und Geschwindigkeit beibehalten.« Ro wandte sich der Crew zu. »Uns steht jetzt eine Konfrontation bevor, bei der wir zeigen müssen, wer wir sind – damit man uns in Ruhe läßt. Hätten wir zu lange gewartet und den Flug in Richtung Badlands fortgesetzt, wäre der Gegner zu dem Schluß gelangt, daß wir Spione sind. Wieviel Zeit bleibt uns?«

»Die Schiffe erreichen uns in elf Minuten«, sagte der Einsatzoffizier. Ein Hauch von Furcht ließ sich nun in seiner Stimme vernehmen, die zuvor verächtlich geklungen hatte.

»Seien Sie freundlich, wenn der Gegner eine Kom-Verbindung herstellt«, ermahnte Ro die Crew. »Befolgen Sie alle Anweisungen. Denken Sie daran: Cardassianer behandeln ihre Reithunde besser als Bajoraner. Wir können von Glück sagen, daß auch Jem'Hadar zu unseren Verfolgern gehören.«

»Normalerweise sehen wir diese Sache ein wenig anders«, meinte Picard und lächelte schief.

Ro klopfte auf ihren bajoranischen Insignienkommunikator und sprach mit lauter Stimme. »Captain Ro an die Crew. Alle dienstfreien Besatzungsmitglieder sollen sofort den Frachthangar aufsuchen und den Zajerbeeren-Wein auspacken. Legen Sie Proben der übrigen Fracht bereit, und zwar so, als seien es permanente Auslagen, für Kaufinteressenten bestimmt.«

»Soll ich Alarmstufe Gelb veranlassen?« fragt der Einsatzoffizier unsicher.

»Nein. Wir müssen alles vermeiden, das irgendwie feindselig wirken könnte. Entweder schaffen wir es, uns herauszureden, oder wir sterben hier und heute.«

Die schlanke Bajoranerin wandte sich an Picard. »Eine der ›Verbesserungen‹, die mein Schiff erfuhr, ist eine Selbstzerstörungssequenz. Aktivieren Sie das System, wann immer Sie es für angebracht halten. Ich möchte nicht gefoltert werden. Wie steht's mit Ihnen?«

Der Captain räusperte sich und erwiderte ihren Blick. »Ich bereite die Selbstzerstörungssequenz so vor, daß ich sie jederzeit von dieser Konsole aus aktivieren kann. Ich werde meinen Platz nicht verlassen und eine Aktivierung vornehmen, sobald ich den Eindruck gewinne, daß unsere Gefangennahme unmittelbar bevorsteht. Die Vernichtung des Schiffes erfolgt dann mit einer Verzögerung von zehn Sekunden.«

Ro nickte. »Wir denken wie üblich in den gleichen Bahnen.«

»Die Schiffe versuchen, einen Kom-Kontakt herzustellen«, meldete die taktische Station.

»Auf den Schirm.« Ro drehte sich zu dem von religiösen Sprüchen gesäumten Hauptschirm um, und Furcht kroch in ihr empor, als sie nicht etwa das stachelige Gesicht eines Jem'Hadar sah, sondern die knochige Miene eines Cardassianers. Er lächelte mit der sadistischen Freude eines Lehrers, der einen Schüler dabei ertappt hatte, zu spät zum Unterricht zu kommen.

»Oh, wen haben wir denn da?« fragte er höhnisch. »Bajoraner in der Cardassianischen Union? Und sie streifen frei umher?«

»Ich wünsche Ihnen einen guten Tag, ehrenwerter Captain«, erwiderte Ro in einem möglichst unterwürfigen Tonfall. »Wir sind keine Feinde mehr, sondern praktisch Verbündete, was wir dem Wohlwollen des Dominion verdanken.«

Diese Worte ließen das selbstgefällige Lächeln aus dem Gesicht des Cardassianers verschwinden. »Beenden Sie den Warptransfer und treffen Sie Vorbereitungen dafür, eine Gruppe an Bord zu empfangen.«

»Gern«, entgegnete Ro. »Wir freuen uns auf die Gelegenheit, mit Ihrem Volk Handel zu treiben.«

»Was könnten *Sie* schon haben, das für *uns* von Interesse wäre?« fragte der Cardassianer skeptisch.

»Zum Beispiel Zajerbeeren-Wein«, sagte Ro. Sie wußte, daß Picards frühere Bemerkungen durchaus der Wahrheit entsprachen. Während der Besatzung hatten die Cardassianer den Wein tatsächlich zu schätzen gelernt. Ro erinnerte sich daran, einmal mehrere Fässer aus Quarks Kasino auf *Deep Space Nine* ›abgezweigt‹ zu haben, um damit die Freilassung mehrerer Maquis-Gefangener zu erkaufen.

»Seien Sie bereit, eine Gruppe von uns zu empfangen«, wiederholte der Cardassianer und unterbrach die Verbindung.

Data bewegte sich so schnell, daß menschliche Augen kaum Einzelheiten wahrnehmen konnten, als er im Innern des Shuttles hin und her eilte. Er füllte zwei abgeschirmte Behälter mit Tricordern, Waffen, Instrumenten, einer Notrufbake und anderen Dingen. Lebensmittel und Wasser ließ er zurück. Der Androide warf einen letzten Blick auf die Konsole und stellte fest, daß ein Jem'Hadar-Kreuzer in eine Umlaufbahn über Kreel VI geschwenkt war, jenes unbewohnten Planeten, auf dem er Zuflucht gesucht hatte.

Wenn Data eine Entdeckung und Zerstörung des Shuttles vermeiden wollte, mußte er alle Bordsysteme deaktivieren. Außerdem sollte er besser eine sichere Distanz zwischen sich und das kleine Schiff legen, für den Fall, daß die Jem'Hadar eine Sonde ausschickten. Glücklicherweise hatte er bei einer Biosondierung des Planeten nichts zu befürchten, denn er stellte keine normale Lebensform dar. Andererseits: Wenn er alle Systeme deaktivierte, konnte er die *Träne des Friedens* nicht mehr orten. Sobald die Gefahr vorbei war, mußte er von der letzten bekannten Position des bajoranischen Schiffes ausgehen und dann mit einem

Fernbereichsscan suchen. Es mochte eine Menge Zeit in Anspruch nehmen, den Transporter wiederzufinden.

Data begriff, daß Eile geboten war, und rasch brachte er die Deaktivierung aller Bordsysteme des Shuttles hinter sich. Innerhalb weniger Sekunden wurde es völlig dunkel, was dem Androiden keine Probleme bereitete. Er konnte die Umgebung auch weiterhin gut erkennen und öffnete die Luke manuell – angesichts der hohen Gravitation von Kreel VI wären zwei Menschen dafür erforderlich gewesen.

Enorm starker Wind heulte und schleuderte Data Methanschnee entgegen, als er das Shuttle verließ, in jeder Hand eine große Kiste. Der tiefgefrorene Boden knirschte unter seinen Stiefeln. Die Temperatur lag bei etwa 220 Grad unter Null, aber das beeinträchtigte die positronischen Systeme des Androiden keineswegs. Er setzte die Behälter lange genug ab, um die Luke wieder zu schließen, und sah sich dann um.

In diesem Blizzard war die visuelle Sichtweite sehr gering, doch mit Hilfe seiner Sensoren entdeckte Data einen etwa drei Kilometer entfernten Felsvorsprung. Er wählte ihn als Ziel, denn andere besondere Merkmale wies die Landschaft nicht auf.

Der Androide lief los und sprang mühelos über Risse im trüben Eis, aus dem der größte Teil des Bodens bestand. Der Umstand, daß die Jem'Hadar ein Schiff entsandten, um auf diesem unwirtlichen Planeten nach ihm zu suchen, wies auf ihre hochentwickelte Technik hin. Sie waren gründlich und entschlossen – ein gefährlicher Feind. Zwar handelte es sich um biologische Geschöpfe, aber trotzdem fühlte der Androide eine gewisse Verwandtschaft mit ihnen. Wie er selbst waren sie dazu bestimmt, gewisse Funktionen wahrzunehmen, und sie erfüllten ihre Pflicht unter allen Umständen, mit selbstloser Effizienz.

Irgendwo hinter ihm krachte eine Explosion, und Methaneissplitter trafen ihn am Nacken. Einen Menschen hätte die Druckwelle sicher von den Beinen gerissen, aber Data lief einfach weiter, obwohl er im umherwirbelnden Schnee kaum die eigenen Beine sehen konnte. Seine Sensoren registrierten plötzlich starke Strahlung, intensiv genug, um die meisten Lebewesen zu töten.

Mit deaktiviertem Gefühlschip spürte der Androide keine Furcht, doch er verwendete eine Mikrosekunde auf die Einschätzung der Situation und gelangte dabei zu dem Schluß, daß er in erheblichen Schwierigkeiten steckte. Die Explosion hatte vermutlich das Shuttle zerstört, und seine Freunde waren weit entfernt – er wußte nicht einmal, wo sie sich jetzt befanden. Ganz auf sich allein gestellt, mußte er mit einem Schlachtkreuzer fertig werden, dessen Besatzung aus mehreren hundert Jem'Hadar bestand. Wenn die *Enterprise* zerstört wurde, erfuhr niemand, wo er sich aufhielt – dann durfte er nicht mit Hilfe rechnen, sein Überleben vorausgesetzt.

Data mußte sich einer noch unangenehmeren Erkenntnis stellen: Seine Mission war bereits fehlgeschlagen. Die Zerstörung des Shuttles bedeutete, daß er die *Träne des Friedens* weder orten noch die von ihrer Notrufbake ausgehende Signale empfangen konnte. Ro Laren, Captain Picard und die anderen waren ebenfalls auf sich allein gestellt.

Er rannte einen Hang hinauf, über Eis und Geröll hinweg. Kurze Zeit später erreichte er sein Ziel. Der Felshügel bot kaum Schutz, aber er ragte vierzig Meter weit auf, und vielleicht täuschte er über die Masse des Androiden sowie die metallenen Komponenten seines Körpers hinweg.

Auf einen günstigen Aussichtspunkt legte Data keinen Wert – es gab ohnehin nichts zu sehen. Als er

111

eine einigermaßen ebene Stelle erreichte, setzte er die beiden Kisten ab und duckte sich zwischen sie, bereit dazu, sie als Schilde zu verwenden. Der Felshügel schien aus Grundgestein zu bestehen; vielleicht konnte er einer Explosion standhalten.

Data starrte ins Schneetreiben und wartete darauf, daß sich im grauweißen Wogen die Gestalten von Jem'Hadar abzeichneten.

Ro Laren lächelte wie ein Dabo-Mädchen, als sie im Frachtraum stand, der rasch in einen Ausstellungsraum verwandelt worden war. Sechs Cardassianer begutachteten die Waren, und sechs weitere richteten ihre Waffen auf die hilflosen Bajoraner. Ein grauhaariger Gul namens Ditok hatte sich zusammen mit der Inspektionsgruppe an Bord gebeamt. Er wühlte in der Seide, nahm sich dann die aus rotem Ton bestehenden Weinflaschen vor.

»Ein ausgezeichneter Jahrgang«, erklärte Ro munter. »Möchten Sie ihn probieren?«

Ditok bedachte sie mit einem durchdringenden Blick. »Sind Sie so unverschämt zu glauben, daß ich trinke, während ich im Dienst bin? Oder daß ich an diesem bajoranischen Urin Gefallen finden könnte?«

Seine Männer lachten höflich. Gul Ditok griff nach einer Flasche und hob sie. »Wahrscheinlich repliziert. Oder es ist überhaupt kein Wein.«

»Ich garantiere, daß es sich um echten Zajerbeeren-Wein handelt«, erwiderte Ro. »Eine Kostprobe würde genügen, um es zu beweisen.« Sie hoffte auf die gute Qualität der Starfleet-Replikatoren – manche Cardassianer kannten sich mit bajoranischem Wein gut aus.

»Und wenn schon«, knurrte der Gul. »Sie haben ein größeres Problem: *keine Dokumente*.«

Ro lächelte kummervoll. »Wie ich schon sagte: Wir befinden uns erst seit kurzer Zeit in diesem Sektor und wollten zur ersten Welt fliegen, um dort eine Handelserlaubnis einzuholen. Aus diesem Grund wissen wir Ihren Besuch sehr zu schätzen.«

Der Gul schnitt eine finstere Miene – er schien Bajoraner zu bevorzugen, die Schwierigkeiten machten. »Ist das aus Ihrem stolzen Volk geworden?« höhnte er. »Schleichen Sie mit irgendwelchen Kinkerlitzchen umher, wie ein Haufen Ferengi?«

Ro senkte die Stimme. »Um ganz ehrlich zu sein ... Wir möchten das Dominion besser kennenlernen. Bei dem Krieg sind wir neutral, wie Sie wissen, und es ist allgemein bekannt, wie er enden wird.«

Der Gul lachte. »Ah. Sie sind zwar Feiglinge, aber wenigstens *schlau*.«

Ein in der Nähe stehender junger Glinn flüsterte etwas, und der Gul richtete einen finsteren Blick auf Ro. »Man hat mich gerade an Ihr Flugmuster erinnert: Es weist darauf hin, daß Sie aus der Föderation kommen, beziehungsweise aus dem, was von ihr übrig ist. Welche Erklärung haben Sie dafür?«

»Wir kommen tatsächlich aus dem Raumgebiet der Föderation«, antwortete Ro. »Dort haben wir zuerst Handel getrieben und das Tetralubisol bekommen. Es gibt kein besseres für Raumschiffe geeignetes Schmiermittel.«

»Ich weiß, was es damit auf sich hat«, brummte der Cardassianer.

Eine junge Pseudobajoranerin trat dem Gul mit einer Broschüre entgegen. »Möchten Sie etwas zu lesen? Es ist eine sehr erbauliche Lektüre.«

Ditok stieß sie beiseite. »Lassen Sie mich in Ruhe damit! Schafe seid ihr – ihr alle! Bajoraner!« Er spuckte auf den Boden.

Zorn brannte in Ro, aber sie hielt ihn unter Kontrolle. »Wir meinen es ehrlich und kommen in Frieden. Das Dominion herrscht über zwei Quadranten –

unter solchen Umständen hätten wir mit Loyalität der Föderation gegenüber kaum etwas zu gewinnen. Außerdem hat sich die Föderation ohnehin nur in unsere Angelegenheiten eingemischt.«

»Diese Wahrheit läßt sich nicht leugnen«, entgegnete der Gul. »Können Sie weitere Wahrheiten anbieten?«

»Sie haben früher gegen das Dominion gekämpft und sind jetzt seine Verbündete. Können Sie uns nicht mit einer ähnlichen Einstellung begegnen?«

Ein oder zwei Sekunden lang schien der alte Krieger bereit zu sein, das Friedensangebot zu akzeptieren. Dann lachte er schallend. »Bajoraner sind wohl kaum mit dem Dominion zu vergleichen.«

Der Blick seiner tief in den Höhlen liegenden Augen glitt über Ros Körper. »Nun, Sie sind recht attraktiv, Captain, und vielleicht haben Sie doch etwas, das für uns von Interesse wäre. Wir sollten später darüber reden, unter vier Augen.«

Ro hätte sich am liebsten übergeben. »Bei der Gelegenheit könnte ich Ihnen Wein anbieten.«

»Das geht nicht, fürchte ich«, erwiderte Ditok und lächelte mitfühlend. »Wir müssen den Wein als Schmuggelware beschlagnahmen.«

»Was? *Was*?« brachte Ro hervor, obwohl sie damit gerechnet hatte. »Sie können doch nicht unsere ganze Fracht nehmen! Dann haben wir überhaupt keine Möglichkeit mehr, Profit zu erzielen!«

»Nichts ist kostbarer als Erfahrung.« Gul Ditok schnippte mit den Fingern, und sofort trieben seine Soldaten die Bajoraner von den Weinkisten fort. Innerhalb weniger Sekunden wurden alle Flaschen an Bord des cardassianischen Schiffes gebeamt.

Ro gab sich empört und zornig, obwohl sie in Wirklichkeit Erleichterung empfand – die Cardassianer hatten sich bestechen lassen. Jetzt konnte sie nur noch hoffen, daß sie sich damit zufriedengaben.

»Sind Sie jetzt zufrieden?« fragte Ro. »Können wir den Flug fortsetzen?«

»Noch nicht. Ich möchte die Brücke und Ihre Waffen inspizieren. Bei der Sondierung Ihres Schiffes haben wir festgestellt, daß Sie über Photonentorpedos verfügen.«

»Nur sechs«, erwiderte Ro. »Man kann nie wissen, wann man es mit Asteroiden, Piraten und dergleichen zu tun bekommt.«

»Es gibt keine Piraten in der Cardassianischen Union«, sagte der Gul gereizt.

»Ja, aber vorher flogen wir durchs Raumgebiet der Föderation, und dort gibt es weder Recht noch Ordnung.«

Erneut schien Ditok von Ros unterwürfiger Freundlichkeit enttäuscht zu sein. »Führen Sie uns zur Brücke«, knurrte er.

Ro biß die Zähne zusammen und kam der Aufforderung des Guls nach. Sie brauchten nur eine Wendeltreppe hochzugehen, um den Kontrollraum des bajoranischen Transporters zu erreichen. Angenehmes Halbdunkel herrschte dort. Captain Picard saß an der Navigationsstation, und zwei andere Offiziere leisteten ihm auf der Brücke Gesellschaft.

Der cardassianische Gul und seine Begleiter betraten den kleinen Raum, sahen sich alles und jeden an. Captain Picard erhob sich sofort und lächelte.

Der Gul blickte aufs Navigationsdisplay. »Was ist Ihre Höchstgeschwindigkeit?«

»Warp drei«, antwortete Picard.

Der Cardassianer lachte. »Empfinden Sie es nicht als peinlich, ein solches Ding zu fliegen?«

»Es ist mir lieber, als im Krieg zu kämpfen«, erwiderte Picard und zuckte mit den Schultern. »Wir möchten dem Dominion eine Botschaft des Friedens bringen.«

»Das muß sich erst noch herausstellen.« Der Gul wechselte einen kurzen Blick mit seinen Begleitern, die hintergründig lächelten.

»Gul Ditok!« erklang eine aufgeregte Stimme. »Sehen Sie nur, was ich gefunden habe!«

Alle drehten sich um und sahen eine Glinn, die neben einem offenen Wandschrank stand und einen Starfleet-Phaser in der Hand hielt. Für Ro und die Mitglieder ihrer Crew kam der Anblick einem Schock gleich – sie hatten darauf geachtet, keine Starfleet-Ausrüstungen mitzunehmen. Die Phaser an Bord waren entweder bajoranischen Ursprungs oder stammten von den Ferengi.

»Aha!« entfuhr es dem Gul. Sein melodramatisches Gebaren bot Ro einen deutlichen Hinweis darauf, was geschehen war: *Die Cardassianer haben den Phaser mitgebracht, um uns zu kompromittieren.*

»Sie sind Feinde des Dominion und Verbündete der Föderation«, erklärte Ditok. »Hiermit konfiszieren wir Ihr Schiff und nehmen Sie gefangen.«

Picard warf Ro einen Blick zu und sank ruckartig in den Sessel zurück – seine Finger huschten über die Schaltflächen. Gul Ditok reagierte sofort und doch zu spät: Er versetzte dem vermeintlichen Bajoraner einen wuchtigen Schlag an den Kopf. Captain Picard wurde aus dem Sessel geschleudert und fiel zu Boden, aber in seinem Gesicht zeigte sich Zufriedenheit.

»Was haben Sie angestellt?« donnerte der Gul.

»In acht Sekunden sterben wir.«

6

Ro hatte noch nie beobachtet, wie ein Cardassianer die Augen aufriß – angesichts der Knochenwülste an den Augenhöhlen sollte so etwas eigentlich unmöglich sein. Aber Gul Ditoks Augen schienen ein ganzes Stück größer zu werden, als er von Picard hörte, daß sein Leben in wenigen Sekunden ein Ende finden würde. Alle Personen auf der Brücke der *Träne des Friedens* wirkten entsetzt, und Ros Blick glitt zu den Sprüchen am Rand des Hauptschirms. »Vertraue dein Schicksal den Propheten an«, hieß es an einer Stelle. Dieser Rat schien den Umständen durchaus angemessen zu sein.

Gul Ditok aktivierte seinen Kommunikator. »Beamen Sie uns sofort zurück!«

Transferfelder schimmerten. Picard nahm wieder an der Navigationskonsole Platz und betätigte die Kontrollen. Ro spannte die Muskeln und rechnete jeden Augenblick mit einer Explosion, die ihre Existenz auslöschte.

Als die erwartete Vernichtung ausblieb, hob sie die Lider wieder und sah sich um. »Ich glaube, das waren mehr als zehn Sekunden.«

»Ich habe es mir anders überlegt und die Sequenz auf dreißig Sekunden programmiert«, erwiderte Picard. »Unsere Schilde sind jetzt aktiv – die Cardassianer können uns also nicht von Bord beamen. Sie sollten besser mit ihnen reden.«

Ro winkte in Richtung der taktischen Station. »Öffnen Sie einen externen Kom-Kanal zum Schiff der Jem'Hadar. Sorgen Sie dafür, daß ich im Kontrollraum des Schlachtkreuzers auf dem Bildschirm erscheine. Dabei spielt es keine Rolle, ob die Verbindung bestätigt wird oder nicht.«

Sie trat vor den großen Bildschirm und schnitt ein verärgertes Gesicht. »Hier spricht Captain Ro von der *Träne des Friedens*. Behandelt das Dominion neutrale Handelspartner auf diese Weise? Wir sind in Frieden gekommen, und die Cardassianer *stahlen* uns eine Ladung Zajerbeeren-Wein. Außerdem bedrohten sie meine Crew und brachten eine illegale Waffe mit, um einen Vorwand zu haben, unser Schiff zu konfiszieren!«

Erneut schloß Ro die Augen und rechnete mit einer Salve Quantentorpedos. Als nichts geschah, fuhr sie fort: »Wir wissen, daß ein Krieg stattfindet, aber unsere Arbeit geht weiter. Wir sind sehr religiös und wünschen uns nur Gelegenheit, Handel zu treiben und Ideen auszutauschen. Mit diesem bescheidenen Schiff können wir niemandem schaden.«

Ro versuchte nicht daran zu denken, wie sehr sie gerade gelogen hatte – sie hoffte inständig, daß ihre Worte überzeugend genug klangen. Mit einem kurzen Blick zur Navigationsstation stellte sie fest, daß Picard die Selbstzerstörungssequenz nicht deaktiviert, sondern nur angehalten hatte. Fünfzehn Sekunden blieben noch, und die Finger des Captains waren bereit, den fatalen Countdown auszulösen.

Der Bildschirm vor Ro zeigte noch immer die beiden imposanten Kriegsschiffe: das senffarbene cardassianische Schiff der Galor-Klasse und den Schlachtkreuzer der Jem'Hadar, an dessen Rumpf blaues Licht pulsierte.

Ro sah zur taktischen Station. »Externen Kom-Kanal schließen.«

»Ja, Sir.«

»Steigt das energetische Niveau der gegnerischen Waffensysteme?«

»Nein«, lautete die Antwort. »Die beiden Schiffe tauschen codierte Mitteilungen aus.«

Ro blickte zu Picard, der aufmunternd lächelte. »Sie haben sich wacker geschlagen.«

Sie nickte und schluckte. Es hatte ihr Erleichterung verschafft, ein Ventil für den Zorn zu öffnen – auch wenn jedes Wort gelogen war.

Der taktische Offizier schnappte nach Luft. »Sie schicken uns elektronische Dokumente! Eins erlaubt uns die Passage durch diesen Sektor, und das andere weist uns an, in zweiundsiebzig Stunden auf Cardassia Prime zu erscheinen; dort soll über eine Strafe für unser Vergehen entschieden werden.«

»Wir haben eine Art Vorladung bekommen«, sagte Picard und klang amüsiert.

Ro musterte ihn verwirrt. »Eine was?«

»Ein alter terranischer Ausdruck«, sagte Picard. »Eine Vorladung bedeutete, daß man zu einem bestimmten Zeitpunkt zu einer Verhandlung vor Gericht erscheinen mußte. Ich schlage vor, Sie bestätigen den Empfang.«

»Ja, Sir.«

Ro wagte erst dann wieder, ruhig zu atmen, als die beiden Kriegsschiffe Fahrt aufnahmen und in der Dunkelheit des Alls verschwanden. Einige weitere Sekunden lang starrte sie auf den Bildschirm und konnte es kaum fassen, daß die Gefahr überstanden war.

»Verfolgen Sie den Kurs der beiden Schiffe so lange wie möglich«, sagte Ro.

»Ja, Sir«, bestätigt der Einsatzoffizier.

»Wir setzen den Flug zur landwirtschaftlichen Kolonie fort, bis wir sicher sein können, daß man uns keine Beachtung mehr schenkt«, entschied Ro. Ihr Hals fühlte sich wie ausgedörrt an.

»Aye, Sir.« Picard gab die notwendigen Kursdaten ein. »Früher oder später müssen wir versuchen, die Badlands zu erreichen.«

»Ich weiß«, erwiderte Ro ernst. »Wir sollten berechnen, wieviel Zeit wir brauchen. Wenn sich eine Gelegenheit ergibt, zögern wir nicht, sie zu nutzen.«

»Hoffentlich müssen wir nicht zu lange warten«, sagte Picard.

Windböen zerrten an Data und schleuderten ihm Methanschnee entgegen, als er einen tragbaren Scanner auf dem Felsvorsprung montierte und versuchte, Ortungsdaten zu gewinnen. Zwar gab es starke elektromagnetische Interferenzen und intensive Strahlung, aber die davon bewirkten Störungen genügten nicht, um das Shuttle zu verbergen. Es existierte nach wie vor und stand dort draußen, ein fremdes Artefakt auf der Ebene aus Eis.

Data entdeckte keine Maschinen, Fahrzeuge, Sonden oder Lebenszeichen in der Nähe des Shuttles – was aber nicht bedeutete, daß in jenem Bereich keine Gefahr drohte. Die Reichweite des kleinen Scanners genügte leider nicht für die Feststellung, ob sich das Schlachtschiff der Jem'Hadar noch immer im Orbit von Kreel VI befand.

Der Androide war weder ungeduldig noch unvorsichtig. Er hätte wochenlang an diesem Ort verharren und warten können, bis mit der Rückkehr zum Shuttle nicht das geringste Risiko verbunden war. Aber jede verstreichende Sekunde reduzierte die Wahrscheinlichkeit, mit den Sensoren des Shuttles die *Träne des Friedens* wiederzufinden. Die eigene Sicherheit spielte nur deshalb eine Rolle, weil er seine Mission nicht erfolgreich durchführen konnte, wenn er in Gefangenschaft geriet oder zerstört wurde.

Er mußte unbedingt feststellen, ob das Shuttle noch intakt war – davon hing alles andere ab. Während um ihn herum der Blizzard heulte, packte Data seine Ausrüstungsgegenstände wieder in die Kisten und begann mit dem Abstieg vom Felshügel. Der Sturm wütete heftiger als jemals zuvor, und außerdem wurde es dunkler. Der Tag in dieser Region des Planeten neigte sich dem Ende entgegen. Als Data die drei Kilometer zurückgelegt hatte, die ihn vom Shuttle trennten, war die Sicht so schlecht, daß er sich mit dem Tricorder verbinden und die Umgebung scannen mußte.

Dreißig Meter vom kleinen Raumschiff entfernt entdeckte er einen Krater, von dem starke Strahlung ausging. Vermutlich ging er auf die Explosion kurz nach der Landung zurück, was bedeutete: Die Jem'Hadar hatten das Shuttle verfehlt. Aber vielleicht war es auch nur ein Warnschuß gewesen, dazu bestimmt, die Insassen des Shuttles aufzuscheuchen und zur Flucht zu veranlassen. Data öffnete eine der Kisten, nahm einen Phaser, einen Tricorder und einen mit Plasmagranaten gefüllten Gurt, den er sich um die Schulter schlang.

Zwar deutete alles darauf hin, daß die Jem'Hadar den Planten verlassen hatten, ohne ihn oder das kleine Schiff zu finden, aber Data zögerte trotzdem und sondierte, sowohl mit dem Tricorder als auch seinen eigenen Sensoren. Er erinnerte sich an einen Ausspruch seines Freundes Geordi: »Wenn es zu gut aussieht, um wahr zu sein, so kann man in den meisten Fällen davon ausgehen, daß es nicht wahr ist.« Hier sah tatsächlich alles zu gut aus, um wahr zu sein.

Der Androide hielt Ausschau nach niederenergetischen Impulsen und anderen verborgenen Emissionen, bemerkte schließlich die schwache Resonanz einer Lichtquelle, die es dort in der stürmischen Dunkelheit eigentlich nicht geben sollte. Es handelte sich nicht um eine starke Lichtquelle; Data verglich sie eher mit einer Photozelle oder einem Photorezeptor.

Ein Bewegungsdetektor. Ein einfaches Warngerät und bestens geeignet für einen Planeten ohne Leben.

Data konzentrierte seine Suche auf die nahe Umgebung des Shuttles, und schließlich gelang es ihm, den Detektor zu lokalisieren: Er befand sich direkt vor der Luke. Sollte er einen Alarm auslösen, wenn jemand zum Shuttle zurückkehrte – damit dann die Jem'Hadar aktiv werden konnten? Oder war der Detektor mit einer Bombe verbunden, deren destruktives Potential genügte, um den Androiden zu vernichten und das Shuttle in einen Haufen Schlacke zu verwandeln?

Der Trick bestand darin, sich dem Shuttle zu nähern und dem Detektor gleichzeitig fernzubleiben. Data nahm eine sorgfältige Berechnung vor und stellte fest, daß er siebzehn Meter von dem kleinen Ortungsgerät entfernt war, der sich auf Bodenhöhe befand. Er trat mehrere Schritte zurück, lief los und sprang zwanzig Meter nach oben.

In einem weiten Bogen flog Data durch die Methanatmosphäre und landete mit einem dumpfen Pochen auf dem Shuttle Er duckte sich und verharrte einige Sekunden lang, doch offenbar wurde kein Alarm ausgelöst. Die schwache Resonanz des Detektors blieb unverändert. Da er sich auf dem Boden befand, erstreckte sich der Erfassungsbereich vermutlich nicht bis zum Shuttledach, und die Masse des kleinen Raumschiffs schirmte den Androiden jetzt ab.

Eine Bombe stellte eine größeren Gefahr dar als ein Alarm, und deshalb mußte er den Detektor neutralisieren. Doch dabei durfte er ihm nicht zu nahe kommen. Data entschied, daß die Situation rasches Handeln erforderte.

Er sah sich auf dem Shuttle um, und die mindestens zweihundert Kilogramm schwere Deflektorscheibe weckte seine Aufmerksamkeit. Mit beiden Händen griff er danach und löste sie mit einem Ruck aus ihrer Verankerung – der Stahl gab wie Sperrholz nach. Data berechnete die genaue Position des Detektors auf dem Boden, beugte sich dann über den Rand des Shuttledachs vor und ließ die Deflektorscheibe fallen.

Unten krachte es, und die schwache Resonanz verschwand – der Bewegungsdetektor war zerstört.

Die gefürchtete Explosion blieb aus. Der Androide ging in die Hocke, holte den Phaser hervor und justierte ihn auf starke Betäubung.

Sie erschienen schon nach kurzer Zeit. Vier in graue Schutzanzüge gehüllte Gestalten materialisierten auf dem Boden, und Data wartete ihre Reaktion nicht ab. Zweimal schnell hintereinander betätigt er den Auslöser seiner Waffe, und zwei Jem'Hadar sanken zu Boden. Dann sprang er vom Shuttle herunter, als die Gegner das Feuer erwiderten.

Auf dem Boden duckte er sich und schoß zwei weitere Male. Phaserblitze zuckten zu den beiden übriggebliebenen Jem'Hadar und schickten sie ebenfalls ins Reich der Träume. Data rechnete damit, daß die außer Gefecht gesetzten Soldaten sofort an Bord des Schlachtkreuzers zurückgebeamt wurden, und deshalb verlor er keine Zeit. Der Androide brauchte weniger als eine Sekunde, um eine Plasmagranate zu nehmen, den Schutzbelag vom Haftstreifen zu lösen und sie dem nächsten Jem'Hadar an die Brust zu drücken. Mit so schnellen Bewegungen, daß ihnen kein biologisches Auge folgen konnte, wiederholte Data diesen Vorgang bei den drei anderen Jem'Hadar und sprang dann zurück. Es war brutal und grausam, auf diese Weise mit dem Feind zu verfahren, aber der Androide wußte auch, daß sich solche Dinge in einem Krieg nicht vermeiden ließen.

Transferfelder funkelten in der tosenden Finsternis, und die vier Jem'Hadar entmaterialisierten. Data dachte an das schreckliche Chaos, zu dem es unmittelbar nach dem Retransfer der bewußtlosen Soldaten an Bord des Schlachtkreuzers kommen würde, wenn die Plasmagranaten im Transporterraum explodierten. Mit etwas Glück platzte dabei die Außenhülle des Schiffes auf – dann waren die Jem'Hadar sicher so sehr mit sich selbst beschäftigt, daß Data unbehelligt entkommen konnte.

Er nahm seine Ausrüstung, öffnete die Luke und brachte alles an Bord. Wieder bewegte er sich so schnell, daß er zu einem Schemen wurde, als er die Bordsysteme des kleinen Raumschiffs reaktivierte, das Manövriertriebwerk zündete und startete. Der Umstand, daß er einige Sekunden später noch lebte, deutete klar darauf hin, daß die vier Plasmagranaten für die gewünschte Ablenkung gesorgt hatten.

Das Shuttle wurde immer schneller und flog einen elliptischen Kurs, der es auf die andere Seite des Planeten brachte, aus dem Erfassungsbereich der Jem'Hadar-Sensoren heraus. Bevor er hinter dem dunklen Horizont verschwand, nahm er noch eine kurze Sondierung vor und stellte zufrieden fest, daß die Umlaufbahn des Schlachtkreuzers instabil geworden war – das Schiff sank immer tiefer. Bestimmt eignete es sich nicht für den Flug durch eine Atmosphäre, und daraus schloß Data, daß die Jem'Hadar mit erheblichen Problemen zu kämpfen hatten.

Data verschwendete keinen weiteren Gedanken daran, daß er es geschafft hatte, ganz allein den Sieg über einen Schlachtkreuzer der Jem'Hadar zu erringen. Statt dessen dachte er daran, einen ganz bestimmten bajoranischen Transporter zu finden. Er steuerte das Shuttle aus dem Orbit und leitete den Warptransfer ein. Daher entging ihm die spektakuläre Explosion, zu der es auf Kreel VI kam, als ein großes Raumschiff abstürzte und auf der Oberfläche des Planeten explodierte.

Will Riker schloß die Hände fest um die Armlehnen des Kommandosessels, als die *Enterprise* von einem Torpedo der Jem'Hadar getroffen wurde und sich schüttelte. Dumpfes Donnern hallte durchs Schiff.

»Kapazität der Schilde auf dreißig Prozent gesunken!« rief Fähnrich Craycroft von der taktischen Station.

Riker warf einen Blick auf die Anzeigen seiner Konsole. »Wir müssen noch etwas länger durchhalten ... Wo zum Teufel bleibt die Flotte?«

Es war eine rhetorische Frage, auf die er gar keine Antwort erwartete. Allem Anschein nach hatte das Dominion im Bereich der cardassianischen Grenze mit einer massiven Gegenoffensive begonnen, und die beiden Schiffe, von denen die *Enterprise* verfolgt wurde, waren nur zwei von vielen. Der Umstand, daß es »nur« noch zwei Verfolger gab und nicht drei, beunruhigte Riker, denn es bedeutete: Ein Schlachtkreuzer hatte den Kurs geändert, um entweder Data oder die *Träne des Friedens* zu erwischen.

Doch daran durfte er jetzt nicht denken. Eine weitere Erschütterung erfaßte die *Enterprise*, als erneut ein Torpedo an ihren geschwächten Schilden explodierte. Riker sah zu Craycroft, und ihr blasses Gesicht teilte ihm alles mit, was er wissen mußte.

»Die gesamte restliche Energie in die Schilde leiten«, brachte Riker zwischen zusammengebissenen Zähnen hervor. Es war verlockend, die Flucht aufzugeben und sich dem Gegner zum Kampf zu stellen, aber Riker entschied sich dagegen. Die *Enterprise* hätte nicht die geringste Chance gehabt, und er wollte ihre Zerstörung nur dann riskieren, wenn er die Flucht nicht mehr fortsetzen konnte. Die Flotte mußte hier draußen irgendwo sein ...

»Sir!« entfuhr es Fähnrich Craycroft. »Die *Carla Romney* und die *Sharansky* reagieren auf unsere Kom-Nachricht und sind in zwei Minuten hier.«

Riker seufzte dankbar. »Na endlich. Stellen Sie eine Verbindung zu den Jem'Hadar her und teilen sie ihnen mit, daß wir uns ergeben. Navigation, Warptransfer unterbrechen und Flug mit Impulskraft fortsetzen.«

»Bitte bestätigen Sie die Kapitulationsabsicht«, sagte Craycroft.

»Es ist natürlich nur ein Trick – wir wissen, daß die Jem'Hadar gern Gefangene machen. Schilde nicht senken und die Phaser vorbereiten. Navigation, seien Sie bereit, sofort wieder in den Warptransit zu gehen.« Riker lehnte sich im Kommandosessel zurück und strich seinen Uniformpulli glatt. Seit Beginn des Krieges hatte er zehn Kilo abgenommen – die Uniform schien ihm immer ein wenig zu groß zu sein. Leider gab es niemanden, der seine schlankere Figur zu schätzen wußte.

Craycroft hielt sich ein Kom-Modul ans Ohr und lauschte. »Die Jem'Hadar weisen uns an, die Schilde zu senken.«

»Auf den Schirm«, sagte Riker und straffte die Schultern.

Ein Jem'Hadar erschien auf dem Wandschirm. Weiße Flüssigkeit pulsierte durch den dünnen Schlauch und verschwand im Hals.

Riker lächelte möglichst freundlich.

»Ich bin Commander William Riker von der *Enterprise*. Wir sind bereit, uns zu ergeben. Allerdings ist die Kapazität unserer Schilde unter eine kritische Schwelle gesunken, und deshalb hat der Computer das Kommando übernommen. Ich entschuldige mich dafür. Wir hoffen, dieses Problem in …« Er sah aufs Display. »… einer Minute gelöst zu haben.«

»Das energetische Niveau der Jem'Hadar-Phaser steigt!« warnte Craycroft.

»Phaser abfeuern!« befahl Riker.

Destruktive Energie flutete den beiden Schlachtkreuzern entgegen und verzögerte die Salve des Gegners um einige Sekunden.

»Maximale Warpgeschwindigkeit!« rief Riker und sprang auf.

Der junge Bolianer an der Navigationsstation reagierte sofort. Die *Enterprise* raste fort und entging dadurch mehreren Torpedos der Jem'Hadar.

Riker gab sich nicht der Illusion hin, nennenswerte Schäden an Bord der beiden Schlachtkreuzer verursacht zu haben. Die *Enterprise* lief noch immer um ihr Leben, als der Wandschirm zeigte, wie die *Carla Romney* und *Sharansky* an ihr vorbeisausten – zwei Lichtstreifen in der unendlichen Dunkelheit.

»Kursumkehr und Geschwindigkeit auf ein Drittel Impulskraft reduzieren«, sagte Riker. »Wir halten uns zunächst zurück und beobachten, was passiert. Photonentorpedos vorbereiten.«

Mehrere Bestätigungen erklangen, als junge Offiziere die Anweisungen des stellvertretenden Kommandanten ausführten. Die *Enterprise* beendete den Warptransfer, wendete in einem weiten Bogen und flog dann langsam in die Richtung zurück, aus der sie gekommen war.

Weit vor ihr spielte sich eine dramatische Szene ab, als die beiden Jem'Hadar-Kreuzer von zwei Starfleet-Schiffen der Akira-Klasse überrascht wurden, die ihre Phaserkanonen auf sie abfeuerten. Die Schutzschirme der Jem'Hadar-Schiffe glühten und flackerten, als sie enorme Mengen an destruktiver Energie absorbieren mußten.

»Vier Torpedos auf den nächsten Feind richten«, sagte Riker

»Torpedos ausgerichtet«, meldete Fähnrich Craycroft.

»Feuer!«

Während die beiden Starfleet-Raumer mit einem neuen Anflug begannen, rasten vier Torpedos der *Enterprise* dem nächsten Schlachtkreuzer entgegen. Phosphoreszierendes Glühen tastete über den Rumpf und wurde immer heller, als das Schiff versuchte, in den Warptransit zu gehen. Doch die Torpedos erreichten es, bevor es entkommen konnte. Explosionen blitzten an den Schilden, während es dem anderen Kreuzer gelang, sich abzusetzen.

Mit grimmiger Zufriedenheit beobachtete Riker, wie die *Carla Romney* und die *Sharansky* zurückkehrten und zehn weitere Quantentorpedos auf den angeschlagenen Kreuzer abfeuerten. Diesmal hielten die Schilde nicht länger stand. Sie brachen zusammen, und eine halbe Sekunde später explodierte das Schlachtschiff. Ein neuer Stern schien zu entstehen und sich aufzublähen; glühende Trümmer wirbelten durchs All. Es gab keine Möglichkeit, jemanden gefangenzunehmen – aber die Jem'Hadar zogen ohnehin den Tod der Kapitulation vor.

Die *Sharansky* und *Carla Romney* rasten sofort weiter und verfolgten den zweiten Kreuzer. Riker seufzte und sank in den Kommandosessel zurück. »Befinden sich andere Schiffe in der Nähe?«

»Nein, Sir, keine feindlichen Einheiten in Ortungsreichweite«, antwortete Craycroft, und die Anspannung wich aus ihrer Stimme.

Riker rieb sich die Augen. »Teilen Sie Commander

Troi mit, daß sie ab sofort Brückendienst hat, und nehmen Sie Kurs auf Starbase 209. Wir transferieren die Maquis-Passagiere, bevor wir den Kampf fortsetzen.«

»Ja, Sir.«

Riker stand steif auf und fühlte sich fast so, als hätte er eine Kneipenschlägerei hinter sich. Er wollte Datas Shuttle, dem bajoranischen Transporter und dem fliehenden Jem'Hadar-Schlachtkreuzer folgen. Aber an einem Tag konnte man nicht beliebig viel leisten. Trotz der unerledigt gebliebenen Dinge wurde es Zeit, auszuruhen und die Wunden zu lecken.

Sie hatten überlebt und bekamen dadurch Gelegenheit, den Krieg am nächsten Tag fortzusetzen. Riker hoffte, daß auch seine Freunde noch am Leben waren.

Captain Picard stand auf staubigem Boden und blickte über ein Feld, auf dem hüfthohes Getreide mit schwarzen Ähren wuchs. Es fühlte sich seltsam an, wieder auf einem Planeten zu sein, den Horizont und einen wolkenlosen blauen Himmel zu sehen. Eine warme Brise strich ihm übers Gesicht und trug ihm den Geruch cardassianischer Speisen entgegen, die in Gemeinschaftsküchen zubereitet wurden.

Es war lange her, seit Picard zum letztenmal ein wenig Freiheit genossen hatte – so lange, daß er sich nicht einmal ans Wo und Wann erinnerte. Zwar bekamen sie es hier mit verdrießlichen Cardassianern zu tun, die ihre Waren begutachteten, aber für diese friedliche Kolonie schien der Krieg weit entfernt zu sein. Was als ein notwendiger Zwischenaufenthalt begann, um ihre Geschichte glaubhaft erscheinen zu lassen, wurde zu einer angenehmen Atempause.

Picard drehte sich um und sah, wie Ro mit dem Oberhaupt der Dorfgemeinschaft sprach, einem hochgewachsenen, dürren Cardassianer, der schlichte braune Kleidung trug. Die Siedler waren zunächst distanziert und argwöhnisch gewesen, aber inzwischen wirkten sie entspannt und freundlich. Sie entsprachen nicht den Starfleet-Vorstellungen von typischen Cardassianern. Zum Beispiel standen ihnen keine Raumschiffe oder Transporter zur Verfügung – deshalb hatten sich die Besucher auf den Planeten beamen müssen. Das Tetralubisol interessierte sie nicht, aber sie wollten die ganze Ladung bajoranischer Seide kaufen. Anmaßung zeigten sie kaum; das einfache Leben in der landwirtschaftlichen Kolonie schien die Arroganz aus ihnen vertrieben zu haben.

Ro verhandelte über einen Preis für die Seide, obgleich die Siedler eigentlich nur Lebensmittel und Gastfreundschaft anbieten konnten. Picard gewann den Eindruck, daß diese einsamen Leute sich über jeden Kontakt mit der Außenwelt freuten, selbst wenn er Bajoraner betraf. Daher hatten sie es nicht eilig damit, das Geschäft abzuschließen.

Er wußte, daß er sich eigentlich unter die Kunden mischen sollte. Statt dessen stand er abseits und dachte über ihre Situation nach. Sie mußten herausfinden, ob Ros Geschichte über das künstliche Wurmloch der Wahrheit entsprach, und vielleicht zählte dabei jede einzelne Sekunde.

Erneut setzte Picard einen Fuß vor den anderen und entfernte sich noch etwas weiter von dem Basar, der aus grauen Planen zwischen fensterlosen geodätischen Kuppeln bestand. Bei den Kuppeln handelte es sich um standardisierte Mehrzweckgebäude, die sich auch für Menschen geeignet hätten, doch ihnen fehlte eine moderne Einrichtung. Man hätte glauben können, daß Absicht hinter der Primitivität der Kolonie steckte.

Der Captain folgte dem Verlauf eines Pfads neben dem Kornfeld. Als er sicher sein konnte, außerhalb der Hörweite des Basars zu sein, klopfte er auf seinen Insignienkommunikator.

»Boothby an *Träne des Friedens*«, sagte Picard.

»Hier Brücke«, erklang die Stimme von Geordi La-Forge. »Wie steht's bei Ihnen?«

»Wir haben den größten Teil der bajoranischen Seide verkauft, aber ich weiß nicht, welchen Preis unser Captain dafür erzielen wird. Das Getreide hier ist recht beeindruckend.«

»Wenn Sie sich für unsere Freunde interessieren – sie sind noch immer in der Nähe«, sagte LaForge. »Offenbar gibt es heute nicht viel für sie zu tun.«

Picard versuchte, sich seine Enttäuschung nicht anmerken zu lassen. Ihm fiel die Vorstellung schwer, daß es für ein Kriegsschiff der Galor-Klasse und einen Schlachtkreuzer der Jem'Hadar Zeit genug gab, ein kleines Handelsschiff zu beobachten. Und doch schien genau das der Fall zu sein. »Geben Sie mir Bescheid, wenn sich die Situation verändert. Boothby Ende.«

Er wandte sich um und stieß gegen eine Cardassianerin, die über den Pfad wanderte. Sie sprang zurück, schlang wie schützend die Arme um ihren Korb mit Obst und starrte ihn wie einen Wegelagerer an.

»Entschuldigen Sie«, sagte Picard besorgt. »Es tut mir sehr leid. Habe ich Sie verletzt?«

Sofort bedauerte er seine Worte. Die Frau war ganz offensichtlich bei bester Gesundheit und nicht etwa verletzt, sondern verärgert. Aufgrund der ledrigen Haut ließ sich ihr Alter nur schwer schätzen, aber eins stand fest: Es fehlte ihr nicht an Attraktivität.

»Wer sind Sie?« fragte sie scharf.

Picard deutete zum Himmel. »Wir sind zu Ihnen gekommen, um Handel zu treiben. Unser Raumschiff befindet sich in der Umlaufbahn.«

»Bajoraner?« fragte die Cardassianerin skeptisch.

131

»Ja«, bestätigte Picard. »Haben Sie schon einmal Angehörige unseres Volkes gesehen?«

»Im Gefängnis.« Die Frau verzog das Gesicht, als hätte sie zuviel gesagt, schob sich an Picard vorbei und eilte über den Pfad.

Der Captain folgte ihr – er war neugierig geworden. »Kann ich den angerichteten Schaden irgendwie wiedergutmachen?«

»Schaden?« wiederholte die Frau. »Wiedergutmachen?« Sie sah ihn so an, als hätte sie während ihres ganzen Lebens nie Gelegenheit bekommen, einmal richtig auszuspannen. Die grünen Augen brachten eine Trauer zum Ausdruck, die etwas in Picard berührte.

»Sind Sie in *ihrem* Auftrag hier?«

»Wen meinen Sie?«

»Versuchen Sie nicht, mir etwas vorzumachen. Wollen Sie wirklich behaupten, daß Sie keine Ahnung haben, was es mit diesem Ort auf sich hat?«

»Diese Welt ist mir unbekannt«, erwiderte Picard. »Bis vor kurzer Zeit war sie nur ein Name auf einer Sternkarte.«

Die Cardassianerin schnaubte. »Nun, jemand in Ihrer Crew scheint einen ganz besonderen Sinn für Humor zu haben. Was Sie für eine landwirtschaftliche Kolonie halten, ist in Wirklichkeit ein Indoktrinationszentrum. Wir leben hier in einem Arbeitslager, obwohl es weder Zäune noch Wachen gibt.«

Picard nickte ernst. Das erklärte das Fehlen von Raumschiffen und moderner Technik. »Welche Verbrechen legt man Ihnen zur Last?«

»Mit den falschen Leuten zu reden«, sagte die Frau spöttisch. »Und die falschen Dinge zu sagen. Ich hätte besser schweigen sollen.«

»Sie sind Dissidenten.« Picard begriff, daß sie sich wirklich den falschen Planeten ausgesucht hatten.

Durch ihre Präsenz auf dieser Welt erregten sie nicht etwa weniger Verdacht, sondern sogar noch mehr.

»Ja, wir sind Dissidenten – und völlig machtlos«, erwiderte die Frau leise. »Man hat uns am Leben gelassen, aber wir sitzen hier fest. Durch eine Veränderung unserer genetischen Struktur sind wir gezwungen, die Nahrungsmittel dieses Planeten zu essen. Alle anderen Speisen brächten uns um.«

Sie bot Picard eine glänzende gelbe Frucht an. »Möchten Sie probieren?«

Der Captain schüttelte den Kopf. Die Frau und ihre Mitgefangenen taten ihm sehr leid. Er hätte gern darauf hingewiesen, daß Dr. Crusher die Veränderungen der genetischen Struktur rückgängig machen konnte, aber Beverly war nicht bei ihnen. Er erinnerte sich an das Gespräch mit Ro: Sie durften keine Gefangenen retten und mußten sich allein auf den Versuch konzentrieren, die Föderation vor dem Untergang zu bewahren. Bei dieser Welt handelte es sich zweifellos um eine der Kolonien, die von den Cardassianern in der Entmilitarisierten Zone gegründet worden waren, obwohl das den Vereinbarungen widersprach – die Föderation hatte keine Einwände dagegen erhoben. Was nach einer idyllischen Bauerngemeinschaft aussah, war in Wirklichkeit ein weiteres Gefangenenlager, bestimmt für ganz besondere Opfer Cardassias: für Angehörige des eigenen Volkes.

»Wie lange sind Sie schon hier?« fragte Picard.

Die Frau maß ihn mit einem nachdenklichen Blick. »Sind Sie vielleicht doch kein Spion?«

»Nein«, log der Captain und fragte sich, auf welcher Seite die Cardassianerin stand. »Und woher soll ich wissen, daß *Sie* keine Spionin sind?«

»Eine Garantie dafür haben Sie nicht. Andererseits: *Sie* haben mich angestoßen, und Sie sind hier fremd.

133

Außerdem haben nur Sie die Möglichkeit, diesen Planeten zu verlassen.«

»Ich wünschte, es wäre so einfach«, entgegnete Picard. »Leider stehen wir unter der Beobachtung von zwei Kriegsschiffen.«

Die Frau lächelte. »Wir werden ständig beobachtet. Und wenn wir uns beklagen, heißt es: Wenn Sie unschuldig sind, sollte es Ihnen doch nichts ausmachen, daß wir Sie beobachten.«

Picard wußte den sarkastischen Humor der Cardassianerin zu schätzen. »Man nennt mich Boothby«, stellte er sich vor.

Die Frau kniff kurz die Augen zusammen – vielleicht erschien ihr der Name seltsam. »Ich heiße Letharna«, erwiderte sie, verzichtete auf einen Kommentar und schritt wieder in Richtung Basar. »Wenn Sie den Kriegsschiffen entkommen könnten – welches Ziel hätten Sie dann?«

Der Captain wußte, daß er eigentlich sehr vorsichtig sein sollte. Andererseits ging es bei dieser Mission darum, Informationen zu gewinnen, und vielleicht konnte ihm diese cardassianische Dissidentin wertvolle Hinweise geben. Wie dem auch sei: Im Verlauf vieler Jahre hatte Picard gelernt, Personen einzuschätzen, und er hielt Letharna für eine Verbündete.

Trotzdem wählte er seine Worte mit besonderer Sorgfalt. »Vielleicht kehren wir nie wieder ins cardassianische Raumgebiet zurück, und deshalb möchten wir einen Blick auf die wichtigste Sehenswürdigkeit werfen.«

»Hmm. Es gibt da eine sehr ungewöhnliche Wolke aus Staub und Gas, Badlands genannt.«

»Ja, die Badlands wären vielleicht ein angemessenes Ziel.« Picard musterte die Cardassianerin und hoffte, daß sie sein Vertrauen nicht mißbrauchte.

»Aber die Kriegsschiffe lassen nicht zu, daß Sie dorthin fliegen. Man müßte sie irgendwie fortlocken.«

»Ja«, sagte Picard und blickte über die Felder. »Wir könnten aufbrechen, wenn sie einen neuen Einsatzbefehl erhielten.«

Sie kamen an einigen anderen Cardassianern vorbei, und Letharna bot dem Besucher von Außenwelt erneut eine Frucht an. Diesmal nahm Picard sie.

»Auf diesem Planeten gibt es nicht nur Landwirtschaft«, flüsterte Letharna. »Auf dem südlichen Kontinent existiert ein Stützpunkt mit einer Subraum-Kommunikationsanlage. Von dort aus könnte man vielleicht einen falschen Alarm auslösen, der die beiden Kriegsschiffe zu ihrer Basis zurückruft. Bestimmt lassen sie sich nur für eine gewisse Zeit ablenken, aber es könnte für Sie genügen.«

Tief in Gedanken versunken betrachtete Picard die Frucht in seiner Hand. Nach einigen Sekunden schmunzelte Letharna. »Sie können sie ruhig essen. Sie ist nicht giftig.«

Er nickte und erinnerte sich daran, daß er bereits entschieden hatte, die Cardassianerin für vertrauenswürdig zu halten. Mit einem dankbaren Lächeln biß Picard in die Frucht. »Und Sie sind tatsächlich nicht imstande, den Planeten zu verlassen?«

»Nein. Uns fehlen die für die Verdauung anderer Nahrungsmittel notwendigen Enzyme. Wir sind auf das angewiesen, was wir hier anbauen. Eine kluge Strafe, nicht wahr? Man braucht uns nicht zu bewachen, und eine Flucht ist unmöglich. Gleichzeitig kann man uns vorweisen, wenn Besucher eine nichtmilitärische Kolonie sehen wollen. Und wenn wir nicht hart genug arbeiten, droht uns der Hungertod.«

Picard wollte darauf hinweisen, daß es die Cardassianer meisterhaft verstanden, andere Leute zu foltern und ihnen die Freiheit zu nehmen. Aber das wußte Letharna bereits.

»Ich werde mich für Ihre Hilfe erkenntlich zeigen«, sagte er.

»Ich habe gerade erst damit begonnen, Ihnen zu helfen«, erwiderte Letharna.

Ro Laren starrte Picard groß an. »Sie wollen eine Cardassianerin an Bord des Schiffes bringen, ihr alles zeigen und mit ihrer Hilfe eine Subraum-Kommunikationsstation außer Gefecht setzen?«

»Wir wollen sie nicht außer Gefecht setzen«, sagte Picard. »Es geht uns nur darum, eine falsche Nachricht zu schicken und damit einen Alarm auszulösen. Mit ziemlicher Sicherheit werden die Einsatzorder für die beiden Kriegsschiffe von der hiesigen Kom-Station weitergeleitet. Vielleicht lassen sich die beiden Raumer lange genug ablenken, um uns zu erlauben, die Badlands zu erreichen.«

Ro schüttelte heftig den Kopf, doch ihre Stimme blieb ruhig. »Möglicherweise sind die Bewohner des Planeten tatsächlich Dissidenten, aber das bedeutet noch lange nicht, daß wir ihnen *vertrauen* können. Einige der Bauern sind bestimmt cardassianische Geheimagenten, und die anderen könnten schlicht und einfach übergeschnappt sein. Was ist, wenn sie versuchen, unser Schiff unter ihre Kontrolle zu bringen, um damit zu entkommen?«

»Letharna und die anderen können den Planeten nicht verlassen«, sagte Picard. »Die beiden Kriegsschiffe patrouillieren am Rand des Sonnensystems und beobachten uns. Wenn Sie eine bessere Möglichkeit kennen, sie loszuwerden ... Ich bin ganz Ohr.«

Ro schnitt eine Grimasse – nein, sie hatte keine andere Lösung für das Problem.

»In drei Tagen erwartet man uns zu einer Verhandlung auf Cardassia Prime – dort drohen uns Verurteilung und Gefängnis«, betonte Picard. »Vielleicht hoffen Cardassianer und Jem'Hadar, daß wir einfach nach Bajor zurückkehren; dann wäre die Sache für sie erledigt. Aber das kommt für uns natürlich nicht in Frage. Wir können uns den Weg nicht freischießen, und irgendwelche Ausreden nützen uns diesmal herzlich wenig. Wie Sie selbst sagten: Wir sind auf List und Schläue angewiesen.«

Ro nickte höflich einigen Cardassianern zu, die an ihnen vorbeikamen, lenkte ihre Schritte dann weiter fort vom Basar. »Wie viele Personen befinden sich in dem Stützpunkt?« fragte sie.

»Etwa zehn, meint Letharna. Ich glaube, sie hat dies alles gut durchdacht.«

»Ich wünschte, wir hätten einen alternativen Plan«, brummte Ro. »Wann geht's los?«

»Damit niemand Verdacht schöpft, sollten Sie und die anderen hierbleiben. Sie haben ohnehin genug damit zu tun, die Kisten mit dem Gemüse in Empfang zu nehmen und an Bord zu schaffen. Letharna meint, daß der Einsatz nicht länger als eine Stunde dauert, wenn wir unseren Transporter benutzen. Wir brauchen nicht einmal die Umlaufbahn zu ändern.«

Picard deutete zum Himmel, der sich zu verfärben begann. Ein lachsrotes Glühen dehnte sich aus; hier und dort schimmerte es orangefarben. »Auf dem südlichen Kontinent ist es bereits dunkel.«

Bevor Ro Antwort geben konnte, näherte sich ihnen das Oberhaupt der Dorfgemeinschaft. Der Mann wirkte besorgt. »Sie sehen unzufrieden aus«, sagte er. »Stimmt etwas nicht?«

»Oh, es ist alles in bester Ordnung«, antwortete Ro und lächelte. »Mein Kollege hier hält nicht viel von dem Preis, den wir für die Seide erzielt haben, aber ich bleibe bei meiner Entscheidung.«

»Dann möchte ich Ihnen etwas schenken«, sagte der Cardassianer. »Dafür, daß Sie zu diesem ungleichen Geschäft bereit sind.«

Er reichte Picard ein Objekt, das nach einer Schriftrolle aussah. Doch als der Captain die Hand darum schloß, merkte er, daß es fest war – das Papier umgab einen zylindrischen Gegenstand. Der Gesichtsausdruck des Cardassianers wies Picard darauf hin, daß er das Geschenk besser akzeptierte, ohne irgendwelche Fragen zu stellen.

»Danke«, sagte der Captain und klopfte auf seinen Insignienkommunikator. »Beamen Sie mich an Bord.«

Wenige Sekunden später materialisierte Picard im kleinen Transporterraum der *Träne des Friedens*. LaForge bediente die Kontrollen. Mit dem baumelnden Ohrring, den Nasenknorpeln und der Pilotenbrille, die seine künstlichen Augen verbarg, wirkte er ziemlich verwegen.

»Sonst noch jemand, Captain?« fragte Geordi.

»Eine weitere Person«, erwiderte Picard und trat von der Transporterplattform herunter. »Aber sehen wir uns zuerst dieses Geschenk an.«

Er öffnete das Papier und fand einen kupferfarbenen Zylinder mit magnetischen Streifen an der Seite und einem kleinen blauen Schild.

»Hm, ein isolinearer Stab«, sagte LaForge anerkennend. »Von den Cardassianer hergestellt. Wozu dient er?«

»Ich schätze, das finden wir bald heraus.« Picard beugte sich über die Transporterkonsole und gab Koordinaten ein. »Beamen Sie die Person an Bord, die sich an jenem Ort befindet.«

»Ja, Sir.« LaForge führte den Transfer durch, und wieder materialisierte jemand auf der Plattform. Trotz der Pilotenbrille war zu erkennen, wie Geordi die Augen aufriß, als er den Neuankömmling sah.

Letharna trat von der Transporterplattform herunter und sah sich um. »Ich kann kaum glauben, wieder im All zu sein. Und an Bord eines bajoranischen Schiffes.«

»Leider reicht die Zeit nicht aus, um Sie herumzuführen«, sagte Picard. »Sind Sie soweit?«

Die Cardassianerin deutete auf das Objekt in der Hand des Captains. »Gut, daß Sie den isolinearen Stab haben. Er wird uns helfen.«

Zweifel keimten in Picard, und er dachte plötzlich daran, daß er vielleicht die ganze Mission allein wegen eines Gefühls aufs Spiel setzte. Wenn er sich in Hinsicht auf Letharna irrte, wenn sie es zwar gut meinte, aber unzuverlässig war … Dann standen ihnen vielleicht Gefangennahme und Folter bevor.

Alles in ihm drängte danach, eine ganze bestimmte Frage zu stellen. »Warum helfen Sie uns?«

Letharna bedachte ihn mit einem durchdringenden Blick. »Ich bin keine Verräterin, falls Sie das meinen. Das Dominion ist genau das, was wir immer gefürchtet haben. Das Militärregime glaubt, zusätzlichen Einfluß zu gewinnen, aber in Wirklichkeit läßt es zu, daß eine fremde Macht unsere Zivilisation übernimmt. War es nicht ein Terraner, der sagte: ›Absolute Macht führt zu absoluter Korruption‹? Die absolute Macht des Militärs macht uns so schwach, daß wir der Verlockung des Dominion nicht widerstehen können. Deshalb helfe ich Ihnen, wer auch immer Sie sind.«

Picard sah zu LaForge, der kurz die Schultern hob und senkte. Sie gingen nicht zum erstenmal ein Risiko ein.

»Halten Sie sich hier in Bereitschaft, Geordi«, sagte der Captain. »Ich brauche einen erfahrenen Mann an den Transporterkontrollen.«

7

An Bord der *Tag Garwal*
bediente Sam Lavelle die Navigationskontrollen – er
hatte beschlossen, den Antimaterie-Tanker beim ersten Probeflug selbst zu steuern. Taurik saß an der
Funktionsstation und überwachte die Bordsysteme.
Die große Deltanerin Tamla Horik stand an der taktischen Station, um von dort aus den Traktorstrahl
zu kontrollieren. Grof und die anderen befanden sich
ebenfalls an Bord, aber nicht auf der Brücke. Auf
dem weiter unten gelegenen Deck stritten sie über
Transporter, Schürfsonde und restrukturierte Fracht-
behälter.

Sam war froh, daß sie sich nicht an Bord eines
Jem'Hadar-Schiffes befanden. Er hätte sich kaum an
ein Okular für die Übertragung visueller Daten gewöhnen können; traditionelle Bildschirme waren ihm
lieber. Die cardassianische Technologie entsprach im
großen und ganzen der der Föderation, und sie alle
kannten Miles O'Briens Handbuch der cardassianischen Technik.

Zum Glück war die heutige Aufgabe nicht weiter schwer. Sie sollten die Andockkugel verlassen,
fünftausend Kilometer weit durchs All fliegen, dort
einen Container mit dem Traktorstrahl erfassen und
zurückbringen. Sam zweifelte nicht daran, daß alles
unter den wachsamen Sensorblicken der nahen
Kriegsschiffe stattfinden würde.

Er betätigte die Kom-Kontrolle in der Armlehne

des Sessels. »Lavelle an Crew. Wir haben alles überprüft – die Brückensysteme sind voll einsatzbereit. Hält jemand von Ihnen eine Verzögerung des Starts für erforderlich?«

»Nein«, brummte Enrak Grof. »Von uns aus kann's losgehen.«

»Bestätigung«, sagte Sam und drückt eine andere Taste. »Tanker *Tag Garwal* an Stationskontrolle, erbitten um Starterlaubnis für Probeflug null null eins.«

Das vertraute Gesicht des Vorta Joulesh erschien auf dem Hauptschirm. Erneut wirkte er sehr zufrieden. »Sie haben Starterlaubnis, *Tag Garwal*. Raumschiffe im Anflug werden zu anderen Bereichen weitergeleitet. Viel Glück.«

Sam wußte nicht, ob er Joulesh für die Vorsichtsmaßnahme danken sollte oder nicht. Schon als Kadetten im zweiten Ausbildungsjahr hatten sie alle schwierigere Flüge hinter sich gebracht. *Zumindest in diesem Punkt dürfte Grof recht haben*, dachte er. *Wir müssen uns den Repräsentanten des Dominion gegenüber immer wieder beweisen.*

»Luftschleuse wird versiegelt und der Verbindungsstutzen eingezogen«, sagte Sam. Er verbannte Joulesh' lächelndes Gesicht vom Hauptschirm und schaltete auf Bugsicht um. Ein Teil von ihm glaubte, daß er jetzt eigentlich nervös sein sollte, aber statt dessen empfand er vor allem Erleichterung darüber, wieder an der Navigationsstation eines Raumschiffs zu sitzen. Ohne zu zögern, aktivierte er die Manövrierdüsen und lenkte den Tanker fort vom Raumdock.

Als sie kurz darauf mit Impulskraft flogen, sah Sam zu Taurik und lächelte. Das Gesicht des Vulkaniers blieb natürlich ausdruckslos, und daraufhin glitt Sams Blick weiter zur Deltanerin. Die kahlköpfige Frau strahlte und teilte seine Freude darüber, Freiheit zu kosten.

Sam programmierte den Kurs und schaltete anschließend den Autopiloten ein, um sich zu vergewissern, daß er richtig funktionierte. Wenn sie zu dem Schwarzen Loch flogen, waren sie auf die automatischen Systeme angewiesen; dann durfte niemand einen Fehler machen, weder Mensch noch Maschine. Aufmerksam überwachte er den Flug, und es schien nur wenige Sekunden zu dauern, bis sie die fünftausend Kilometer zurückgelegt hatten.

Ein großer, rechteckiger Behälter schwebte vor ihnen im All, und Sam setzte die Geschwindigkeit des Tankers herab.

»Traktorstrahl vorbereiten«, sagte er.

»Es ist ein Kinderspiel«, erwiderte die Deltanerin. »Gravitonniveau stabil, Traktorstrahl bereit.«

Sam brachte das Schiff auf Relativgeschwindigkeit null und setzte die Manövrierdüsen für eine Kursumkehr ein. »Alles klar. Schnappen Sie sich den Container.«

Die Finger der Deltanerin glitten über Schaltflächen, und Sam beobachtete, wie der Behälter im All in Bewegung geriet, sich dem Tanker näherte. »Traktorstrahl hat Ziel erfaßt«, meldete Tamla Horik. »Gravitonniveau weiterhin stabil.«

»Ich würde gern den Warptransfer einleiten«, sagte Sam. »Aber ich schätze, das wäre eine zu große Überraschung für die Beobachter. Nehme wieder Kurs aufs Raumdock.«

Widerstrebend flog er den Tanker mit der Übungsfracht zu der Kugel, die sie vor etwa zehn Minuten verlassen hatten. Der erfolgreiche, aber viel zu kurze Probeflug schuf eine seltsame Leere in ihm – alles in ihm sträubte sich gegen das Ende dieser Mission.

In gewisser Weise erfuhren sie gerade eine besonders grausame Strafe. Man gewährte ihnen einen verlockenden Blick auf Freiheit und Normalität – und dann mußten sie in den Käfig zurückkehren. Sam begann zu verstehen, wie sich Enrak Grof zu einem Kollaborateur entwickelt hatte. Es war außerordentlich schwer, das Gefühl aufzugeben, sich nützlich zu machen und Verantwortung zu tragen, um wieder zu einem Gefangenen zu werden, dessen Bedeutung sich im wahrsten Sinne des Wortes auf die einer Nummer reduzierte.

»Wir haben angedockt«, sagte er schließlich. »Mission beendet.«

Er hörte schwere Schritte auf der Leiter, drehte sich um und sah das runde, lächelnde Gesicht von Enrak Grof. »Ausgezeichnet!« donnerte der Trill. »Sie haben das Schiff gut geflogen, Lieutenant. Und niemand hätte den Traktorstrahl besser ausrichten können als Sie, Commander Horik.«

Die Deltanerin schnitt eine finstere Miene. »Selbst ein Kleinkind wäre imstande gewesen, den Container mit einem Traktorstrahl einzufangen.«

»Wir sind auf die Schritte von Kleinkindern beschränkt«, erwiderte Grof. »Bis man uns den großen Schritt gestattet.«

Der Trill warf Sam einen kurzen Blick zu und kletterte die Leiter dann wieder hinunter. Wortwahl und Gesichtsausdruck des Wissenschaftlers stimmten Sam nachdenklich, und er überlegte, ob Grof sich einem Fluchtversuch widersetzt hätte. Wenn der entscheidende Augenblick kam … Es ließ sich kaum vorhersagen, wie jeder einzelne von ihnen darauf reagieren würde. Wenn Grof tatsächlich Widerstand leistete, so mußten sie irgendwie mit ihm fertig werden.

Wieder klackten Schritte, und Joulesh sah zur Luke herein. »Ich darf Ihnen mitteilen, daß der Gründer mit den erzielten Fortschritten sehr zufrieden ist«, sagte der Vorta. »Es finden noch zwei weitere Probe-

flüge statt, und dann dürften Sie bereit sein, in die
Geschichte einzugehen.«

In wessen Geschichte? dachte Sam. *Wer schreibt sie
letztendlich?*

Jean-Luc Picard materialisierte in einem schmalen,
niedrigen Tunnel, der die Subraum-Kommunikationsstation mit den Unterkünften der Cardassianer verband, die dort arbeiteten. Glücklicherweise hatte Letharna ihn aufgefordert, sich zu ducken – andernfalls hätte er riskiert, daß sein Kopf im Felsgestein
materialisierte. Ganz in Schwarz gekleidete Guerillakämpfer warteten im Transporterraum der *Träne
des Friedens,* für den Einsatz bereit, falls sie gebraucht
wurden. Die gerade transferierte Gruppe bestand aus
Picard, Letharna und zwei jungen Menschen, die wie
Bajoraner aussahen.

Der Captain und die beiden Besatzungsmitglieder
des bajoranischen Transporters führten auf schwere
Betäubung justierte Phaser bei sich – obwohl sie hofften, auf die Verwendung von Waffen verzichten zu
können. Sie wollten sich in die Kommunikationsstation schleichen, den Code für einen Alarm senden
und dann wieder verschwinden, ohne entdeckt zu
werden. Letharna trug nur den isolinearen Stab und
bedeutete den anderen, ihr zu folgen, als sie durch
den dunklen Tunnel eilte, in Richtung einer nur sche-
menhaft zu erkennenden Tür.

Sonderbare Nervosität prickelte in Picard, und er
überließ seinen beiden menschlichen Begleitern den
Vortritt, bildete selbst den Abschluß. Vermutlich war
der Tunnel dafür bestimmt, von den Unterkünften
aus die Kommunikationsstation auch bei schlechtem
Wetter zu erreichen, aber offenbar wurde er schon seit
einer ganzen Weile nicht mehr benutzt. Letharna
hatte darauf hingewiesen, daß es hier keine Überwa-

chungssensoren gab, doch in Picard regten sich klaustrophobische Empfindungen. Er wußte nicht genug über die Station, um die Gruppe selbst zu leiten. Ihm blieb nichts anderes übrig, als Letharna zu vertrauen, und das fiel ihm trotz allem nicht leicht – immerhin war sie eine Cardassianerin.

Er erinnerte sich an einen anderen Cardassianer, dem er vertraut hatte: Joret Dal, ein Agent der Föderation beim cardassianischen Militär. Dal und Fähnrich Sito Jaxa verschwanden mit einem Shuttle, als sie das gleiche versuchten wie Picards Gruppe: unbemerkt durch den cardassianischen Raum zu fliegen. Hatte man Dal entlarvt? Oder war er gar ein Doppelagent gewesen? Sie würden es nie erfahren. Picard hatte es als sehr schlimm empfunden, Fähnrich Sito zu verlieren. Andere Personen Gefahren auszusetzen – darin bestand der unangenehmste Aspekt der Kommandopflichten, erst recht dann, wenn die betreffenden Personen starben.

Picard erreichte die massive Metalltür nur wenige Sekunden nach Letharna und den beiden Menschen. Das Schloß erforderte ganz offensichtlich eine Chipkarte. Letharna zog mehrere cardassianische Sicherheitskarten aus ihrem Gürtel und probierte sie nacheinander aus.

»Die Codes werden nicht oft geändert«, flüsterte sie. »Immerhin befinden sich die nächsten Nachbarn auf einem anderen Kontinent, ohne eine Möglichkeit, die Station zu erreichen.«

Während sie eine Karte nach der anderen in den Schlitz des Abtasters schob, warf Picard einen Blick aufs Chronometer. Wenn sie hier zuviel Zeit verloren, mochte die *Träne des Friedens* in ihrer Umlaufbahn außer Transporterreichweite geraten. Wenn das geschah, mußte sie zurückkehren, was bei den beiden Kriegsschiffen bestimmt Verdacht erregte.

Er wollte die Cardassianerin gerade auffordern, sich zu beeilen, als die Kontrollampe am Schloß weiß leuchtete und es leise klickte. Letharna schob die Tür auf, und rostige Angeln quietschten leise. Zusammen mit dem Rest der Gruppe schlich sie eine metallene Treppe hoch.

Als sie wieder in Bewegung waren, schöpfte Picard sofort neue Zuversicht. Die Treppe endete an einer offenen Tür, und dort ging Letharna in die Hocke. Picard schob sich an sie heran und hielt seinen bajoranischen Phaser bereit. Lautlos krochen sie in einen großen Raum voller elektronischer Geräte und Computerkonsolen. Zirpende Geräusche wiesen auf einen beständigen Strom aus Subraum-Nachrichten hin. Das einzige Fenster bestand aus einem schmalen Schlitz in der Wand und gewährte Ausblick auf eine große Parabolantenne. Zwar herrschte Nacht in dieser Region des Planeten, aber leistungsstarke Scheinwerfer hielten draußen die Dunkelheit von der Kommunikationsstation fern.

Niemand schien anwesend zu sein, und Picard spürte eine Mischung aus Erleichterung und Besorgnis. Es ging zu glatt. Er bedeutete einem der beiden Menschen, an der Tür zu warten, und die Frau kam der Aufforderung sofort nach, duckte sich auf der obersten Treppenstufe. Das andere Besatzungsmitglied folgte Picard und Letharna, als sie an Regalen, Kisten und elektronischen Ausrüstungsgegenständen vorbeischlichen.

Plötzlich erklangen Stimmen im Durcheinander des Subraum-Zirpens. Letharna und ihre Begleiter blieben flach auf dem Boden liegen, als zwei Cardassianer den Raum durch eine andere Tür betraten. Sie lachten, vielleicht über einen Witz, und prüften die Anzeigen einer Konsole neben dem Eingang.

Picard sah, wie Letharna ein langes, krummes Messer hervorholte und es in der zitternden Hand hielt. Er berührte sie am Bein. Als sie ihn ansah, schüttelte er den Kopf, hob den Phaser und hoffte, daß sie verstand. In Letharnas dunklen Augen bemerkte er einen mörderischen Zorn, den er auch schon bei anderen Cardassianern beobachtet hatte. Sie nickte und wirkte dabei ein wenig enttäuscht.

Eine Sekunde später fühlte Picard, wie man ihn selbst am Bein berührte. Der junge Offizier hinter ihm deutete zu einem Cardassianer, der durch den Raum schlenderte und dabei die Anzeigen verschiedener Displays überprüfte – er kam immer näher.

Noch waren die Eindringlinge hinter Ausrüstungsgegenständen verborgen, aber der Cardassianer mochte jeden Augenblick entscheiden, den Weg durch ihren Gang fortzusetzen. Außerdem konnte niemand von ihnen wissen, wie lange diese Leute im Raum blieben, und die Zeit drängte.

Picard fühlte die Blicke seiner Begleiter auf sich ruhen und traf eine Entscheidung. Er hob den Phaser, winkte dem jungen Offizier zu und deutete auf den Cardassianer, der an den Konsolen vorbeischritt. Anschließend zeigte er erst auf sich selbst und dann auf den zweiten, weiter entfernten Cardassianer.

Der Captain beobachtete, wie sein Ziel einen isolinearen Stab in ein Datenmodul schob. Er sprang auf und sah aus den Augenwinkeln, daß die anderen seinem Beispiel folgten. Rasch zielte er und feuerte. Der Strahlblitz traf den Cardassianer am Rücken – er stöhnte leise und sank bewußtlos über der Konsole zusammen.

Ein Krachen ließ Picard herumfahren, und er stellte fest, daß der junge Offizier das Ziel verfehlt hatte. Der zweite Cardassianer hastete durch den Gang und versuchte ganz offensichtlich, den Ausgang zu erreichen.

Rechts von Picard bewegte sich etwas.

Letharna achtete nicht auf ihre eigene Sicherheit, als sie über eine Computerkonsole hinwegsprang und sich auf den Fliehenden stürzte. Entsetzt beobachtete Picard, wie sie ihm mit dem Messer die Kehle durchschnitt. Der Cardassianer erschlaffte fast sofort und sank zu Boden, aber Letharna schüttelte ihn auch weiterhin. Sie schien sich darüber zu ärgern, daß er so schnell gestorben war.

»Das reicht!« sagte Picard scharf und griff nach ihrem Arm.

»Er wollte die anderen alarmieren«, verteidigte sich Letharna.

»Mag sein«, brummte Picard. Die Cardassianerin hatte ihn enttäuscht, aber er brauchte sie nach wie vor und verkniff sich den Rest seiner Worte.

»Tut mir leid, Sir«, sagte der Offizier, der das Ziel verfehlt hatte. Der junge Mann wirkte sehr beschämt.

»Lassen Sie die Leiche verschwinden«, sagte Picard. Der Offizier nickte, justierte den Phaser auf desintegrierende Wirkung und begann damit, den Leichnam aufzulösen.

Letharna stand bereits an der Hauptkonsole, zerrte den bewußtlosen Cardassianer beiseite und nahm seinen Platz ein. Picard blickte nervös über ihre Schulter und betrachtete Anzeigen, mit denen er nichts anfangen konnte.

»Können Sie einen falschen Alarm auslösen?« fragte er.

»O ja, davon können Sie ausgehen.« Letharna lächelte sardonisch, und zum erstenmal sah Picard Wahnsinn in ihren Augen.

»Von hier aus kontrolliere ich die ganze Kommunikationsstation, das ganze Sicherheitsnetz – den ganzen Planeten!« Die Finger der Cardassianerin tanzten über Schaltelemente hinweg. »Sie ahnen nicht, wie lange wir auf eine solche Chance gewartet haben.«

Picard versuchte, seinen Ärger unter Kontrolle zu halten. »Die Nachricht an die beiden Kriegsschiffe«, erinnerte er Letharna.

Sie zog den isolinearen Stab aus dem Datenmodul und ersetzte ihn durch das Exemplar, das sie vom Oberhaupt der Dorfgemeinschaft bekommen hatten. »Damit sollten wir Zugang zu den Prioritätscodes erhalten. Ja, genau, hier sind sie. Sie möchten, daß die beiden Kriegsschiffe eine Meldung erhalten, die sie zu ihrem Stützpunkt zurückruft?«

»Ja«, bestätigte Picard und befürchtete, daß Letharna bestrebt war, diese Gelegenheit für eine allgemeine Abrechnung zu nutzen.

Sie betätigte Tasten und gab Anweisungen ein. Nach einigen Sekunden erklang ein rhythmisches Summen, das sie alle zusammenzucken ließ. Picard blickte besorgt zu den blinkenden Anzeigen der Kommunikationskonsole. Letharna setzte die Arbeit fort, und ein zufriedenes Lächeln erhellte ihre Miene. Der Captain schlug auf die Kom-Konsole, und das Summen hörte tatsächlich auf. Aber dafür drang eine cardassianische Stimme aus dem Lautsprecher. Ein zweiter Schlag ließ sie ebenfalls verstummen.

»Beeilen Sie sich«, hauchte er.

»Ihre Angelegenheit ist bereits erledigt«, erwiderte Letharna. »Ich bin jetzt dabei, so viele Codes wie möglich zu speichern. Den ganzen isolinearen Stab möchte ich damit füllen.«

Der auf dem Boden liegende Cardassianer stöhnte. Picard justierte seinen Phaser auf stärkere Betäubung und schoß noch einmal.

Kurze Zeit später hörten sie draußen eilige Schritte, und der Captain wußte: Es wurde Zeit, die Kommunikationsstation zu verlassen.

149

Er sah sich um, schätzte die Situation ein und klopfte auf seinen Insignienkommunikator. »*Träne des Friedens*, transferieren Sie *fünf* Personen mit zehn Sekunden Verzögerung.«

»Ja, Sir.«

Picard winkte die noch immer an der Tür wartende Offizierin näher. Draußen näherten sich weitere Schritte, und die Kommunikationskonsole summte erneut.

»Wir müssen fort«, wandte sich der Captain an Letharna.

»Nur noch eine Minute«, erwiderte sie, während Tasten unter ihren Fingern klickten.

Picard griff nach dem isolinearen Stab und zog ihn aus dem Datenmodul – sofort verschwanden die Codefolgen vom Bildschirm. Letharna gab einen wütenden Schrei von sich, sprang auf und hob ihr Messer. Bevor sie zustoßen konnte, betäubte der Captain sie mit einem Phaserschuß. Er fing sie auf und bewahrte sie davor, auf den Boden zu fallen. Gleichzeitig begann die Entmaterialisierung. Als die Cardassianer zwei Sekunden später hereinstürmten, fanden sie einen leeren Raum vor.

Captain Picard, zwei wie Bajoraner aussehende Menschen und zwei bewußtlose Cardassianer materialisierten im Transporterraum der *Träne des Friedens*. Picard trat von der Plattform, ließ Letharna behutsam zu Boden sinken und schob dann sowohl das Messer als auch den isolinearen Stab hinter ihren Gürtel. Ganz in Schwarz gekleidete Gestalten umringten die Cardassianer.

»Was ist mit den Kriegsschiffen, Mr. LaForge?« fragte Picard.

Der Chefingenieur lächelte. »Sie haben vor zwanzig Sekunden den Warptransfer eingeleitet.«

»Orbitalbeschleunigung«, sagte Picard. »Ich möchte

Ro und die anderen so schnell wie möglich an Bord holen.«

LaForge führte die Anweisung des Captains von der Transporterkonsole aus durch.

Picard blickte auf Letharna hinab. »Eine bemerkenswerte Frau – leider bleibt mir nicht genug Zeit, ihr auf angemessene Weise zu danken. Ich bin froh, daß sie bereit war, uns zu helfen. Beamen Sie sie auf den Planeten zurück.«

»In ihrem derzeitigen Zustand?«

»Ja. Wir können nicht warten, bis sie erwacht, um uns dann von ihr zu verabschieden.« Voller Abscheu sah er zu dem betäubten Cardassianer. »Ich wollte keinen Gefangenen mitnehmen, aber jetzt bleibt uns nichts anderes übrig. Vielleicht möchte Starfleet ihn verhören.«

»Es gibt keine Arrestzelle an Bord«, meinte La-Forge. »Und auch keine internen Kraftfelder.«

Picard wandte sich an die schwarzgekleideten Sicherheitswächter. »Bringen Sie den Gefangenen im Quartier des Captains unter. Wir haben es bisher nicht benutzt. Schaffen Sie die Einrichtung fort und lassen Sie nur eine Matratze zurück. Und fesseln Sie seine Beine. Ich möchte, daß er den Eindruck gewinnt, gut behandelt zu werden. Aber lassen Sie ihn nicht aus den Augen.«

»Ja, Sir«, erklang die mehrstimmige Bestätigung.

»Wir gelangen in Transporterreichweite, Captain«, meldete LaForge.

»Benachrichtigen Sie die Landegruppe und weisen Sie darauf hin, daß sie sich schnell verabschieden soll.« Picard schritt zur Tür. »Wir machen uns auf den Weg.«

Es war ein friedlicher Abend an Bord der *Tag Garwal*. Zumindest fühlte es sich wie Abend an – beide Probeflüge lagen hinter ihnen, und die meisten Besatzungsmitglieder schliefen. Stille herrschte auf der Brücke. Nur Sam Lavelle saß dort, obwohl es eigentlich gar keinen Grund für ihn gab, im Dienst zu sein. Der Tanker war angedockt, und die Macht des Dominion schützte ihn. Nicht weit entfernt schufteten und litten die Zwangsarbeiter, aber den Auserwählten geschah kein Leid.

Zumindest haben wir bis morgen nichts zu befürchten, bis zum Beginn unserer Mission, dachte Sam. Vielleicht war das der Grund, warum er nicht schlafen konnte und noch immer auf der Brücke saß. Seine Besorgnis galt nicht etwa der offiziellen Mission, sondern der inoffiziellen. Er hatte der Crew versprochen, daß sie einen Fluchtversuch unternehmen würden – das war ihre Pflicht als Kriegsgefangene. Aber wie sollten sie dabei vorgehen? Durfte Sam das Leben der Besatzung selbst dann aufs Spiel setzen, wenn kaum Aussicht bestand, in die Freiheit zurückzukehren? Wenn sie sich fügten, wenn sie alle Anweisungen des Dominion durchführten ... dann blieben sie wenigstens am Leben.

Überleben gegen Ehre – eine sehr schwere Wahl.

Sam hob überrascht den Kopf, als sich Schritte näherten. Er brauchte sich nicht umzudrehen, um festzustellen, wer den kleinen Kontrollraum betrat: Enrak Grof. Der große Trill nahm an der taktischen Station Platz.

»Können Sie nicht schlafen?« fragte Sam.

Grof verzog das Gesicht. »Natürlich kann ich nicht schlafen, solange im Quartier nebenan dauernd Stimmen erklingen. Die Deltanerin ist ständig wach und vergnügt sich mit ihrem Freund Enrique.«

»Sollen sie ruhig ein wenig Spaß haben.« Sam hob die Hände zum Nacken. »Für Deltaner ist Sex eine Art religiöse Erfahrung. Außerdem: Waren Sie nie jung – und mit dem Tod konfrontiert?«

»Wir sterben nicht«, brachte Grof zwischen zusammengebissenen Zähnen hervor. »Das Dominion hätte auch an Bord dieses Schiffes auf einer Trennung der Geschlechter bestehen sollen.«

»Vielleicht denkt nicht einmal das Dominion an alles«, sagte Sam und lächelte dünn. »Wenn wir diese Sache mit heiler Haut überstehen, können wir von einem Wunder sprechen.«

»Wenn Sie doch endlich damit aufhören würden, solchen Unsinn zu reden. Unsere Mission ist zwar gefährlich, aber es gibt keinen Grund, warum sie nicht erfolgreich enden sollte.«

Doch, es gibt einen, dachte Sam, aber er wollte Grof keine Einzelheiten nennen. Außerdem wurde es Zeit, das Thema zu wechseln. »Erzählen Sie mir etwas über unser Ziel, das Auge von Talek.«

Grof zuckte mit den Schultern. »Es ist das kleinste Schwarze Loch im cardassianischen Raum, wahrscheinlich auch das älteste.«

»Handelt es sich nicht um eine implodierte Sonne?«

»Nein«, antwortete der Trill. »Das Auge von Talek entstand zusammen mit diesem Universum. So heißt es jedenfalls in einer cardassianischen Legende – die von den Kosmologen bestätigt wird. Bei einer implodierten Sonne wäre die Gravitation zu groß für uns. Wissen Sie, ein typisches Schwarzes Loch behält seine ursprüngliche Masse. Was die kleinen wie das Auge von Talek betrifft, oder die ganz großen, wie das Monstrum im Zentrum unserer Galaxis – wir können nur darüber spekulieren, auf welche Weise sie entstanden.«

»Manche Leute glauben, ein höheres Wesen hätte das Universum erschaffen«, sagte Sam. »Eine göttliche Entität. Solche Leute hielten vermutlich nicht viel davon, daß Sie ein künstliches Wurmloch konstruieren. Haben Sie nicht manchmal den Eindruck, Gott zu spielen?«

»Ja«, erwiderte Grof stolz. »Und es ist notwendig, in die Rolle Gottes zu schlüpfen. Als wir die Krümmung der Raum-Zeit entdeckten, mußten wir zwangsläufig jene Stellen untersuchen, wo die Struktur von Raum und Zeit in sich selbst zurückgekrümmt ist. Gott schuf instabile Wurmlöcher, und genau dort unterlief ihm ein Fehler. Bei den Bajoranern gelten die ›Propheten‹ nur deshalb als göttliche Wesen, weil sie ein Wurmloch stabilisierten. Stellen Sie sich vor, zu welchem Gott *ich* werde, wenn ich *Hunderte* von stabilen Wurmlöchern schaffe, durch die jeder Winkel der Galaxis erreichbar wird.«

Sam schüttelte erstaunt den Kopf. »Zumindest ist Ihr Ego für eine solche Aufgabe groß genug.«

»Das nehme ich als Kompliment«, entgegnete Grof selbstgefällig.

Sam gähnte und deutete zur Ruhenische im rückwärtigen Bereich der Brücke. »Sie können dort drüben schlafen, wenn Sie nicht nach unten zurückkehren wollen.«

Grof schnitt erneut eine Grimasse und nickte dann. »Danke.«

Der große Trill stand auf und schlurfte fort. Nach einigen Metern blieb er noch einmal stehen. »Wissen Sie, Lavelle, diese Mission hängt ganz von Ihnen ab. Sie sind der Captain dieses Schiffes. Wenn Sie versagen, oder wenn Sie irgend etwas Dummes anstellen, so sind wir alle erledigt.«

»Womit Sie natürlich keinen Druck auf mich ausüben wollen«, brummte Sam.

»Ich wollte Sie nur darauf hinweisen, wieviel auf dem Spiel steht. Unser Status ...«

»Status?« entfuhr es Sam, und er lachte bitter. »Wir sind *Sklaven*, Grof. Einigen von uns könnte es vielleicht gelingen, in der Hierarchie des Dominion aufzusteigen und schließlich den gleichen Rang zu erreichen wie ein Jem'Hadar oder Vorta, aber mehr ist auf keinen Fall drin. Hier gibt es nur ein Volk, das zählt: die Gründer. Alle anderen sind nur Bedienstete. Wenn Sie versuchen, ein Gott zu sein, wird man Sie wie ein lästiges Insekt zerquetschen. Die Gründer dulden keine anderen Götter neben sich.«

Grof öffnete den Mund, aber Sam gab ihm keine Gelegenheit, etwas zu erwidern. Mit einem Ruck stand er auf, ging an dem Trill vorbei und stapfte laut die Treppe hinunter.

Ro Laren stand im Korridor vor dem Quartier des Captains und preßte verärgert die Lippen zusammen, als sie hörte, wie der Gefangene immer wieder gegen die Wand trat. Zwar trug er Fesseln an Händen und Füßen, aber trotzdem zappelte er wie ein Fisch auf dem Trocknen. Ro verstand nicht, warum Captain Picard den Cardassianer in der besten Kabine an Bord untergebracht hatte. Wenn er damit einen guten Eindruck auf den Gefangenen machen wollte, so erfüllten sich seine Hoffnungen ganz offensichtlich nicht.

Picard trat neben sie und wandte sich an die vier Bewaffneten in der Nähe. »Phaser auf starke Betäubung justieren.«

»Wir können nicht dauernd auf ihn schießen, wenn er Schwierigkeiten macht«, sagte Ro.

»Ich weiß. Und ich bin für jeden Vorschlag dankbar.«

»Wir könnten ihn aus einer Luftschleuse werfen.«

Picard runzelte sehr verärgert die Stirn. »So etwas kommt natürlich nicht in Frage. Wenn wir ihn verhören könnten ... Vielleicht wäre er imstande, uns den einen oder anderen nützlichen Hinweis zu geben.«

»Wahrscheinlich weiß er überhaupt nichts von dem künstlichen Wurmloch«, sagte Ro. »Immerhin gehörte er zu einer Gruppe, die mitten im Nichts stationiert ist. Die Cardassianer hüten ihre Geheimnisse auch untereinander. Wir gefährden unsere Mission, wenn wir ihn in die Badlands mitnehmen, und wir erreichen die Wolke bald.«

»Trotzdem, Captain.« Picard beharrte auf seinem Standpunkt. »Es kann nie schaden, miteinander zu reden.« Er klopfte auf seinen Insignienkommunikator. »Boothby an das Quartier des Captains. Bitte beruhigen Sie sich und hören Sie mir zu. Sie sind unser Gast, und wir würden Sie gern nach Hause schicken.«

Aber der Gefangene tobte auch weiterhin und nahm sich jetzt die Tür vor. *Er könnte wirklich Schaden anrichten, wenn wir ihn einfach sich selbst überlassen*, dachte Ro besorgt.

Picard musterte die versammelten Besatzungsmitglieder und wählte zwei besonders kräftige Männer aus. »Geben Sie Ihre Waffen den anderen und versuchen Sie zusammen mit mir, den Cardassianer zu überwältigen. Stellen Sie sich rechts und links neben mich. Die anderen halten sich in Bereitschaft.«

Ro schloß ihre Hände fester um ein bajoranisches Phasergewehr, als Picard sich der Tür näherte. Nachdem die beiden unbewaffneten Männer neben ihm Aufstellung bezogen hatten, berührte er die Sensorfläche des Verriegelungssystems.

Die Tür hatte sich kaum geöffnet, als der Captain den Kopf des Cardassianers zu spüren bekam, zurückgestoßen wurde und fiel. Wütendes Heulen erklang, und der Gefangene hüpfte in den Korridor, die Beine zusammengebunden und die Hände auf dem Rücken gefesselt. Er senkte die Schultern und rammte damit die beiden unbewaffneten Männer, die von dem Angriff überrascht wurden und taumelten. Bewußtlos auf dem Boden liegend hatte der Cardassia-

156

ner nicht so groß ausgesehen. Jetzt wirkte er geradezu riesig, und seine Halsmuskeln wölbten sich vor.

»Ergeben Sie sich!« befahl Picard und kam wieder auf die Beine.

»Niemals!« kreischte der Cardassianer, senkte den Kopf und sprang den Captain an.

Ro hob das Gewehr, um den Captain zu verteidigen, doch er wich rechtzeitig genug zur Seite, hob das Knie und traf den Cardassianer an der Nase. Der Gefesselte heulte, und sein Kopf kippte abrupt zur Seite. Er bekam keine Gelegenheit, den Captain erneut anzugreifen. Picard packte ihn am Hosenboden und stieß ihn mit dem Kopf voran zu Boden.

Das hätte eigentlich genug sein sollen, um den Cardassianer endlich zur Ruhe zu bringen. Aber der Bursche knurrte nur, rollte auf die Knie und versuchte, wieder aufzustehen.

»Hören Sie auf, Widerstand zu leisten!« donnerte Picard.

»Nein!« Die Augen traten dem Cardassianer fast aus den knochigen Höhlen, als er auf den Rücken sank und Anstalten machte, Picard zu treten. Die ganze Zeit über fauchte und zischte er wie eine Schlange.

Picards Insignienkommunikator zirpte.

»Das reicht«, wandte sich der Captain an Ro. »Betäuben Sie ihn.«

Sie legte mit dem Gewehr an und betätigte den Auslöser. Rote Energie traf den Cardassianer und raubte ihm das Bewußtsein.

Picard klopfte auf das kleine Kom-Gerät. »Hier Boothby.«

»Sie sollten besser zur Brücke kommen, Sir«, ertönte eine nervöse Stimme. »Wie haben feindliche Raumschiffe geortet, die uns verfolgen und schnell näher kommen!«

8

Ro folgte Captain Picard auf die Brücke der *Träne des Friedens*. Die Crewmitglieder im Kontrollraum wirkten sehr angespannt, und Ro fand: Trotz der Nasenknorpel und Ohrringe konnte man sie kaum mehr für Bajoraner halten. Vielleicht lag es an ihrem menschlich riechenden Schweiß.

Der Mann an den Navigationskontrollen sprang auf, als er Picard sah.

»Status?« fragte der Captain, als Ro zur Navigationsstation trat.

»Drei Angriffsschiffe der Jem'Hadar nähern sich uns mit Abfangkurs«, berichtete der Offizier und wich beiseite, als Ro seinen Platz einnahm. »Sie sind doppelt so schnell wie wir und gelangen in etwa sechsunddreißig Minuten in Gefechtsreichweite.«

»Wie lange brauchen wir bis zu den Badlands?«

»Vierzig Minuten«, antwortete Ro.

Picard runzelte die Stirn, und Ro ahnte, was jetzt in ihm vor sich ging. Sie standen kurz davor, ein Versteck zu erreichen, doch alles deutete darauf hin, daß die Verfolger sie vorher erwischten. Ro Laren wußte aus eigener Erfahrung, wie man sich fühlte, wenn man um sein Leben lief.

»Ausweichmanöver?« fragte sie.

»Noch nicht«, erwiderte Picard und klopfte sich mit dem Zeigefinger ans Kinn. »Kurs und Geschwindigkeit halten.«

Ro wußte, daß Picard jetzt über ihre Möglichkeiten nachdachte – es waren nicht sehr viele. Sie konnten nicht einmal gegen ein Jem'Hadar-Schiff etwas ausrichten, geschweige denn gegen drei. Hinzu kam: Diesmal bekamen sie vermutlich nicht die Chance, mit dem Gegner zu reden, bevor er das Feuer eröffnete.

»Bestimmt erfassen sie uns mit ihren Scannern«, sagte Ro. »Ich bin sicher, daß sie uns die ganze Zeit über genau beobachten. Ausweichmanöver könnten uns größeren Schiffen gegenüber einen Vorteil verschaffen, aber in diesem Fall nützen sie überhaupt nichts. Die Angriffsschiffe der Jem'Hadar zeichnen sich durch eine besonders große Manövrierfähigkeit aus.«

»Die *Träne des Friedens* verfügt über zwei einsatzfähige Rettungskapseln«, meinte Picard. »Ich schlage vor, wir bringen unseren cardassianischen Freund in einer davon unter und schicken ihn in Richtung eines Planeten auf die Reise. Wenn uns die Jem'Hadar tatsächlich beobachten, müssen sie ihre Geschwindigkeit reduzieren, um Ermittlungen anzustellen – insbesondere dann, wenn sie einen Cardassianer an Bord der Kapsel orten.«

Ro zupfte nachdenklich an ihrem Ohrring. »Es wäre notwendig, unseren Warptransfer kurz zu unterbrechen, was Zeit kostet – aber es könnte die Sache wert sein.«

»Captain«, ließ sich der Einsatzoffizier vernehmen. »Darf ich Sie daran erinnern, daß wir beide Rettungskapseln brauchen, um die gesamte Crew zu evakuieren? Wenn uns nur eine bleibt, können acht Personen nicht von Bord.«

Picard sah Ro an, und seinem entschlossenen Gesichtsausdruck entnahm die Bajoranerin, daß sie noch immer auf der gleichen Wellenlänge dachten. Ihre

Mission endete entweder mit einem Erfolg oder mit dem Tod; es hatte also keinen Sinn, ein Überleben im cardassianischen Raum in die Planung einzubeziehen. Als Picard die Selbstzerstörungssequenz programmiert hatte, war ihnen beiden klar gewesen, daß es um alles oder nichts ging.

Will Riker schien recht zu behalten: Es *war* ein selbstmörderischer Einsatz.

Picard beugte sich vor. »In Ordnung, Ro. Bereiten Sie eine Rettungskapsel vor und bringen Sie den Gefangenen darin unter. Fesseln Sie ihn gut.«

»Darauf können Sie sich verlassen.«

Kurze Zeit später versuchte ein im Sessel festgebundener Cardassianer, Ro ins Gesicht zu spucken. Sie neigte den Kopf rechtzeitig zur Seite, und ein Teil des Speichels tropfte dem Gefangenen übers Kinn. Sie wollte sich nicht auf sein Niveau hinabbegeben, nahm jedoch einen Streifen strukturverstärktes Klebeband und zeigte es ihm. »Ich könnte Ihnen damit den Mund zukleben.«

»Ihr seid Feiglinge!« stieß der Cardassianer hervor »Feiglinge und Terroristen!« Er schnappte nach Luft, als ein muskulöser Offizier den Gurt an seiner Brust stramm zog.

Die Rettungskapsel war dazu bestimmt, automatisch Kurs auf einen bewohnten Planeten zu nehmen und dort zu landen. Von den Passagieren erwartete man, daß sie angeschnallt in ihren Sesseln saßen. Beim Cardassianer gesellten sich Stricke und Klebestreifen an Armen und Beinen den Gurten hinzu.

»Wir lassen Sie frei«, sagte Ro. »Ich weiß beim besten Willen nicht, wieso Sie so zornig auf uns sind.«

»Bajoraner!« zischte der Gefangene. »Wir hätten euch alle töten sollen!«

»Ihr habt's versucht«, erwiderte Ro gelassen. »Ich

schätze, wenn Sie an meiner Stelle wären, hätten Sie mich bereits aus der nächsten Luftschleuse geworfen. Aber wir haben Sie wie einen Gul behandelt, Sie im Quartier des Captains untergebracht. Und nun opfern wir eine Rettungskapsel, nur um Sie heimzuschicken. Sie sollten dankbar sein.«

Der Cardassianer knurrte und wand sich hin und her, aber die Fesseln hielten.

Ro hätte den Cardassianer gern nach dem künstlichen Wurmloch gefragt, aber einer solchen Versuchung durfte sie auf keinen Fall nachgeben – dann wäre ihre Mission verraten gewesen. Aber vielleicht konnte sie diese Gelegenheit nutzen, um den Gegner in die Irre zu führen.

»Wir sind neutral«, sagte Ro. »Ihr dummer Krieg gegen die Föderation interessiert uns nicht. Es gibt noch immer einige Freiheitskämpfer, die sich in den Badlands verstecken, und wir versuchen, sie zu retten. Wenn Sie uns in Ruhe lassen, beenden wir unsere Mission und kehren dann nach Hause zurück, ohne hier irgendwelchen Schaden anzurichten.«

»Sie haben meine Karriere ruiniert!« ereiferte sich der Cardassianer. »Warum bringen Sie mich nicht einfach um? Es ist mir nicht gelungen, die Kommunikationsstation zu schützen, und außerdem ließ ich mich gefangennehmen. Ich kann von Glück sagen, wenn man mich nicht in ein Arbeitslager steckt!«

»Wir leben in gefährlichen Zeiten«, erwiderte Ro. Sie sah zu ihren Begleitern, deren Nicken darauf hinwies, daß alle Vorbereitungen abgeschlossen waren. »Tut mir leid, daß Sie es ein wenig unbequem haben. Ich wünsche Ihnen einen guten Flug.«

Zusammen mit den beiden Männern verließ Ro die Rettungskapsel und schloß die Luke hinter sich. Durch das Fenster der Schleusenkammer warf sie einen letzten Blick auf die Kapsel, die mit einem klei-

161

nen Triebwerk und vollautomatischen Bordsystemen ausgestattet war. Man brauchte nur die Koordinaten des Zielplaneten einzugeben und den Startknopf zu drücken – anschließend konnte man nur noch das Beste hoffen.

Die Bajoranerin klopfte auf ihren Insignienkommunikator. »Ro an Brücke. Der Passagier ist sicher in der ersten Rettungskapsel untergebracht.«

»Gut«, erwiderte Picard munter. »Wir sind gerade dabei, ein Ziel auszuwählen. Es gibt mehrere Möglichkeiten, aber wir brauchen einen Planeten, der es uns erlaubt, den Warptransit nach möglichst kurzer Zeit fortzusetzen. Die Koordinaten lassen sich von hier aus übertragen; Sie können also zur Brücke zurückkehren.«

»Ja, Sir.«

Eine Minute später stand Ro im Kontrollraum und teilte dem Captain mit, was sie dem Cardassianer in Hinsicht auf ihre Mission in den Badlands gesagt hatte.

»Glaubt er Ihnen?« fragte Picard.

»Ich weiß nicht«, antwortete Ro. »Er war hauptsächlich wütend, weil wir seine Karriere ruiniert haben.«

»Wir kommen in Reichweite von H-574«, meldete der Navigationsoffizier. »Optimales Startfenster in vierzig Sekunden.«

Picard drehte sich zur taktischen Station um. »Wie weit sind wir von den Verfolgern entfernt?«

»Wenn Kurs und Geschwindigkeit auch weiterhin konstant bleiben, kommt es in zwanzig Minuten zum Kontakt.«

»Warptransfer unterbrechen, halbe Impulskraft«, sagte Picard. »Treffen Sie Vorbereitungen für den Start der ersten Rettungskapsel.«

»Ja, Sir«, bestätigten drei Stimmen gleichzeitig.

Ro trat beiseite und sah zum Hauptschirm, als der bajoranische Transporter langsamer wurde, um die Rettungskapsel auszuschleusen. Wie ein Geschoß sauste die kleine Kugel ins All und nahm Kurs auf einen nahen Planeten mit blauen, im Sonnenschein funkelnden Ozeanen und smaragdgrünen Inseln. *Die Cardassianer haben so schöne Welten*, dachte Ro. *Aber dem Maquis gönnen sie nicht einmal einen Felsbrocken.*

»Die Rettungskapsel ist unterwegs«, sagte der Einsatzoffizier.

»Nehmen Sie Kurs auf die Badlands, maximale Warpgeschwindigkeit«, ordnete Picard an.

Die *Träne des Friedens* leitete wieder den Warptransfer ein und raste mit einer Geschwindigkeit durchs All, die weit über der des Lichts lag und doch nicht genügte, um den Schiffen der Jem'Hadar zu entkommen. Stille herrschte auf der Brücke – alle warteten gespannt und fragten sich, wie die Jem'Hadar auf die ausgeschleuste Rettungskapsel reagieren würden.

Nehmen sie den Köder an? dachte Ro. *Und wenn ja: Wie viele Schiffe unterbrechen den Warptransfer?*

»Captain«, ertönte schließlich die Stimme der taktischen Offizierin. Sie klang unsicher. »Ein Jem'Hadar-Schiff hat den Kurs geändert und verfolgt die Rettungskapsel. Die anderen beiden setzen den Flug mit Abfangkurs fort. Kontakt in zwölf Minuten.«

Picard sah zu Ro. »Mehr konnten wir eigentlich nicht erwarten. Irgendwelche Vorschläge?«

»Nun«, sagte die Bajoranerin, »es gibt da einen alten Trick, den wir Starfleet gegenüber verwendeten. Wenn ein kleines Raumschiff mit Warpgeschwindigkeit fliegt, kann man es mit den Fernbereichsensoren kaum von einem ebenfalls mit Warpgeschwindigkeit fliegenden Photonentorpedo unterscheiden, insbesondere dann, wenn man ihn auf unendliche Distanz und keine Detonation programmiert.«

163

Picard kratzte sich am Kinn, und ein anerkennendes Lächeln wuchs auf seinen Lippen. »Sie möchten Torpedos als Köder verwenden?«

»Ja. Wir könnten zwei Photonentorpedos starten: Einer fliegt auf unserem gegenwärtigen Kurs und der zweite auf einem anderen, der aber ebenfalls zu den Badlands führt. Wir wählen einen dritten Kurs und hoffen, daß die Jem'Hadar-Schiffe den Torpedos folgen.«

»Wir müssen die Geschwindigkeit genau anpassen«, sagte Picard. Er klang aufgeregt – oder vielleicht besorgt. Er wandte sich der taktischen Station zu. »Verstehen Sie, worauf Captain Ro hinauswill?«

»Ja, Sir«, erwiderte die Frau. Ihre Hände glitten über Schaltflächen hinweg. »Ich rekonfiguriere die Torpedos. Einer wird auf unseren aktuellen Kurs programmiert, der andere mit einer Abweichung von zehn Grad backbord. Kein Ziel, unendliche Distanz, keine Detonation. Warpgeschwindigkeit entspricht exakt der unsrigen.«

»Gut so. Bleiben Sie in Bereitschaft.« Picard schritt durch den kleinen Kontrollraum zur Navigationsstation. »Programmieren Sie einen neuen Kurs für uns, zehn Grad steuerbord. Wir erreichen die Badlands an einer anderen Stelle als geplant, aber das läßt sich nicht ändern. Wir reduzieren unsere Geschwindigkeit um null Komma fünf, um die Torpedos zu starten, ändern dann den Kurs und gehen wieder auf maximalen Warpfaktor.«

»Ja, Sir«, bestätigte der Pilot. Er sah zu Ro und lächelte dankbar. Vielleicht glaubte er, daß ihr Vorschlag ihm das Leben retten würde.

»Ich möchte darauf hinweisen, daß uns dadurch nur vier Photonentorpedos bleiben«, sagte die taktische Offizierin.

»Bestätigung.« Wenn es den Captain ärgerte, zwei

Torpedos nicht bei einem Angriff einzusetzen, sondern für ein Täuschungsmanöver, so ließ er sich nichts anmerken.

»Kursänderung programmiert«, meldete die Navigation.

Picard sah zu Ro und senkte die erhobene Hand. »Geschwindigkeit reduzieren.«

»Geschwindigkeit wird reduziert«, kam die Bestätigung von der Navigationsstation.

»Torpedos starten!«

»Torpedos sind unterwegs«, sagte die taktische Offizierin.

»Kurs wird geändert«, fügte der Pilot hinzu. »Fortsetzung des Warptransfers.«

Jetzt konnten sie nur noch abwarten, um festzustellen, ob die Jem'Hadar auf den Trick hereinfielen. Angespannte Stille senkte sich auf die Brücke herab, während der Hauptschirm das verlockende Glühen der Badlands zeigte. Die Wolke schien recht nahe zu sein, aber für den langsamen bajoranischen Transporter, der von viel schnelleren Schiffen verfolgt wurde, war die Entfernung noch immer zu groß.

»Diesen Trick kannte ich bisher nicht«, sagte Picard im Plauderton. »Obwohl wir uns während der letzten Monate eingehend mit der Taktik des Maquis beschäftigt haben.«

»Man braucht dafür ein kleines Schiff«, erwiderte Ro. »Die *Träne des Friedens* könnte zu groß sein.«

»Es ist einen Versuch wert«, meinte Picard. »Wenn die Jem'Hadar den Kurs ändern, um die Torpedos zu verfolgen, gewinnen wir wertvolle Minuten.«

Alle blickten auf die Anzeigen der Instrumente oder zum Hauptschirm und zuckten zusammen, als die taktische Offizierin plötzlich nach Luft schnappte. Ro drehte sich um und sah ihr triumphierendes Lächeln. »Beide Jem'Hadar-Schiffe folgen dem Torpedo, der auf unserem alten Kurs fliegt.«

Sie starrte auf die Displays ihrer Konsole, während die erwartungsvollen Blicke aller anderen auf ihr ruhten. Nach einer endlosen Minute bildeten sich dünne Falten in ihrer Stirn. »Ein Schiff hat den Kurs geändert und folgt uns. In acht Minuten gelangt es in Waffenreichweite.«

»Wie lange brauchen wir bis zu den Badlands?«

»Elf Minuten.«

»Na schön, wir haben es jetzt nur noch mit einem Schiff zu tun«, sagte Picard. »Damit hat sich die Situation für uns erheblich verbessert. Kurs und Geschwindigkeit beibehalten.«

»Ja, Sir.«

Ro trat zur Navigationsstation. »Die Badlands sind eine riesige Wolke aus Gas, Staub und Plasma. Ortungsinstrumente nützen dort kaum etwas – deshalb können wir hoffen, den Jem'Hadar zu entkommen. Wie bei jeder Wolke dieser Art gibt es rankenartige Ausläufer, die weit ins All reichen. Wenn wir einen solchen Ausläufer finden, sind wir vielleicht vor Ortung geschützt.«

Picard trat etwas näher an den Hauptschirm heran und betrachtete die Wolke – ihr Erscheinungsbild erinnerte ihn an einen riesigen Tintenfisch. Nach einigen Sekunden deutete er auf einen gewaltigen Staubtentakel, der wie ein Pferdekopf geformt war. »Das sieht vielversprechend aus.«

»Wenn ich den Kurs ändere, erreichen wir die Badlands etwa zwei Minuten eher«, sagte der Pilot. »Aber uns bleibt nicht genug Zeit, eine Sondierung des entsprechenden Bereichs vorzunehmen.«

»Wir haben keine Wahl.« Picard drehte sich zur taktisch Station um. »Wie ist die Position des zweiten Schiffes?«

166

»Inzwischen verfolgt es den Torpedo nicht mehr«, antwortete die junge Frau und verbarg ihre Enttäuschung nicht. »Es fliegt wieder mit Abfangkurs, kann uns aber nicht rechtzeitig erreichen. Nur der erste Raumer stellt eine Gefahr dar.«

»Kurs ändern, direkte Route«, sagte Picard.

»Ja, Sir. Neuer Kurs programmiert.«

Der Captain klopfte auf seinen Insignienkommunikator. »Brücke an Maschinenraum. Geordi, wir müssen noch etwas mehr aus dem Warptriebwerk herausholen. Ich bin für jede zusätzliche Leistung dankbar.«

»Wir befinden uns bereits im roten Bereich, Captain«, erwiderte LaForge. »Aber ich kann die Sicherheitssysteme deaktivieren – das dürfte unser Warppotential ein wenig erhöhen.«

»In Ordnung.«

»Captain«, sagte die Frau an der taktischen Station, »die Jem'Hadar setzen sich mit uns in Verbindung und verlangen, daß wir den Warptransfer unterbrechen und uns ergeben. Die Nachricht wird auf allen Frequenzen wiederholt.«

»Sie wollen nicht mit uns reden«, meinte Ro.

»Schenken Sie den Kom-Signalen keine Beachtung«, erwiderte Picard. »Wie viele unserer Torpedos sind im Heck montiert?«

»Nur zwei.«

Zwei oder zwanzig, es spielt keine Rolle, dachte Ro. Die *Träne des Friedens* war kein Kriegsschiff. Wenn sie die Badlands nicht rechtzeitig erreichten, fielen sie den Jem'Hadar zum Opfer.

»Das erste Schiff hat einen Torpedo abgefeuert«, meldete die taktische Offizierin überrascht. »Obwohl es sich noch nicht in Gefechtsreichweite befindet.«

»Der Torpedo wird uns einige Sekunden eher erreichen als das Schiff«, sagte Picard. »Die Jem'Hadar versuchen wie wir, Zeit zu gewinnen. Navigation,

Kurs und Geschwindigkeit auch weiterhin halten. Halten Sie sich für Ausweichmanöver bereit.«

»Die üblichen Muster können wir dabei nicht verwenden«, entgegnete der Pilot.

»Lassen Sie sich etwas Einfaches und Wirkungsvolles einfallen, auf der Basis des Alpha-Musters. Und sorgen Sie dafür, daß wir ständig in Richtung des Ausläufers fliegen.«

Inzwischen war er ganz deutlich auf dem Hauptschirm zu sehen: eine düster wirkende Wolke aus Staub und Gas, die wie ein Pferdekopf aus der Hauptmasse der Badlands herausragte. Das farbliche Spektrum reichte von schmutzigem Braun über eine Mischung aus Goldgelb und Orangerot bis hin zu schimmerndem Magenta. Im Innern der Wolken flackerten Plasmastürme wie die Blitze eines Gewitters.

Ro dachte daran, wie oft sie in den Badlands Zuflucht gesucht hatte, immer mit der Angst, daß es sie diesmal erwischte. Jetzt waren die Umstände besonders schlecht, und zu allem Überfluß befand sie sich auch noch an Bord eines Schiffes, das sich überhaupt nicht für den Kampf eignete. Ro erinnerte sich an andere Raumer, die für immer in den Badlands verschwunden waren. Tapfere Kameraden, verhaßte Cardassianer, Starfleet-Crews, die sich zuviel vornahmen – die Plasmastürme und Anomalien verschonten niemanden. In den Badlands fanden sowohl unbewaffnete Shuttles als auch riesige Kriegsschiffe ein rasches Ende.

Die Cardassianer und Starfleet hatten inzwischen großen Respekt vor der gewaltigen Wolke, doch Ro wußte nicht, wie ernst die Jem'Hadar Berichte über die Gefahren in den Badlands nahmen. Vielleicht glaubten sie, so überlegen zu sein, daß ihnen auch die Plasmastürme nichts anhaben konnten. Vielleicht würden sie der *Träne des Friedens* bis ins Zentrum der Wolke folgen, obwohl das ohne zuverlässig funktionierende Ortungsinstrumente alles andere als leicht war.

Das ist die Lösung! fuhr es Ro durch den Sinn. *Wir müssen die Sensoren der Jem'Hadar täuschen!*

»Kontakt mit dem Torpedo in einer Minute«, meldete die taktische Offizierin.

»Hecktorpedos vorbereiten«, sagte der Captain ernst. »Den ersten auf den heranfliegenden Torpedo richten, den anderen auf das Schiff.«

»Ja, Sir.«

Ro trat an Picards Seite. »Wenn wir beide Hecktorpedos direkt hinter uns zur Explosion bringen, neutralisieren wir den feindlichen Torpedo und stören außerdem die Sensorerfassung der Jem'Hadar.«

»Der Gegner wird nur für einige wenige Sekunden blind sein«, sagte der Captain nachdenklich. »Aber wir könnten unmittelbar nach der Explosion ein Ausweichmanöver durchführen.«

»Kontakt in dreißig Sekunden«, warnte die taktische Offizierin.

Picard schritt zu der jungen Frau. »Richten Sie beide Hecktorpedos auf das erste Schiff, aber sie sollen zwei Sekunden nach dem Start explodieren. Navigation, Ausweichmanöver auf mein Kommando.«

»Ja, Sir«, bestätigten angespannt klingende Stimmen.

»Torpedos starten.«

»Torpedos sind unterwegs.«

Ro zählte stumm. *Einundzwanzig, zweiundzwanzig …*

»Jetzt«, sagte Picard und deutete zur Navigationsstation.

Der Pilot bediente die Kontrollen seiner Konsole, und Ro stellte sich vor, wie die beiden Photonentorpedos im Warpkorridor explodierten und einen Glutball schufen, der ebenso hell gleißte wie eine Nova. Dadurch wurde der gegnerische Torpedo erledigt, und auf den Sensorschirmen der Jem'Hadar entstand ein ziemlich großer Ortungsreflex, durch den die *Träne des Friedens* für einige Sekunden gewissermaßen unsichtbar wurde. Wenn der Gegner den bajoranischen Transporter wiederfand, mußte er den Kurs ändern, und genau da kam das Ausweichmanöver ins Spiel. Vielleicht konnte der Pilot die Jem'Hadar dazu bringen, einen falschen Kurs zu wählen – dadurch gewannen sie einige zusätzliche Sekunden.

Nur mit Mühe widerstand Ro der Versuchung, dem Mann an der Navigationsstation über die Schulter zu sehen.

»Die Jem'Hadar feuern weitere Torpedos ab«, sagte die taktische Offizierin. »Und auch die Phaser. Obwohl wir nicht in Reichweite sind.«

»Sie fürchten, uns zu verlieren«, erwiderte Picard.

Auf dem Hauptschirm schwoll eine unheilvoll anmutende Wolke aus Gas und Staub an – ein kosmischer Kataklysmus schien hier stattgefunden und ein Ungeheuer geschaffen zu haben, das schon viele Raumschiffe verschlungen hatte. Das Flackern der Plasmastürme wirkte noch bedrohlicher als zuvor.

»Die Sensoren ermitteln keine zuverlässigen Flugdaten mehr«, sagte der Pilot.

Picard bedeutete Ro, die Navigationsstation zu übernehmen, und der junge Mann stand sofort auf.

»Sie haben gute Arbeit geleistet«, sagte Ro und nahm Platz.

»Danke.« Der Pilot lächelte, erfreut über das Lob, und wich hinter Captain Picard zurück.

»Lassen Sie die visuelle Darstellung so lange wie möglich auf dem Hauptschirm«, sagte Ro. »Und versuchen Sie, die Interferenzen herauszufiltern.«

»Aye, Sir«, bestätigte der Einsatzoffizier.

»Die Jem'Hadar nähern sich«, ertönte es von der taktischen Station.

»Schon gut. Inzwischen können sie sich auf die Sensoren ebensowenig verlassen wie wir. Ich unterbreche jetzt den Warptransfer. Volle Impulskraft. Schilde hoch!«

»Schilde sind aktiviert und stabil«, ließ sich die Frau an der taktischen Konsole vernehmen. »Aber ich habe die Jem'Hadar verloren! Sie scheinen verschwunden zu sein.«

»Halten Sie auch weiterhin nach ihnen Ausschau«, sagte Ro, obwohl sie wußte, daß es sinnlos war. Aber wenigstens hielt es die taktische Offizierin beschäftigt. Für den Flug durch die Badlands brauchte man starke Nerven, insbesondere dann, wenn einem der Feind dicht auf den Fersen war und man nicht über Ortungsdaten verfügte. Wenn sie mit einem Plasmasturm konfrontiert wurden, gab es keine Rettung für sie.

Die Darstellungen des Hauptschirms veränderten sich kaum, als der bajoranische Transporter in die Wolke hineinflog. Von dem schnittigen Angriffsschiff der Jem'Hadar war weit und breit nichts zu sehen, aber Ro wußte, daß es ihnen auch weiterhin folgte.

Mit voller Impulsgeschwindigkeit steuerte Ro die *Träne des Friedens* durch Schlieren aus Gas und Staub – im zentralen Projektionsfeld wogten sie wie von einem psychotropen Mittel verursachte Visionen. Sie suchte nach ruhigen Zonen und mied die Bereiche mit glühenden Plasmastreifen – manchmal gleißten sie plötzlich, wie elektrische Impulse an Nervenzellen. Ro wies ihre Gefährten nicht darauf hin, daß sie jederzeit von Plasma getroffen werden konnten – eine Entladung hätte genügt, um das Schiff einfach zu verdampfen. Unter normalen Umständen hätte es die Bajoranerin nicht gewagt, in diesem Chaos mit mehr als einem Viertel Impulskraft zu fliegen, aber ihre derzeitige Situation konnte man wohl kaum als normal bezeichnen.

Die unsteten Streifenmuster statischer Störungen verzerrten immer wieder das Bild des Hauptschirms, und Ro reduzierte die Geschwindigkeit auf halbe Impulskraft. Sie mußten den Verfolger finden, solange es noch eine Möglichkeit dazu gab.

»Auf Heckansicht umschalten«, sagte sie.

»Soll ich den Schirm teilen?« fragte der Einsatzoffizier.

»Nein«, erwiderte Ro. »Bei einem solchen Flug durch die Badlands kommt es nicht in erster Linie auf Sicht an, sondern auf Glück.«

Der Einsatzoffizier erblaßte ein wenig und betätigte mehrere Schaltelemente. Das Bild auf dem Hauptschirm veränderte sich nicht wesentlich: Noch immer wogten und waberten die Gasschlieren, aber in ihrer Mitte zeichnete sich jetzt eine Art Tunnel ab, den die *Träne des Friedens* in der Wolke hinterließ. Und in der Ferne glänzte ein Licht. Zuerst dachte Ro, daß es sich um einen weiteren Plasmablitz handelte, doch wenige Sekunden später schüttelte sich der bajoranische Transporter.

»Ein Torpedo«, meldete die taktische Offizierin. »Ich bin nicht sicher, ob er uns getroffen hat. Es lassen sich keine Schäden feststellen.«

»Das Plasma absorbierte die destruktive Energie des Torpedos«, erwiderte Ro. »Den Jem'Hadar dürfte bald klarwerden, daß sie hier Phaser oder andere Strahlwaffen verwenden müssen. Bugsicht.«

Der Einsatzoffizier schaltete erneut um, und das zentrale Projektionsfeld zeigte wieder den dichter werdenden ›Nebel‹ der Badlands. Ro traf eine rasche Entscheidung, änderte den Kurs und flog mit voller

172

Impulskraft in Richtung eines besonders hell und stark flackernden Plasmasturms.

»Sie wissen sicher, was mit uns geschieht, wenn wir in den Sturm geraten, nicht wahr?« fragte Picard. Ein Hauch von Besorgnis kam in seiner Stimme zum Ausdruck. *Wie weit vertraut er mir?* dachte Ro.

»Ich drehe ab, bevor wir ihn erreichen.« Die Bajoranerin zögerte noch einige Sekunden und zwang das Schiff dann in eine steile Kurve, wobei sich der Transporter als erstaunlich manövrierfähig erwies. Er zeichnete sich durch schlichte Eleganz aus, wie auch viele andere von Bajoranern geschaffenen Dinge.

»Sie hoffen, daß die Jem'Hadar das Feuer eröffnen«, sagte Picard und verstand.

Ro spähte in das glühende Durcheinander aus Gas und Staub, hielt darin nach dem Angriffsschiff Ausschau. Und dann sah sie es schließlich! Sie rasten direkt auf das Jem'Hadar-Schiff zu, mit viel zu hoher Geschwindigkeit. Ro hörte, wie mehrere Brückenoffizier nach Luft schnappten. Sie achtete nicht darauf, steuerte die *Träne des Friedens* abrupt nach »unten«. Eine halbe Sekunde später feuerte das Kriegsschiff mit den Phasern und verfehlte den Transporter nur knapp.

Der Phaserstrahl zuckte durch die Wolke und traf den Plasmasturm, schuf damit eine Brücke für fatale Entladungen. Plasma leckte wie ein rächender Blitz nach dem Jem'Hadar-Schiff, das plötzlich schimmerte und dann auseinanderplatzte. Myriaden winziger Trümmer schwirrten davon und glitzerten wie Kristalle.

»Gute Arbeit«, sagte Picard heiser.

Ro seufzte und brachte das Schiff auf Relativgeschwindigkeit null. Endlich konnte sie die Hände von den Kontrollen lösen, rieb sich die Augen und strich eine Strähne aus der schweißfeuchten Stirn.

»In diesem Fall können wir von Glück sagen, daß wir es mit einem Kriegsschiff der Jem'Hadar zu tun hatten«, entgegnete sie. »Bei Cardassianern hätte der Trick nicht funktioniert.«

»Ohne Sie hätten wir es nicht geschafft«, betonte Picard. In den Gesichtern der jungen Brückenoffiziere zeigte sich nicht nur Erleichterung, sondern auch Respekt – sie sahen jetzt wieder wie Bajoraner aus. Vielleicht würden sie sich beim nächsten Mal beeilen, ihre Anweisungen auszuführen.

»Wir sind in den Badlands«, sagte sie. »Und was nun?«

»Wir müssen feststellen, ob das künstliche Wurmloch tatsächlich existiert«, antwortete Picard. »Data meinte, daß dazu ein riesiger Verteron-Beschleuniger notwendig ist. Wir sollten also in der Lage sein, das Wurmloch zu finden.«

Er rümpfte die Nase, und dadurch gerieten die falschen Knorpel auf dem Nasenrücken in Bewegung. »Das bedeutet natürlich, daß wir die ganzen Badlands durchqueren müssen, ohne eine Ahnung, wo das Wurmloch konstruiert wird. Nun, es wäre mir lieber, vorher genauere Informationen zu bekommen. Soweit ich weiß, gibt es hier Leute, die sich aus dem einen oder anderen Grund verstecken müssen und bereit sind, die von den Plasmastürmen drohenden Gefahren hinzunehmen.«

»Ich kenne da einen Ort ...« Ro wandte sich wieder ihrer Konsole zu. »Wer weiß, ob es ihn noch gibt. Ich gehe von einer Schätzung unserer letzten Position aus, um den neuen Kurs zu bestimmen. Lehnen Sie sich zurück und genießen Sie eine Tour durch die Badlands.«

An Bord des Shuttles *Cook* arbeitete Data pausenlos und beobachtete die Anzeigen der Ortungsinstrumente, während das kleine Raumschiff in einem Asteroidengürtel driftete, um nicht entdeckt zu werden. Es wäre ihm nie in den Sinn gekommen, sich zu beklagen. Ganz im Gegenteil: Er glaubte, die Zeit gut genutzt zu haben. Er hatte die *Träne des Friedens* mit den Fernbereichsensoren lokalisiert und ihren Weg verfolgt, bis sie in den Badlands verschwand. Er wußte auch, daß es dem bajoranischen Transporter gelungen war, insgesamt vier feindliche Schiffe abzuschütteln. Ein fünftes blieb ihm auf den Fersen.

Bei eingeschaltetem Gefühlschip wäre Data in Hinsicht auf die Verfolgungsjagd sehr besorgt gewesen. Doch der Androide ließ ihn deaktiviert; er wollte sich jetzt nicht mit Emotionen belasten. Die *Träne des Friedens* hatte wie geplant die Badlands erreicht, und dort gelang es ihr vielleicht, den Jem'Hadar zu entkommen. Allerdings bestand auch die Gefahr, daß sie einem Plasmasturm zum Opfer fiel.

Datas Aufgabe war keineswegs erledigt. Er beabsichtigte, den Asteroidengürtel zu verlassen und seine Distanz zu den Badlands zu verringern. Periphere Sondierungen deuteten darauf hin, daß in diesem Raumsektor derzeit keine Kämpfe stattfanden – die militärischen Aktivitäten konzentrierten sich offenbar auf andere Bereiche, und dadurch bekam Data ein wenig mehr Bewegungsfreiheit. Er war bereit, die Badlands tage- oder gar wochenlang zu scannen und nach der *Träne des Friedens* Ausschau zu halten. Gleichzeitig mußte er die *Enterprise* suchen und zu einem Rendezvousmanöver mit ihr bereit sein. Sie hätte längst zurück sein sollen, was bedeutete: Vielleicht war sie zerstört worden.

Diese Möglichkeit bestärkte Data in seinem Entschluß, den Gefühlschip ausgeschaltet zu lassen.

9

Die *Tag Garwal* flog durchs All, unter dem Kommando von Gefangenen aus der Föderation und mit der Anweisung, erst nach erfolgreichem Abschluß ihrer Mission heimzukehren. Trotz der alles andere als angenehmen Umstände spürte Sam Lavelle eine tiefe Zufriedenheit, als er im Kontrollraum stand und auf dem Hauptschirm sah, wie sich der endlose Weltraum vor ihnen ausbreitete. Für einige Sekunden gab er sich der fast berauschenden Illusion hin, daß gar kein Krieg stattfand, daß Dominion und künstliches Wurmloch überhaupt nicht existierten. Er stellte sich vor, mit einem Forschungsschiff unterwegs zu sein. Das All scherte sich nicht um die letztendlich banalen Angelegenheiten seiner Bewohner. Es bot immer den gleichen Anblick, blieb unendlich, geheimnisvoll und unberechenbar.

Sam schaltete auf Hecksicht, um sich an die Realität zu erinnern. Ein Angriffsschiff der Jem'Hadar folgte ihnen in sicherem Abstand. Es war kleiner als der Tanker, ihm aber in jeder Hinsicht weit überlegen. Die *Tag Garwal* verfügte über gute Schilde, jedoch keine Waffen. Das Jem'Hadar-Schiff hingegen kam einem fliegenden Arsenal gleich und diente allein dem Zweck, feindliche Raumschiffe zu vernichten. Derzeit verhielt sich der Verfolger friedlich, aber Sam gab sich keinen Illusionen hin. Wenn man sie provozierte, würden die Jem'Hadar nicht zögern, den Tanker zu vernichten und alle Personen an Bord zu töten.

176

»Seit zwölf Stunden wahrt das Jem'Hadar-Schiff den gleichen Abstand«, sagte Taurik, der an den Navigationskontrollen saß.

»Ich weiß«, erwiderte Sam. »Ich habe nicht gehofft, daß es plötzlich verschwunden sein könnte.«

»Du veränderst die Situation nicht, indem du das Schiff anstarrst«, fügte Taurik hinzu.

»Himmel, ja, ich weiß!« stöhnte Sam. *Vulkanier!* Manchmal konnte einen ihre Rationalität in den Wahnsinn treiben. Natürlich hatte es überhaupt keinen Sinn, hier zu stehen, das Schiff der Jem'Hadar zu beobachten und zu hoffen, daß es von einem Augenblick zum anderen nicht mehr existierte. Aber ein solches Verhalten entsprach der menschlichen Natur.

Wie konnten sie den Verfolger loswerden? Genau darum ging es. Ohne die Jem'Hadar konnten sie es durchaus wagen, den Kurs zu ändern und zur Föderation zu fliegen. Die *Tag Garwal* war ein ganz gewöhnliches Versorgungsschiff. In der Cardassianischen Union gab es Hunderte von Raumern dieser Art, und jedes von ihnen flog allein, ohne Eskorte. Der Tanker würde also keine besondere Aufmerksamkeit erregen.

Sam sah sich auf der Brücke um. Wie üblich leistete ihm nur Taurik Gesellschaft. Grof und die anderen befanden sich unten und bereiteten die Ausrüstung für den Einsatz vor.

Ein Tastendruck aktivierte wieder die Bugsicht. Dann wandte sich Sam an Taurik und flüsterte: »Wie können wir das Jem'Hadar-Schiff loswerden?«

Der Vulkanier wölbte eine Braue. »Ich hoffe, deine Frage ist theoretisch gemeint, denn meiner Ansicht nach ist es praktisch unmöglich, den Jem'Hadar zu entwischen.«

»Unmöglich?« wiederholte Sam. Der Klang dieses Wortes gefiel ihm ganz und gar nicht. »Sollen wir uns darauf beschränken, unsere Aufgabe zu erfüllen und damit dem Dominion zum endgültigen Sieg über die Föderation zu verhelfen? Verzichten wir auf einen Fluchtversuch?«

»Das habe ich nicht gesagt«, erwiderte Taurik. »Ich wollte nur darauf hinweisen, daß eine Flucht vor dem Angriffsschiff unmöglich ist. Wir verfügen über keine Waffensysteme, im Gegensatz zu den Jem'Hadar, die außerdem dreimal so schnell sind wie wir.«

Sam beugte sich zu dem sitzenden Vulkanier herab. »Könnten wir uns an Bord beamen?« flüsterte er. »Unsere Crew ist größer. Wir hätten vielleicht eine Chance, die Jem'Hadar im Nahkampf zu überwältigen.«

Taurik hob erneut eine Braue, und Sam wußte, daß er die Wahrscheinlichkeit für das von ihm beschriebene Szenario berechnete.

»Wir könnten uns nur dann an Bord beamen, wenn sie die Schilde senken und bis auf Transporterreichweite herankommen. Dazu scheinen die Jem'Hadar jedoch nicht bereit zu sein.«

»Dann müssen wir sie irgendwie dazu bringen«, erwiderte Sam entschlossen. Er hörte Schritte auf der Leiter und fragte laut: »Wie lange brauchen wir noch bis zum Auge von Talek?«

»Zwölf Stunden. Wir haben ungefähr die Hälfte der Strecke hinter uns gebracht.«

»Ausgezeichnet!« rief Enrak Grof, als er sich durch die Luke schob und den Kontrollraum betrat, gefolgt vom Stasistechniker Enrique Masserelli.

»Ist mit dem Schiff alles in Ordnung?« fragte Grof so munter, als befänden sie sich an Bord seiner privaten Raumjacht.

»Ja«, bestätigte Sam mit gespielter Fröhlichkeit. »Es fühlt sich gut an, wieder im All unterwegs zu sein.«

»Ich weiß, was Sie empfinden«, sagte der Trill.

»Auch ich verabscheue es, über längere Zeit hinweg von meiner Arbeit getrennt zu sein.«

Sam biß sich auf die Zunge, um keine scharfe Antwort zu geben. Trotz der Dinge, die sie gesehen und gehört hatten, hielt Grof an der Absicht fest, das Corzanium zu gewinnen und zurückzukehren, um das künstliche Wurmloch fertigzustellen. Der Krieg, die Arbeitslager, der Sieg des Dominion über die Föderation – dabei handelte es sich seiner Ansicht nach nur um lästige Randprobleme einer viel wichtigeren Sache, die das Wurmloch und Grofs Platz in der Geschichte betraf.

Einmal mehr entschied Sam, dem Trill ihren Fluchtplan nicht anzuvertrauen – wenn es einen gab. Viel zu groß war das Risiko, daß Grof sich mit den Jem'Hadar in Verbindung setzte und alles verriet. Sam mußte absolut sicher sein können, daß sie eine echte Möglichkeit bekamen, die Mission zu sabotieren und zu fliehen. Er verabscheute die Vorstellung, Grof mit den eigenen Händen umzubringen, aber er war dazu bereit, wenn es sich nicht vermeiden ließ.

Der Wissenschaftler deuteten zu den im zentralen Projektionsfeld leuchtenden Sternen. »Selbst ohne die Wurmloch-Angelegenheit gehen wir in die Geschichte ein. Vor uns ist es niemandem gelungen, mehr als nur einige Kubikzentimeter Corzanium zu gewinnen. Wir hingegen holen uns fünfzig Kubikmeter.«

»Wenn wir lange genug überleben«, schränkte Taurik ein. »Es gibt logische Erklärungen dafür, warum bisher immer nur wenige Kubikzentimeter gewonnen werden konnten. Soll ich sie nennen?«

»Nein, danke«, brummte Grof. »Niemand hatte jemals einen so guten Grund wie wir, sich eine größere Menge Corzanium zu beschaffen. Standardausrüstung genügt, um so etwas zu bewerkstelligen –

179

das geht aus allen Berechnungen hervor. Nicht war, Enrique?«

Der Mensch starrte mit einem verträumten Gesichtsausdruck ins Leere.

»Habe ich recht, Enrique?« fragte Grof verärgert.

»Sie haben immer recht, Boß«, lautete die Antwort. »Äh, ich sollte besser nach unten gehen und noch einmal die Geräte überprüfen.« Er summte leise vor sich hin, als er die Leiter hinunterkletterte.

Grof schnitt eine finstere Miene und öffnete den Mund – vermutlich wollte er erneut einen seiner prüden Kommentare abgeben, die Sam so lächerlich und absurd fand.

»Ach, lassen Sie ihn«, kam er dem Trill zuvor. »Uns bleiben noch zwölf Stunden, bevor es losgeht. Wichtig ist, daß wir nicht achtlos und unserer Sache zu sicher sind. Wer von einem Schwarzen Loch verschluckt wird, hat nur geringe Überlebenschancen.«

»Bestenfalls bleiben einige wenige Partikelspuren von dem Betreffenden zurück«, sagte Taurik.

»Das Auge von Talek ist gut für unsere Mission geeignet«, meinte Grof. »In der Föderation gibt es nichts Vergleichbares. Wie dem auch sei: Ich teile Ihre Ansicht, Sam – wir müssen vorsichtig sein. Erinnern Sie mich gelegentlich daran. Ich neige nämlich wirklich dazu, mir meiner Sache zu sicher zu sein.«

Sam blinzelte überrascht, als er diese demütigen Worte von dem Trill hörte. »Ich werde es nicht vergessen, Grof.«

Der Wissenschaftler nickte, und einige Sekunden lang wirkte er ein wenig verlegen. Er schien sich zu wünschen, im Kreis der Crew akzeptiert zu werden, aber gleichzeitig wußte er, daß dieser Wunsch nicht in Erfüllung gehen konnte. »Wir sehen uns beim Essen!« rief er und ging zur Luke.

»Ja, bis später.« Sam winkte kurz und blickte dann

wieder zum Hauptschirm. Als die schweren Schritte Grofs das Unterdeck erreichten, schaltete Sam erneut auf Hecksicht um und beobachtete das Angriffsschiff der Jem'Hadar. Auch wenn Taurik anderer Ansicht war: Wenn er es lange genug beobachtete, fiel ihm vielleicht ein, wie sie das Schiff nahe genug heranlocken konnten, um es unter ihre Kontrolle zu bringen.

Während des langsamen und gefährlichen Flugs durch die Badlands geriet Picard mehrmals in Versuchung, Ro zu fragen, ob sie wirklich wußte, wohin sie flog. Er bewunderte ihre Fähigkeit, sich in dem wogenden, glühenden Chaos zu orientieren, insbesondere dann, wenn sie Ruhezonen erreichten. In solchen Bereichen waren Staub und Gas dünn genug, um Sensorsondierungen zu ermöglichen. Vermutlich hätte Ro gern mehr Zeit in den Ruhezonen verbracht, um sich ein wenig zu entspannen, aber sie mußten rasch weiter.

Einmal schienen sie in die Nähe eines anderen Schiffes zu gelangen, aber sie flogen in den dichten Schlieren so schnell an dem Objekt vorbei, daß sich nicht feststellen ließ, worum es sich handelte. Vielleicht war es nur ein weiterer Plasmasturm. Oder litten sie vielleicht an Halluzinationen? Die Badlands erschienen Picard als genau der richtige Ort, um sich von der eigenen Phantasie überwältigen zu lassen.

Manchmal wurde die Mischung aus Gas und Staub so dicht, daß er das Gefühl bekam, an Bord eines Unterseeboots durch ein Meer aus Schlamm zu gleiten. Die Stabilität der Schilde wurde auf eine harte Probe gestellt, aber sie hielten, und glücklicherweise wurden sie nicht von den fatalen Plasmablitzen getroffen.

Die ganze Zeit über blieb Ro ruhig und gelassen. Sie sprach kaum, und wenn sie die Navigationskontrollen jemand anders überließ, so nur für wenige Augenblicke. Für Picard gab es nichts anderes zu tun, als das bizarre Schimmern und Glühen auf dem Hauptschirm zu beobachten.

Nach einigen Stunden blickte Ro aufmerksamer zum zentralen Projektionsfeld, und daraufhin hielt auch Picard Ausschau. Kurze Zeit später sah er ein dunkles, unheilvoll wirkendes Etwas, das wie eine gewaltige Spinne in einem Neonnetz hockte.

»Na bitte«, sagte Ro, und die Erleichterung in ihrer Stimme überraschte Picard.

»Was ist das?« fragte er.

»Ich glaube, es war einmal eine Raumstation«, erwiderte Ro. »Wenn Sie wissen möchten, wer sie gebaut hat, muß ich passen. Sie ist uralt. Ich begreife nicht, wie jemand glauben konnte, eine Raumstation könnte den hiesigen Plasmastürmen standhalten. Nun, vielleicht wurde sie konstruiert, bevor die Wolke entstand. Der Maquis nennt sie ›OK Corral‹.«

Picard lächelte. »Es erscheint mir angemessen, daß es in den Badlands einen berühmten Korral gibt.«

»Die Bezeichnung wird dem Zweck der alten Station durchaus gerecht«, sagte Ro und steuerte den Transporter vorsichtig näher. »Im Lauf der Zeit ist sie so oft von den Plasmablitzen getroffen worden, daß sich ein Abstoßungseffekt gebildet hat – jetzt bleibt das Plasma der Station fern. Die Außenhülle besteht aus einer schwarzen Substanz, die sich nicht identifizieren läßt.«

»Klingt faszinierend.« Neugierig beobachtete Picard die spinnenartige Konstruktion im magentafarbenen Dunst. Im gespenstischen Licht flackernder Plasmastreifen zeichneten sich die ›Beine‹ der Spinne ab – es handelte sich um geborstene Speichen, die von einer zentralen Nabe ausgingen. Die Raumstation mußte einst größer gewesen sein als *Deep Space Nine*, und sie zeichnete sich durch ein vergleichbares kreiselförmiges Konstruktionsprinzip aus. Gleichzeitig wirkte *OK Corral* überaus fremdartig und paßte durchaus in diese surreale Umgebung.

Ro umkreiste das schwarze Gebilde in respektvoller Entfernung, so als könnte sich etwas Gefährliches darin verbergen. Aus der Nähe betrachtet wirkte die Station eher wie ein von Kratern übersäter Asteroid und nicht wie das Werk intelligenter Wesen. Doch Form und Symmetrie bewiesen eindeutig den künstlichen Ursprung. Picard fühlte sich an einen uralten Grabhügel erinnert, den er einmal in Nordamerika gesehen hatte. Trotz der Verwitterung blieb er als ein Werk von Intelligenz und Kunst erkennbar.

Es gleißte auf dem Hauptschirm, und eine Erschütterung erfaßte die *Träne des Friedens*. Picard hielt sich an Ros Sessel fest, um nicht das Gleichgewicht zu verlieren.

»Was war das?« entfuhr es ihm. »Ein Plasmablitz?«

Ro verzog das Gesicht. »Es dürfte wohl eher ein Photonentorpedo gewesen sein.«

»Das stimmt«, bestätigte die taktische Offizierin. »Keine Schäden.«

»Ein Warnschuß«, sagte Ro grimmig. »Aber wir lassen uns nicht verscheuchen. Wir sind ebenso berechtigt wie alle anderen, uns hier aufzuhalten. Schilde nicht senken.«

Picard wollte fragen, woher der Torpedo gekommen war, als er im flackernden Schein ferner Plasmastürme etwas bemerkte, das sich in der alten Raumstation versteckte. Ein Loch zeigte sich in dem schwarzen Gebilde, groß genug, um die *Enterprise* hindurchfliegen zu lassen. Ein gewaltiges Ungeheuer schien dort seine Zähne in den Rumpf gebohrt und einen Teil herausgerissen zu haben – zurückgeblieben war eine tiefe Wunde. Zwei Ferengi-Schiffe der Marodeur-Klasse schwebten in dem Hohlraum und wirkten wie bronzefarbene Molukkenkrebse.

»Ro«, sagte Picard und deutete zum Hauptschirm.

»Ja, ich sehe sie«, erwiderte die Bajoranerin und lächelte. »Die alte Nachbarschaft ist noch immer aktiv. Mit ziemlicher Sicherheit sind es Piraten und Schmuggler; wir sollten also auf der Hut sein. Taktische Station, Zusatzenergie in die Schilde.«

»Darf ich Sie daran erinnern, daß wir nur noch zwei Photonentorpedos haben?« fragte die junge Frau an der taktischen Konsole.

»Sie nützen uns ohnehin nichts«, entgegnete Ro. »Wenn sie uns als kleinen bajoranischen Transporter identifizieren, lassen sie uns vielleicht in die Station fliegen.«

»Und wenn nicht?« fragte Picard.

»Andernfalls halten wir nach freundlicheren Piraten und Schmugglern Ausschau. Ein guter Freund von mir sagte einmal, daß man in den Badlands keine Chorknaben braucht.« Bei diesen Worten glitt Ros Blick in die Ferne, und ein Schatten des Schmerzes huschte über ihre Züge.

Die Bajoranerin verhielt sich so, als könnte es ihr Schiff mit den beiden viel größeren Marodeur-Typen der Ferengi aufnehmen, als sie die *Träne des Friedens* durch die Öffnung ins Innere der Station lenkte. Picard rechnete halb mit einer Phasersalve, doch dann wurde ihm klar: Die Ferengi wollten sicher nicht riskieren, ihr Refugium zu zerstören. Er hatte genug von den Badlands gesehen, um zu wissen, daß es in der Gaswolke kaum sichere Orte gab.

Als der bajoranische Transporter das Innere der Nabe erreichte, bestaunte Picard ihre Umgebung. Außer den beiden Kriegsschiffen der Ferengi sah er einen Querschnitt der alten Raumstation. Sein Blick fiel auf Decks, einzelne Zimmer und Frachträume, und er dachte in diesem Zusammenhang an eine riesige verbrannte Honigwabe. Wenn der Krieg zu Ende war und man durchs cardassianische Raumgebiet fliegen konnte, ohne befürchten zu müssen, in ein Gefecht verwickelt zu werden – dann wollte Picard hierher zurückkehren und dieses wundervolle Artefakt genau untersuchen.

»Haben wir etwas, um Informationen zu bezahlen?« fragte Ro.

»Wir könnten den Ferengi das Tetralubisol anbieten«, schlug Picard vor.

Die Bajoranerin zuckte mit den Schultern. »Ich schätze, es ist einen Versuch wert. Stellen wir eine Verbindung zu ihnen her. Funktionsstation, weniger Licht.«

»Ja, Sir.«

»Denken Sie daran«, sagte Picard. »Es sind Schmuggler und Piraten.«

»Und im Krieg neutral, so wie wir.« Ro stand auf und nickte in Richtung der taktischen Station.

»Grußfrequenzen geöffnet«, sagte die dort sitzende junge Frau.

»Ich grüße Sie. Hier spricht Captain Ro Laren vom bajoranischen Schiff *Träne des Friedens*. Ungewöhnliche Umstände zwangen uns in die Badlands. Wir hoffen, daß Sie nichts dagegen haben, wenn wir ...«

»Schweigen Sie!« knurrte eine Stimme. Das Bild auf dem Hauptschirm wechselte, zeigte hin und her huschende Gestalten, die meisten von ihnen nackt.

Picard vermutete, daß sie die Kabine eines Ferengi-Captains sahen, dessen Frauen gerade versuchten, den visuellen Übertragungsbereich zu verlassen. Eine Sekunde später erschien erstaunlicherweise ein grünhäutiger, unbekleideter Orioner im zentralen Projektionsfeld. Er griff nach einem glänzenden blauen Um-

185

hang, streifte ihn über die muskulösen Schultern und winkte jemandem zu, der nicht zu sehen war.

»Komm her, Shek!« donnerte der Orioner. Er schien daran gewöhnt zu sein, dauernd zu schreien.

Kichernde Stimmen erklangen, und Frauen zupften die Kleidung eines dürren Ferengi zurecht, der aus den Schatten trat. Er war größer als ein typischer Ferengi, obgleich er neben dem Orioner wie ein Zwerg wirkte.

»Wen haben wir denn da?« fragte der Ferengi und lächelte, zeigte dabei schiefe Zähne. »Ein bajoranisches Schiff, das durch den cardassianischen Raum schleicht, mitten in einem *Krieg*? Haben Sie sich verirrt oder den Verstand verloren?«

Der muskulöse Orioner richtete einen mißtrauischen Blick auf Ro. »Niemand kennt diesen Ort. Zumindest niemand, der noch am Leben ist.«

Ro stützte die Hände an die Hüften und seufzte. »Na schön, ich will ganz offen sein. Wir suchen nach früheren Kampfgefährten, die wir hier zurückgelassen haben. Vermutlich kämpfen sie noch immer gegen die Cardassianer und wissen nicht, daß wir inzwischen neutral sind. Dies war früher ein Treffpunkt für uns.«

Orioner und Ferengi wechselten einen Blick, und Picard hoffte schon, daß sie Ro glaubten. Doch dann schüttelte der Orioner die Faust. »Ich meine, wir sollten ihr Schiff plündern! Sie haben zehn Sekunden, um sich zu ergeben!«

»Einen Augenblick, Rolf.« Shek legte seinem großen Partner die Hand auf die Schulter. »Man verzichtet nicht auf Ware, ohne ihren Wert zu kennen. Um hierherzugelangen, muß man nicht nur gute Kenntnisse haben, sondern auch sehr geschickt sein. Nun, wenn der Schein nicht mehr trügt als sonst, gibt es an Bord ihres Schiffes keine kostbaren Dinge. Auch der

Transporter selbst ist nicht viel wert. Das weiß ich deshalb, weil ich einmal versucht habe, einen solchen Raumer zu verkaufen. Mir blieb schließlich nichts anderes übrig, als ihn zu einem geringen Preis dem *Maquis* zu überlassen.«

Der Orioner kratzte sich am Kinn und musterte Ro. »Ich kenne einen Ort, wo man gut für junge bajoranische Frauen bezahlt. Ist gar nicht weit von hier entfernt.«

»Wir sind nicht jung«, erwiderte Ro spöttisch. »Wir sind alle alt und ausgezehrt, so wie ich.« Sie zog Picard in den Übertragungsbereich. »Dies ist mein Erster Offizier, ein typisches Beispiel für meine Crew. Wir sind in einer humanitären Mission unterwegs und möchten einige unserer Freiheitskämpfer retten, die einen inzwischen sinnlos gewordenen Kampf führen. Glauben Sie, junge und hübsche Leute würden einen solchen Auftrag übernehmen?«

Shek lachte. »Sie gefällt mir. Ich schlage ein gemeinsames Essen vor. Wer den Weg hierher findet, hat bestimmt einige interessante Geschichten zu erzählen.«

Der Ferengi richtete den Zeigefinger auf Ro. »Wir beamen Sie in einer Stunde an Bord, Sie und Ihren Ersten Offizier. Bitte seien Sie unbewaffnet.«

»Danke«, erwiderte Ro gelassen. »Wir nehmen Ihre Einladung an.«

Orioner und Ferengi verschwanden vom Bildschirm. Nur langsam wich die Anspannung aus Ro, und Picard entdeckte in ihrem Gesicht unübersehbare Anzeichen von Erschöpfung. Er legte ihr tröstend die Hand auf die Schulter.

»Es ist das Risiko wert«, sagte er sanft. Ro sah ihn an, und in ihren Augen zeigte sich ein Hauch Unsicherheit.

»Die Marodeur-Schiffe sind schnell«, fuhr Picard

fort und deutete auf die beiden Raumer, die wieder im zentralen Projektionsfeld erschienen waren. »Schneller als die Schiffe der Jem'Hadar und Cardassianer. Bestimmt haben sie viel von diesem Sektor gesehen. Vielleicht hatten sie sogar Kontakte zum Dominion. Wenn das künstliche Wurmloch wirklich existiert, so müßten sie eigentlich davon wissen.«

Ro sah zur jungen Crew. »Aber wenn wir Pech haben ...«, flüsterte sie. »Für den Fall sollte die *Träne des Friedens* zur Flucht bereit sein.«

»Wir einigen uns auf ein Signal«, sagte Picard ernst.

Ro lächelte. »Achten Sie darauf, daß Ihr Ohrring nicht schief hängt. Ob Sie's mir glauben oder nicht: Einen Bajoraner kann man vor allem daran erkennen, wie er seinen Ohrring trägt.«

»Verstanden«, antwortete Picard.

Will Riker ging vor dem Büro von Commander Shana Winslow in Starbase 209 auf und ab. Der Zorn in ihm brodelte immer heißer. Winslow war für die Instandsetzung zuständig, und sie hatte es abgelehnt, die *Enterprise* für den aktiven Dienst freizugeben. Will wußte natürlich, daß sie die eine oder andere Schramme davongetragen hatte, aber *nicht einsatzfähig*? So ein Unsinn! Außerdem: Draußen im All gab es Freunde und Kameraden, die ihn brauchten. Starfleet konnte kein anderes Schiff abkommandieren, denn immerhin diente diese besondere Mission ›nur‹ dazu, Informationen zu gewinnen. Picard, Data, La-Forge und die Angehörigen der Einsatzgruppe – sie alle hofften auf die *Enterprise*.

Commander Winslows Assistent war ein vertrocknet wirkender Benzit, der an seinem Schreibtisch saß und Riker mit kaum verhohlener Verachtung musterte. Ab und zu gluckte er leise wie eine Henne –

ein Geräusch, das Riker immer mehr auf die Nerven ging.

»Wo ist sie?« brummte er. »Weiß sie denn nicht, daß ein Krieg stattfindet?«

»Oh, sie hat den Krieg keineswegs vergessen«, sagte der Benzit mit dem langen blauen Gesicht. »Zu viele Schiffe müssen repariert werden. Es gibt zu wenige Ersatzteile, und immer wieder werden die Nachschubverbindungen unterbrochen. Es ist eine recht schwierige Situation.«

»Wenn ich nicht bald mit Commander Winslow reden kann, wird sie noch viel schwieriger«, verhieß Riker.

Genau in diesem Augenblick öffnete sich die Tür des Büros. Vier Techniker traten nach draußen und wirkten so mitgenommen, als hätte man sie gerade durch die Mangel gedreht. Riker strich die Uniformjacke glatt und versuchte, sich zu beruhigen. *Honig statt Essig*, dachte er und richtete einen erwartungsvollen Blick auf den Benziten. Der Assistent ließ sich einige Sekunden Zeit, bevor er sagte: »Sie können jetzt eintreten, Commander.«

»Danke.« Riker schritt durch die Tür und betrat Commander Winslows Büro. Sofort beeindruckte ihn die Größe des Zimmers. Die Ausmaße entsprachen nicht denen eines Bereitschaftsraums; es handelte sich vielmehr um ein kleines Auditorium mit mehreren Sitzreihen und einem großen Bildschirm. Entweder hielt Commander Winslow Vorlesungen in ihrem Büro, oder sie drehte ihre Besucher gleich massenweise durch die Mangel.

Winslow selbst erwies sich als mindestens ebenso beeindruckend. Sie war eine sehr attraktive Brünette, etwa in Rikers Alter, und der Blick ihrer dunklen Augen durchbohrte ihn, als er sich näherte und feststellte, daß sie irgendwann einmal schwere Verletzungen erlitten hatte: Der linke Arm und das linke Bein bestanden aus Prothesen.

Commander Winslow lächelte kühl, trat hinter ihren Schreibtisch, nahm Platz und berührte die Schaltflächen eines Computerterminals. »Commander Riker von der *Enterprise*«, sagte sie. »Ich dachte, Ihr Schiff befände sich noch unter dem Kommando von Jean-Luc Picard. Ich hoffe, mit dem Captain ist alles in Ordnung.«

»Das hoffe ich ebenfalls«, erwiderte Riker und rang sich ein Lächeln ab. »Ich vertrete ihn, während er an einer gefährlichen Mission teilnimmt. Zusammen mit einigen Führungsoffizieren der *Enterprise* ist er im cardassianischen Raum unterwegs und erwartet unsere Hilfe.«

»Hört sich nach einer riskanten Sache an«, meinte Winslow, was einer gewaltigen Untertreibung gleichkam. Sie faltete die Hände und richtete erneut einen durchdringenden Blick auf Riker. »Ich weiß, daß Sie sofort wieder aufbrechen möchten, Commander, aber die *Enterprise* erfüllt fast keine einzige Bereitschaftsbedingung. Sie haben ein Leck in der Warpspule. Es gibt Strukturschwächen in der Außenhülle und verbrannte Schaltkreise auf praktisch jedem Deck. Hinzu kommen Dutzende von zusammengeflickten Dingen, die jederzeit ausfallen könnten.«

Riker schnitt eine Grimasse und breitete die Arme aus. »Aber sie ist noch immer intakt. Wir haben es aus eigener Kraft hierher geschafft, nicht wahr? La-Forge hat unser Schiff in einem guten Zustand gehalten ...«

Shana Winslow lächelte voller Anteilnahme. »Trotz der bemerkenswerten Leistungen von Mr. LaForge ist Ihr Schiff nicht zu einem neuerlichen Einsatz bereit. Ich würde meine Pflichten vernachlässigen, wenn ich sie jetzt freigäbe.«

Riker ließ die Schultern hängen. »Wie lange?«

»Die *Enterprise* hat höchste Priorität, Commander, aber die Reparaturen nehmen trotzdem eine Woche in Anspruch.«

»Eine Woche!« entfuhr es Riker entsetzt. In sieben Tagen konnte Captain Picard tot sein.

Winslow musterte ihn mit Augen, deren Blick bis in sein Innerstes zu reichen schien. »Es tut mir leid. Aber wenn ich die *Enterprise* freigebe, ohne daß alle Reparaturarbeiten erledigt sind, könnte Starfleet das beste Schiff und die erfahrenste Crew verlieren. Ich muß gewährleisten, daß unsere Raumschiffe bereit sind, ihren Zweck zu erfüllen, und bei der *Enterprise* ist das derzeit nicht der Fall.«

Nur nicht aufregen, dachte Riker. *Honig statt Essig*.

Er wich vom Schreibtisch zurück und seufzte. »Eigentlich sollte ich froh sein, daß die Crew für einige Tage ausspannen kann, aber ich muß dauernd daran denken, wie es Picard und den anderen ergeht.«

»Ich verstehe Sie, glauben Sie mir.« Winslow hob den linken zum größten Teil aus einer Prothese bestehenden Arm und stützte ihn auf den Tisch. »Ich war einmal Chefingenieur an Bord eines Raumschiffs und habe mich noch immer nicht ganz daran gewöhnt, an einem Schreibtisch zu sitzen.«

Riker betrachtete den Arm und fragte sich, warum Starfleet sie nicht mit einer natürlicher wirkenden Prothese ausgestattet hatte. »Wie wurden Sie verletzt?«

»An Bord der *Budapest* im vergangenen Jahr, als wir die Erde gegen die Borg verteidigten. Sie kamen an uns vorbei – herzlichen Dank dafür, daß Sie uns gerettet haben.«

Sie zögerte und bemerkte seinen Blick. »Ihr Schiff und ich haben etwas gemeinsam«, sagte sie, lächelte und deutete auf die Prothese. »Wir warten beide auf eine bessere Ausrüstung.«

Riker schmunzelte. »Nach jenem Kampf verbrachte die *Enterprise* einen Monat in Starbase 413 und wurde von allen Resten der Borg-Technik befreit.«

Commander Winslow beugte sich interessiert vor. »Ich wäre gern dabei zugegen gewesen, um alles genau zu untersuchen. Ich habe mich immer sehr für die Borg interessiert, und mein Interesse wuchs noch, nachdem sie mich fast umgebracht hätten. Ihre Effizienz ist erstaunlich – wenn ich doch nur eine Crew von ihnen für mich arbeiten lassen könnte.«

»Ich hatte sie an Bord und kann so etwas nicht empfehlen.« Riker trat etwas näher und lächelte jungenhaft. »Wenn Sie heute abend mit mir essen, erzähle ich Ihnen alles über die Borg.«

»Hmm«, erwiderte Winslow nachdenklich und warf einen Blick auf den Computerschirm. »Ja, einverstanden. Sagen wir um neunzehn Uhr. Ich schildere Ihnen bei der Gelegenheit unsere Nachschubprobleme, die bei uns dauernd zu Verzögerungen führen. Wenn der Krieg nicht bald endet, kommt es zu einem Zusammenbruch der ganzen Infrastruktur.«

»Ja«, brummte Riker. »Deshalb habe ich es ja so eilig damit, in den Kampf zurückzukehren.«

»Ich weiß.« Winslow stand auf und deutete zur Tür. »Wir treffen uns hier um neunzehn Uhr.«

Riker machte Anstalten, das Büro zu verlassen, blieb dann noch einmal stehen und drehte sich nervös um. »Was die *Enterprise* betrifft, Sie …«

»Ja, die Reparaturarbeiten haben bereits begonnen. Bis später, Commander.«

Captain Picard holte tief Luft, als er das Prickeln des Transporterstrahls fühlte, und vor der Entmaterialisierung nickte er Ro noch einmal zu. Er bewunderte ihren Elan und den Umstand, daß ihr der Umgang mit Schurken leichtzufallen schien. Allerdings fragte er sich, ob sie einen entsprechenden Hinweis als Kompliment verstanden hätte.

Sie materialisierten in einem luxuriösen Speiseraum, geschmückt mit pastellfarbenen Bannern und goldenen Girlanden, die in langen Bögen von der Decke herabhingen. In einer Ecke bemerkte Picard große Plüschkissen und Liegen vor einer Art Bühne, auf der Fackeln brannten. Weiter hinten stand ein wunderschöner, aus Bernstein bestehende Tisch, der für vier Personen gedeckt war. Ein Ferengi-Musiker saß in einer anderen Ecke und spielte eine sanfte Harfenmelodie.

»Das ›Lied für die Einsamkeit‹«, sagte Ro, und ihre Lippen deuteten ein Lächeln an. »Ein bekanntes bajoranisches Musikstück. Wir sollten unseren Gastgebern danken.«

Picard versuchte sich vorzustellen, er wäre ein freundlicher Vedek. Ro war der Captain und konnte daher den ›harten Burschen‹ spielen. Picard hingegen mußte ruhig und vergeistigt erscheinen, den Eindruck erwecken, über den alltäglichen, banalen Dingen des Lebens zu stehen.

Eine Doppeltür am anderen Ende des saalartigen Raums schwang auf, und der Ferengi Shek kam herein. Er trug einen langen Samtumhang, dessen Saum hinter ihm über den Boden schleifte. An seiner Seite ragte der hünenhafte Orioner Rolf auf; er wirkte wie ein Leibwächter.

»Willkommen!« rief Shek, eilte Ro entgegen und griff nach ihrer Hand. Er sah ihr tief in die Augen. »Es ist mir ein Vergnügen, Sie an Bord meines bescheidenen Schiffes namens *Erfolg* zu begrüßen. Das ist Rolf, Kommandant des anderen Schiffes, der *Schnell*. Bitte entschuldigen Sie, daß wir auf Sie geschossen haben, Captain Ro, aber in diesen schweren Zeiten weiß man nie, mit wem man es zu tun bekommt.«

»Verstehe.« Ro verbeugte sich. »Das ist mein Erster Offizier.«

»Die Musik gefällt uns«, sagte Picard und verneigte sich ebenfalls. »›Das Lied für die Einsamkeit‹ erinnert mich immer an meine Jugend. Herzlichen Dank.«

»Nichts zu danken. Und wenn ich das sagen darf: Sie tragen da einen sehr hübschen Ohrring. Der Stein kommt von Jerrado, nicht wahr?«

»Ja«, antwortete Picard und lächelte. »Nicht viele Personen sind imstande, das auf den ersten Blick zu erkennen.«

»Wir Ferengi haben immer ein Auge für wertvolle Gegenstände. Da keine Möglichkeit mehr besteht, Jerrado einen Besuch abzustatten, hat der Stein einen hohen Sammlerwert. Haben Sie Appetit?« Shek trat zum Tisch, und der Saum des Umhangs verursachte ein seufzendes Geräusch, als er über den Boden strich. »Leider kennen wir die bajoranische Küche nicht besonders gut – sie scheint nicht ganz so exotisch wie unsere eigene zu sein. Und sie ist ganz gewiß weniger exotisch als die orionische Küche mit all den Gewürzen, die einem Tränen in die Augen treiben.«

»Bah«, brummte Rolf. »Er mag alles fade.«

»Unsinn«, widersprach Shek. »Wie dem auch sei: Man muß die kulinarischen Vorzüge anderer Personen respektieren, und deshalb gibt es heute abend gebratenen Hornvogel. Das ist eine besondere Art von Geflügel.«

»Ja, wir haben Hornvögel in der cardassianischen landwirtschaftlichen Kolonie gesehen, der wir einen Besuch abstatteten«, sagte Ro. »Die Cardassianer stahlen uns die Hälfte unserer Fracht. Bezeichneten sie als Schmuggelware.«

Rolf lachte schallend. »Ja, das ist typisch für sie. Was erwarten Sie denn von den Cardassianern, wenn Sie ein Schiff haben, das ihnen nicht entkommen kann?«

Shek zog für Ro einen Stuhl vom Tisch fort. »Bitte setzen Sie sich, Captain.«

»Danke«, sagte die Bajoranerin.

Shek und Rolf nahmen zu beiden Seiten von Ro Platz, und damit blieb für Picard nur der Stuhl am anderen Ende des Tisches übrig. Es gefiel ihm nicht, daß Ferengi und Orioner der Bajoranerin so nahe kamen, aber unter den gegebenen Umständen mußte er gute Miene zum bösen Spiel machen. Mit einem gutmütigen Lächeln beobachtete er, wie Shek und Rolf Ro regelrecht in die Zange nahmen.

»Eigentlich können Sie gar nicht damit rechnen, hier nach all der Zeit noch lebende Maquisarden zu finden«, sagte der Gastgeber. »Möchten Sie trakianisches Bier probieren?«

»Danke«, sagte Ro und faltete die Hände. »Es spielt keine Rolle, ob wir damit rechnen, hier noch lebende Kampfgefährten zu finden – wir müssen in jedem Fall nachsehen.«

»Haben Sie jemals daran gedacht zu tanzen?« fragte der Orioner und bewunderte Ros Figur.

»Ich bin der Captain eines Raumschiffs«, erwiderte sie. »Ebenso wie Sie. Haben *Sie* jemals daran gedacht zu tanzen?«

»Eldra!« rief Shek und winkte zur Tür. Eine kleine, dickliche Ferengi kam mit einer Karaffe, die dunkles, schäumendes Bier enthielt. Picard hatte plötzlich einen trockenen Gaumen, und die Flüssigkeit wirkte recht verlockend. Es kam zu einer Gesprächspause, als Gläser gefüllt und dann gehoben wurden.

»Zur Hölle mit dem Dominion!« sagte der Orioner, bevor er sein Glas in einem Zug leerte. Picard und Ro tranken ebenfalls und wechselten dabei einen Blick.

»Sie halten nicht viel vom Dominion?« fragte Picard.

»Es erfüllt mich mit dem gleichen Abscheu wie denebianische Schleimteufel«, knurrte der Orioner. »Mit den Cardassianern war soweit alles in Ordnung, bevor das Dominion kam – sie ließen sich bestechen. Das Dominion will einfach alles übernehmen und die Konkurrenz eliminieren. So was macht überhaupt keinen Spaß.«

»Außerdem schickt es sich an, unsere besten Kunden umzubringen«, schniefte der Ferengi. »Das Dominion ist schlecht fürs Geschäft. Ein Ferengi nutzt jedes Monopol aus, das er bekommen kann, aber er weiß auch, daß eine solche Situation nicht normal ist. Das Dominion besteht aus Leuten, die glauben, es sei richtig, daß ein Tümpel aus Gestaltwandlern über die ganze Galaxis herrscht und alle anderen zu Dienern degradiert.«

Der Orioner schnaufte verächtlich. »Wir hoffen, daß die Föderation den Krieg gewinnt. Aber wir hoffen auch, daß der Krieg noch eine ganze Weile dauert.«

»Natürlich«, bestätigte der Ferengi. »Krieg ist gut für den Schwarzmarkt. Er bedeutet Chaos, und Chaos ist immer gut für jene, die in den Schatten arbeiten. Aber dieser Krieg ... Er kostet zu vielen Leuten das Leben.«

Die Gäste nickten und konnten dieser Bewertung des Geschehens kaum etwas hinzufügen. Zum Glück traf kurze Zeit später das Essen ein. Die mollige Eldra brachte es und forderte die Gäste mit großem Nachdruck auf, davon zu probieren – Picard vermutete, daß sie selbst es zubereitet hatte. Er hoffte, daß die Mahlzeit nicht auch von ihr vorgekaut worden war.

Es schmeckte gut, und erstaunlicherweise stellten sich Shek und Rolf als recht angenehme Gesellschaft heraus. Sie sprachen über verschiedene Dinge, vom Preis für Antimaterie bis hin zur bajoranischen Neutralität. Picard überlegte, ob er wie beiläufig ein künstliches Wurmloch erwähnen sollte, entschied sich aber dagegen. Er wollte die gegenwärtige Konversation nicht beeinträchtigen – selbst der Orioner verhielt sich wie ein Gentleman.

Nachdem Eldra den Tisch abgeräumt hatte, klatschte Shek in die Hände und stand auf. »Es wird Zeit für die Unterhaltung!«

Sie zogen sie sich zu den Kissen und Liegen in der einen Ecke des großen Raums zurück. Picard fühlte sich ein wenig benommen von dem Bier, obwohl er versucht hatte, Zurückhaltung zu üben. Das Essen war sehr lecker gewesen, was ihn dazu veranlaßt hatte, zwei Teller zu leeren. Bisher erwies sich der Abend bei den Piraten als bemerkenswert entspannend.

Als sie es sich bequem gemacht hatten, zupfte Shek an seinem Ohr und lächelte. »Für die Unterhaltung des heutigen Abends hat mein guter Freund Rolf gesorgt. Ah, hier kommt der saurianische Brandy.«

Eldra erschien erneut mit einer Karaffe und kleineren Gläsern. Picard wollte ablehnen, glaubte jedoch, in Rolfs Augen eine stumme Warnung zu erkennen. Der grüne Riese nahm ein Glas Brandy entgegen und hob es demonstrativ, woraufhin Picard es für besser hielt, seinem Beispiel zu folgen.

»Wir trinken auf Ihre Gesundheit und Ihre Götter«, sagte der Orioner.

»Auf die Propheten«, erwiderte Ro und nippte an ihrem Glas.

»Auf die Propheten«, wiederholte Picard und trank einen Schluck.

»Auf die Tanzmädchen!« juchzte Shek.

Hinter ihnen erklang ein Trommelwirbel, und Picard wollte sich gerade umdrehen, als drei schlanke Gestalten hinter dem Vorhang der Bühne hervorsprangen. Sie erreichten den vom Fackelschein erhellten Bereich und begannen dort zu tanzen. Die Trommeln schlugen lauter und schneller, und die drei grünhäutigen Orionerinnen paßten ihre Bewegungen dem donnernden Rhythmus an. Picard hatte von diesen berühmten Tänzerinnen gehört, aber nie Gelegenheit bekommen, sie einmal mit eigenen Augen zu sehen. Die Bekleidung der jungen Damen war eher spärlich, und es gab jede Menge grüne Haut zu betrachten.

Er fühlte sich herrlich zufrieden, als er inmitten der weichen Kissen lag und den akrobatischen, aufreizenden Tanz der Orionerinnen beobachtete. Eine Zeitlang gab er sich der romantischen Vorstellung hin, an einem Fest von Piraten teilzunehmen, die sich in irgendeinem fernen tropischen Hafen getroffen hatten, tranken und dabei von ihren Streifzügen erzählten.

Nach einer Weile sah er zu Ro Laren – sie lag ebenfalls auf den Kissen und schlief. *Es geschieht nur selten, daß sie so friedlich wirkt*, dachte Picard. Sein Blick kehrte zu den Tänzerinnen zurück, die so animalisch, exotisch und verlockend wirkten. Er glaubte fast, den Duft der Orionerinnen wahrzunehmen und ihre grüne Haut zu spüren ...

Schweiß bildete sich am Nacken des Captains. *Genug ist genug*, dachte er. Es wurde höchste Zeit, ein wenig frische Luft zu schnappen.

Er versuchte sich aufzurichten und hörte, wie Rolf fast ohrenbetäubend laut lachte und ihn wieder zurück in die Kissen zog. »Wohin wollen Sie denn, guter Mann? Nehmen Sie sich ein Beispiel an der Frau, mit der Sie zu uns gekommen sind.«

Picard sah einmal mehr zu Ro Laren und begriff, daß sie nicht schlafen sollte. Irgendwo in dem dichten Nebel, der hinter seiner Stirn wallte, glühte das Licht des Argwohns. So etwas durfte eigentlich nicht geschehen; er war in Schwierigkeiten.

Er wollte nach seinem Insignienkommunikator greifen und zweimal darauf klopfen – das vereinbarte Signal –, aber der Arm war schwer wie Blei.

Eine Hand kam aus dem Nichts und riß ihm den kleinen Kommunikator von der Brust. Picard tastete nach dem Loch im Uniformpulli, starrte verwundert auf die großen Ohren des Ferengi und sank zwischen die Kissen zurück.

»Na schön«, sagte Shek und beugte sich über ihn. »Ich schlage vor, Sie verraten uns jetzt, woher Sie wirklich kommen und was Sie hier beabsichtigen.«

»Mein … mein Schiff!« brachte der Captain hilflos hervor.

»Ja, wir sollten Ihr Schiff nicht vergessen«, pflichtete Shek ihm bei. Er aktivierte seinen eigenen Kommunikator. »Captain an Brücke. Richten Sie einen Traktorstrahl auf den bajoranischen Transporter und treffen Sie Vorbereitungen dafür, eine Einsatzgruppe an Bord zu schicken.«

10

Als Captain Picard an Bord des Ferengi-Schiffes inmitten der Kissen auf dem Rücken lag, stellte sich ein sonderbares Déjà-vu-Empfinden ein. So hatte er sich gefühlt, als eine Notoperation an seinem Herz durchgeführt worden war. Ganz deutlich erinnerte er sich daran, bei Bewußtsein gewesen zu sein, aber ohne die Möglichkeit, sich zu bewegen. Er schwebte nicht direkt über dem eigenen Körper, aber er steckte auch nicht in ihm. Er kam sich wie ein neutraler Beobachter vor, der nicht direkt am Geschehen beteiligt war.

Die Orionerinnen tanzten auch weiterhin zum Rhythmus der Trommeln, aber irgend etwas stimmte nicht mit ihnen. Es schienen nur Körper zu sein, ohne eigenen Willen, ohne ein individuelles Selbst.

Der Ferengi namens Shek klatschte in die Hände. »Computer, Programm beenden.«

Sofort verschwanden die grünhäutigen Frauen und mit ihnen der größte Teil der Einrichtung sowie Banner und Girlanden. Brandygläser fielen zu Boden und zerbrachen. Auch Picard fiel und versuchte dann, sich aufzusetzen. Doch der eigene Leib gehorchte ihm nicht.

»Sie haben ein ganz spezielles Nervengift bekommen«, sagte Shek. »Dadurch können Sie Ihren Körper nicht mehr kontrollieren – und auch nicht das, was Sie sagen. Seltsamerweise kam es bei Ihnen beiden zu unterschiedlichen Reaktionen. Captain Ro ist eingeschlafen.«

»Und Sie?« brachte Picard mühsam hervor.

Shek lächelte und deutete auf Rolf, seinen orionischen Partner. »Wir haben das Gegenmittel vor dem Essen genommen.«

Rolf verzog das Gesicht. »Ich denke gern an die Zeit zurück, als wir Gefangene folterten, um Informationen zu bekommen.«

»Ja, aber du mußt zugeben, daß die neuen Drogen schneller und besser wirken.« Shek klopfte seinem großen Partner auf die Schulter und wandte sich dann wieder an Picard. »Nun gut. Nennen Sie Ihren wahren Namen und Rang.«

Picard versuchte, eine falsche Antwort zu geben, in der Art von »Ich bin Lieutenant Tom Smith« oder »Chief Ray Jones«. Statt dessen sagte er zu seinem eigenen Entsetzen: »Captain Jean-Luc Picard von der *Enterprise*.«

»Tatsächlich?« erwiderte Shek beeindruckt. »Und Ihre Begleiterin, Captain Ro?«

»Sie ist Captain Ro von der *Träne des Friedens* und gehörte früher zu meiner Crew.«

»Was führt Sie ins cardassianische Raumgebiet?«

»Wir suchen nach dem künstlichen Wurmloch des Dominion.«

Rolf lachte laut. »Und was wollen Sie damit anstellen, wenn Sie es gefunden haben? Die Föderation scheint noch verzweifelter zu sein, als ich dachte.«

Vielleicht konnte Picard vorgeben, so dümmlich zu sein, wie er sich derzeit fühlte. Wenn es ihm gelang, das Thema zu wechseln, verriet er weniger. »Die Tänzerinnen«, brachte er hervor und blickte dorthin, wo sie aufgetreten waren.

»Leider nur Hologramme«, sagte Shek. »Wer kann sich heutzutage echte orionische Sklavenmädchen leisen? Aber Sie sind ohnehin interessanter, Captain. Was wollten Sie in Hinsicht auf das künstliche Wurmloch unternehmen – vorausgesetzt natürlich, daß es tatsächlich existiert?«

Picard begriff, daß es keinen Sinn hatte zu versuchen, auf ein anderes Thema auszuweichen.

Die Droge zwang ihn, ehrlich Auskunft zu geben. »Wir wollen es zerstören.«

Ferengi und Orioner sahen sich an, lachten und klopften sich auf die Oberschenkel. »Haben Sie eine Ahnung, wie groß das Ding ist?« fragte Shek.

»Wie groß?«

Der Ferengi stieß ihn auf den harten Boden zurück. »Wir müssen uns jetzt beraten, Captain. Ihre Lider werden schwer, und Sie sind sehr müde. Sie möchten nur noch schlafen, so wie Captain Ro. Schlafen Sie, Captain Picard. Sie haben ein wenig Ruhe verdient.«

Picard schloß die Augen, und seine Gedanken zerfaserten.

»Als der Reaktor explodierte und mich die Druckwelle traf, verlor ich das Bewußtsein«, erzählte Commander Shana Winslow und rührte ihren Mai Tai mit einem Stäbchen um, das die mechanischen Finger ihrer linken Hand hielten. Sie und Will Riker saßen an einem der hinteren Tische des sogenannten Bolianischen Bistros, das als bestes Restaurant der Starbase 209 galt, obwohl das Angebot nicht mehr so groß war wie früher. Überall machte sich Knappheit bemerkbar.

»Ich war so gut wie tot«, fuhr Winslow fort. »Daß man mich in Sicherheit gebeamt hatte, erfuhr ich erst, als ich an Bord eines Medo-Schiffes erwachte. Und als ich sah, wieviel von mir fehlte, verfluchte ich meine Retter.«

Will Riker lächelte und schüttelte das Eis in seinem Glas. »Kann ich mir denken. Wie lange dauerte die Rekonvaleszenz?«

»Sie ist noch nicht zu Ende«, antwortete Winslow. »Die physische Therapie, die psychologische Beratung ... Vielleicht hört das alles nie auf. Wie ich schon sagte: Ich wäre ebensogern wie Sie dort draußen, aber ich muß realistisch sein. Ich arbeite jetzt hier, in der Starbase. Nur für diesen Job eigne ich mich.«

»Haben Sie keine Familie?«

Die frühere Chefingenieurin schüttelte traurig den Kopf. »Nicht mehr. Ich hatte einen Mann, der an Bord der *Budapest* starb, während der bereits erwähnten Konfrontation mit den Borg.«

»Tut mir leid«, sagte Riker und bedauerte seine voreilige Frage.

Winslow lächelte bittersüß. »Es gehört zu meiner Rekonvaleszenz, darüber zu sprechen. In gewisser Weise war es eine Vernunftehe, denn es ging uns beiden in erster Linie um die berufliche Laufbahn. Schließlich versetzte man uns an Bord des gleichen Schiffes, und dort wollten wir versuchen, mehr aus unsere Ehe zu machen. Statt dessen wären wir beim ersten Einsatz fast zusammen gestorben.«

Erneut rührte sie in ihrem Getränk und sah dann Riker an. »Was ist mit Ihnen?«

»Ich bin überzeugter Junggeselle«, erwiderte Riker, lehnte sich zurück und schmunzelte. »Obwohl ich der Ehe einmal sehr nahe gekommen bin.«

»Was wurde aus der Frau?«

»Sie ist heute meine beste Freundin«, sagte Riker und trank einen Schluck. »Sie versteht mich besser als sonst jemand – gut genug, um zu wissen, daß sie nicht mit mir verheiratet sein möchte.«

»Ja, ich verstehe. Das vermisse ich am meisten, seit Jack nicht mehr lebt. Es ist gut, wenigstens einen Menschen zu haben, der einen kennt, bei dem man keine Maske tragen muß.« Shana Winslow lächelte melancholisch.

Riker griff nach ihrer Hand. »Sie kamen aus gutem Grund mit dem Leben davon. Und ich ebenfalls. Vielleicht wollte das Schicksal, daß wir den Kampf in diesem verdammten Krieg fortsetzen.«

»Oh, jetzt kommen Sie wieder auf Ihr Schiff zu sprechen«, meinte Winslow. »Es bleibt bei den sieben Tagen. Vielleicht werden es auch nur sechs, wenn wir die benötigten EPS-Verbindungen schon morgen bekommen.«

Riker schmunzelte erneut. »Wen muß ich ausrauben, damit Sie die erforderlichen Ersatzteile erhalten?«

»Hoffen Sie nur, daß der Nachschubkonvoi zu uns durchkommt.«

Riker hob sofort sein Glas. »Auf den Nachschubkonvoi. Und auf gute Gesellschaft.«

»Auf gute Gesellschaft«, wiederholte Shana Winslow und hob ihr Glas. Über den Rand hinweg musterte sie Will aus ihren dunklen, intensiv blickenden Augen.

»Ich hoffe, meine Crew findet an ihrer Freizeit ebenso großen Gefallen wie ich«, sagte Riker.

Ro Laren erwachte mit stechenden Schmerzen in Armen, Beinen und im Kopf. Was die Gliedmaßen betraf, fand sie schnell die Ursache heraus: Sie war mit Stricken an einem harten Stuhl festgebunden. Aber das Pochen zwischen ihren Schläfen erinnerte sie an einen besonders schlimmen Kater, nachdem sie zuviel von Dereks selbstgemachtem Wein getrunken hatte.

Sie sah sich in dem leeren Raum um, dessen einziges Merkmal aus einem Gittermuster an den Wänden bestand. Captain Picard saß etwa fünf Meter entfernt und war ebenfalls an einen Stuhl gefesselt. Er wirkte sehr mitgenommen, aber es gelang ihm trotzdem zu lächeln. »Guten Morgen.«

»Was ist passiert«, stöhnte Ro.

»Wir sind von unseren Gastgebern mit einer speziellen Droge außer Gefecht gesetzt worden.«

»Aber sie haben doch die gleichen Dinge gegessen und getrunken wie wir.«

»Ein vor der Mahlzeit eingenommenes Gegenmittel schützte sie.« Picard spannte die Muskeln, aber die Stricke gaben nicht nach.

»Wo sind wir?«

»Am gleichen Ort wie vorher«, erwiderte der Captain. »Allerdings sieht man jetzt, daß es sich um ein Holodeck handelt. Nun, ich erinnere mich nicht an alle Einzelheiten, aber ich glaube, Shek und Rolf wissen alles.«

»Alles?« brachte Ro entsetzt hervor.

Picard nickte ernst. »Ich weiß nicht, was sie mit uns vorhaben.«

Ro schauderte unwillkürlich, als ihr verschiedene Möglichkeiten in den Sinn kamen.

»Ihnen dürfte jetzt klar sein, daß sie etwas Wertvolles in der Hand haben«, fuhr Picard fort. »Sie könnten sich an die Föderation und das Dominion wenden, um herauszufinden, wer mehr für einen Starfleet-Captain bietet.«

»Das Schiff …«, begann Ro.

»Mit dem Schiff ist alles in Ordnung«, erklang eine spöttische Stimme. Das schmerzhafte Pochen hinter Ros Stirn wurde stärker, als sie den Kopf drehte und sah, wie Shek und Rolf das Holodeck betraten. Der Orioner hielt ein kleines, flaches Datendisplay in den Händen, das bei ihm völlig fehl am Platz wirkte. Hinter dem Gürtel des Ferengi steckte eine Impulspeitsche.

»Wir haben gerade Ihre Crew verhört und das Schiff durchsucht«, sagte Shek verdrießlich. »Wie wir schon vermuteten, befinden sich keine wertvollen

205

Dinge an Bord. Warum müssen Patrioten immer arm sein?«

»Zu den Besatzungsmitgliedern gehören einige attraktive junge Bajoranerinnen«, meinte Rolf anzüglich.

»Eigentlich sind es gar keine Bajoranerinnen«, erwiderte Ro.

»Ja, das wissen wir«, brummte Shek. »Woraus sich ein Problem für uns ergibt. Wenn sich herausstellt, daß wir falsche Ware feilbieten ... Nun, wer einen solchen Ruf erwirbt, darf nicht mehr mit guten Geschäften rechnen. Einen echten Wert hat nur Captain Jean-Luc Picard.«

»Nein, ich bin wertlos«, widersprach Picard. »Ich wäre ein Kriegsgefangener von Tausenden.«

»Dann bekämen Sie wenigstens Gelegenheit, das künstliche Wurmloch zu sehen«, höhnte Rolf.

Ro und Picard starrten den Orioner an. »Es existiert also?« fragte der Captain.

Rolf nickte. »Und ob. Es ist eine gewaltige Konstruktion. Sehr eindrucksvoll. Nun, wenn es nach Shek ginge, würden sie das Wurmloch nie sehen – er würde Sie am liebsten ans Dominion verkaufen. Aber ich habe es ihm ausgeredet.«

Ro und Picard richteten einen vorwurfsvollen Blick auf den dürren Ferengi, der entschuldigend mit den Schultern zuckte. »He, kann man es mir verdenken, daß ich Profit erzielen möchte?«

»Ich habe ihn davon überzeugt, daß wir Ihnen Gelegenheit geben sollten, Ihre Mission durchzuführen«, sagte der große Orioner, und jetzt ließ sich Stolz in seiner Stimme vernehmen. »Mit ein wenig Hilfe von uns.«

Ro konnte es kaum fassen. »Sie wollen uns mit Ihren Raumschiffen helfen?«

Rolf lachte. »Wohl kaum! Sehen wir wie Narren

aus? Man darf uns nicht mit dieser Sache in Verbindung bringen.«

Shek zeigte mit einem knochigen Finger auf Picard und die Bajoranerin. »Wir hoffen, daß Sie so vernünftig sind, nicht noch einmal in Gefangenschaft zu geraten! Haben Sie beim nächsten Mal wenigstens genug Anstand, sich töten zu lassen, einverstanden?«

Picard überhörte die letzten Worte des Ferengi. »Es liegt uns fern, zu Gefangenen des Dominion zu werden«, sagte er.

»Gut.« Der Orioner hob sein Datendisplay. »Wir haben einige Berechnungen vorgenommen und sehen keine Möglichkeit für Sie, den Verteron-Beschleuniger zu zerstören – selbst das destruktive Potential der *Enterprise* würde nicht ausreichen. Aber vielleicht müssen sie das künstliche Wurmloch auch gar nicht vernichten, um zu verhindern, daß eine Brücke zum Gamma-Quadranten entsteht.«

Ro und Picard wechselten einen verwirrten Blick, sahen dann wieder zu dem ungleichen Paar. »An was dachten Sie?« fragte Ro.

Zwar waren sie allein an Bord des Ferengi-Schiffes, aber Shek sah sich trotzdem nervös um und senkte die Stimme. »Ich habe vor kurzer Zeit eine interessante Information erhalten. Das Dominion hat Probleme, die Öffnung des Wurmlochs so zu stabilisieren, daß sie dem enormen Druck standhalten kann. Ein Tanker explodierte, der eine aus Subquarkpartikeln bestehende Fracht transportierte, und dadurch gerät das Dominion unter Zeitdruck.«

Shek preßte die Fingerspitzen aneinander. »Meine Spione haben mir mitgeteilt, daß ein cardassianischer Antimaterie-Tanker zu einem Schwarzen Loch unterwegs ist, das man ›Auge von Talek‹ nennt. Dort soll Corzanium für den Verteron-Beschleuniger gewonnen werden. Klingt das plausibel für Sie?«

»Ja«, bestätigte Picard sofort.

»Sie brauchen also gar nicht zu versuchen, den Beschleuniger zu zerstören«, sagte Rolf. »Es genügt, die Gewinnung von Corzanium zu verhindern. Zerstören Sie den damit beauftragten Tanker.«

»Kennen Sie die Koordinaten des Schwarzen Lochs?« fragte Ro. »Ich habe Geschichten über das Auge von Talek gehört, weiß aber nicht, wo es sich befindet.«

»Die Koordinaten sind hier drin gespeichert«, entgegnete Rolf und deutete auf das Datendisplay.

»Warum sind wir dann noch gefesselt?« entfuhr es Ro. »Wir müssen uns auf den Weg machen!«

Orioner und Ferengi sahen sich an. Rolf zuckte mit den Schultern und zog ein Messer hinter der goldenen Schärpe an seiner Taille hervor. Ro zuckte zusammen, als eine scharfe Klinge ihre Haut berührte und dann die Stricke an den Handgelenken durchschnitt. Endlich konnte sie wieder ihre Arme bewegen, und dieser Umstand erfüllte sie mit tiefer Erleichterung. Sie beobachtete, wie der Orioner auch die Fesseln an den Beinen löste, und wenige Sekunden später stand sie auf, streckte sich und versuchte, die Schmerzen in den verkrampften Muskeln zu ignorieren.

Picard blieb ruhig sitzen, als Rolf auch bei ihm die Stricke durchschnitt. Dann erhob er sich ebenfalls und seufzte schwer. »Wir hätten uns auch ohne all diese Mühe einig werden können.«

»Ah«, erwiderte der Ferengi und senkte eine Hand zum Griff der Impulspeitsche. »Aber dann wäre es nicht annähernd so lustig gewesen. Um ganz ehrlich zu sein: Wenn Sie uns einfach so gesagt hätten, daß ein kleiner bajoranischer Transporter mit zwei Photonentorpedos versuchen will, einen zehn Kilometer langen und von einer Flotte des Dominion geschützten Verteron-Beschleuniger zu zerstören ... Wir wären kaum bereit gewesen, Ihnen zu glauben, nicht wahr, Rolf?«

»Ich bin noch immer nicht ganz sicher, ob ich ihnen glauben soll«, brummte der Orioner. »Aber die Droge erzwingt wahrheitsgemäße Antworten, was bedeutet, daß sie sich etwas vormachen. Geben wir ihnen Gelegenheit, für ihre Sache zu sterben! Außerdem möchten wir, daß der Krieg weitergeht, stimmt's, Shek?«

»Ja«, pflichtete der Ferengi seinem Partner bei. »Aber wenn ich erfahre, daß man Sie gefangengenommen hat, daß ich Sie hätte *verkaufen* können … Es würde mich sehr ärgern.«

»Seien Sie unbesorgt«, erwiderte Picard. »Wir sollten jetzt besser zu unserem Schiff zurückkehren.«

Rolf nickte und reichte dem Captain das Datendisplay. »Nutzen Sie die Informationen gut – wir verabscheuen es, etwas zu verschenken.«

»Ist es schwer, das Auge von Talek zu erreichen?« fragte Ro.

»Mit Ihrem Schiff dauert der Flug zwei Tage«, antwortete Rolf. »Sie sind jetzt hinter der Front, an der die meisten Schiffe des Dominion im Einsatz sind. Dadurch verringert sich das Risiko, unterwegs feindlichen Raumern zu begegnen.«

»Danke«, sagte Picard. Er tastete nach seinem Insignienkommunikator – und berührte zerrissenen Stoff.

»Oh.« Shek holte zwei bajoranische Insignienkommunikatoren hervor, lächelte entschuldigend und reichte sie den beiden ehemaligen Gefangenen.

»Danke.« Picard aktivierte seinen Kommunikator. »Einsatzgruppe an *Träne des Friedens*.«

»Captain!« erklang LaForges atemlose Stimme. »Ist alles in Ordnung mit Ihnen? Wir haben Sie für tot gehalten.«

»Es geht uns gut, Geordi. Unsere Gastgeber lassen uns jetzt gehen.«

»Sie richteten einen Traktorstrahl auf uns«, sagte LaForge. »Und dann kamen sie an Bord und durchsuchten das Schiff.«

»Ja, sie sind sehr gründlich, wenn es darum geht, Informationen zu bekommen«, meinte Picard. »Wir haben von ihnen Hinweise erhalten, die sich als sehr nützlich erweisen könnten. Beamen Sie uns an Bord.«

»Ja, Sir.«

»Wir haben nie miteinander gesprochen«, betonte Shek, als Ro das Prickeln des Transporterstrahls spürte. »Sie kennen uns nicht!«

»Trotzdem werden wir Ihre Hilfe nie vergessen«, erwiderte die Bajoranerin.

Nach der Entmaterialisierung von Picard und Ro sahen sich die beiden Piraten an und schüttelten verwundert den Kopf.

»Glaubst du, daß sie eine Chance haben?« fragte Shek.

»Nicht die geringste«, erwiderte der Orioner. »Ein kleiner bajoranischer Transporter gegen das ganze Dominion? Sie brauchen jede Menge Glück.«

»Nun, Captain Picard scheint zu wissen, wie man dem Glück auf die Sprünge helfen kann.« Shek zupfte an einem großen Ohrläppchen. »Vielleicht stören sie das Dominion lange genug, um uns zu gestatten, das eine oder andere Ding zu drehen. Ich schlage vor, wir gehen ins Kartenzimmer und beginnen gleich mit der Planung.«

Der Orioner klopfte seinem Partner auf den Rücken. »So gefällst du mir. Gehen wir.«

Shek und Rolf wollten das Holodeck gerade verlassen, als der Insignienkommunikator des Ferengi summte. »Hier Captain Shek. Was ist los?«

»Captain«, erklang eine zittrige Stimme, »jenes Schiff, das gerade fortgeflogen ist ... Von unserem

Transporterraum aus haben sich drei Männer an Bord gebeamt. Drei *Verräter*.«

»Mistkerle!« knurrte der Ferengi. Aus einem Reflex heraus griff er nach seiner Impulspeitsche. »Setzen Sie sich mit den Bajoranern in Verbindung und teilen Sie ihnen mit, daß sich blinde Passagier an Bord befinden.«

»Wir haben es versucht, Sir, aber die Interferenzen sind zu stark. Dort draußen wüten derzeit besonders starke Plasmastürme – die Bajoraner können von Glück sagen, wenn sie es bis ins offene All schaffen. Sollen wir ihnen folgen, Sir?«

»Nein«, brummte Shek. »Wir bleiben hier, wenn die Stürme so schlimm sind. Außerdem treffen wir uns bald mit den Plektaks. Wen haben wir verloren?«

»Die drei Romulaner.«

»Dem Himmel sei Dank«, kommentierte Shek. »Ende.«

Rolf lachte. »Ich habe dich davor gewarnt, sie aufzunehmen. Jetzt sind sie auf dem besten Wege, sich mit einem eigenen Schiff selbständig zu machen.«

»Ich schätze, das Glück hat Captain Picard gerade verlassen«, murmelte Shek und schlurfte nach draußen.

Will Riker stand vor der Tür von Shana Winslows Quartier und fragte sich, wie weit er bei seinem Bemühen gehen sollte, die Reparatur der *Enterprise* zu beschleunigen. Die Logik sagte ihm: Ganz gleich, was er auch versuchte – es machte keinen Unterschied. Während eines Kampfeinsatzes mochte Winslow bereit sein, das eine oder andere ganz schnell zusammenzuflicken. Doch ihr gegenwärtiger Posten zwang sie, sich an die Vorschriften zu halten. Nur wegen einer Verabredung zum Essen war sie bestimmt nicht zu irgendwelchen Zugeständnissen bereit.

211

Aber warum stand er dann hier und schickte sich an, Shana in ihr Quartier zu folgen? Die ehrliche Antwort lautete: Sie interessierte ihn auch als Frau. Sie hatte alles verloren, ihren Mann, ihr Schiff, und tiefes Mitgefühl regte sich in ihm. Er erinnerte sich daran, wie viele Leute ihn für verrückt hielten, weil er es abgelehnt hatte, die *Enterprise* zu verlassen und ein eigene Kommando zu akzeptieren. Die *Enterprise* und ihre Crew ließen sich mit keinem anderen Schiff vergleichen – sie waren Heim und Familie.

»Ich würde gern wissen, was Ihnen gerade durch den Kopf geht«, sagte Winslow, als sich die Tür öffnete.

Riker lächelte schief. »Ich habe erneut an mein Schiff und die Besatzung gedacht. Wissen Sie, ich kann sehr beharrlich sein.«

»Ich auch.« Sie vollführte eine Geste, die der kleinen, aber geschmackvoll eingerichteten Kabine galt. Alle Gegenstände entsprachen dem Starfleet-Standard, und es entstand der Eindruck, als sei Winslow noch gar nicht richtig eingezogen. »Möchten Sie auf einen Drink hereinkommen?«

»Ja.«

Winslow ging voraus. »Leider bieten selbst die Replikatoren nur eine sehr beschränkte Auswahl an. Wir mußten sowohl Rohstoffe als auch Energie rationieren.«

»Haben Sie noch kaltes Wasser?«

»Ich denke schon«, antwortete die Frau mit einem Lächeln und trat zum Ausgabefach. »Einmal kaltes Wasser. Bitte setzen Sie sich.«

»An Bord meines Schiffes besteht das größte Problem im Mangel an erfahrenem Personal«, sagte Riker und nahm auf einem weichen Sofa Platz. »Es hat kaum einen Sinn, Leute mit Schwierigkeiten zu konfrontierten, wenn sie nicht fähig sind, damit fertig zu werden.«

»Erzählen Sie mir davon.« Winslow brachte ihm ein Glas Wasser und hielt es in der intakten Hand. »Auf welche Weise bekommen Sie neue Leute? Die Admirale würden am liebsten alles an die Front werfen und vergessen dabei, wie wichtig Nachschub und Reserven sind. Wir mußten zwei große Sektionen dieser Starbase stillegen, weil es niemanden gibt, der dort die notwendigen Wartungsarbeiten durchführt.«

»Ja, ich habe es bemerkt.« Riker trank einen Schluck Wasser und richtete einen fragenden Blick auf Winslow. »Trinken Sie nichts?«

»Ich hole mir jetzt etwas. Es fällt mir schwer, mehr als ein Glas zu tragen.«

Riker widerstand der Versuchung, aufzuspringen und ihr einen Drink zu holen. Er blieb sitzen und beobachtete, wie sich Winslow eine Tasse Tee besorgte und zum Sofa zurückkehrte. Sie nahm dicht neben ihm Platz, wodurch er sich geschmeichelt fühlte.

»Ah«, seufzte sie. »Worüber sprachen wir gerade?«

»Wir beklagten uns gerade darüber, daß wir nicht genug gute Leute haben.«

»Es sind ungewöhnliche Zeiten«, meinte Winslow. »Es ist nicht der erste Konflikt, in dem sich Starfleet behaupten muß, aber nie zuvor wurden unsere Streitkräfte auf eine so harte Probe gestellt, über so lange Zeit hinweg. Und ein Ende ist nicht in Sicht.«

»Oh, es ist ein Ende in Sicht, aber es dürfte uns wohl kaum gefallen.«

»So schlimm steht es?« Winslow schüttelte den Kopf. »Es wird immer schwerer, benötigte Ersatzteile zu bekommen, und es müssen immer mehr Schiffe repariert werden, aber ich weiß nicht, wie es an der Front zugeht. Ich wäre gern dort draußen, zusammen mit Ihnen und den anderen.«

»Wir halten durch«, log Riker. »Auch ohne Sie.«

Winslow lächelte, und ihre dunklen Augen glänzten. »Ich schätze, wir sollten jede Sekunde unseres Lebens genießen. Zu dieser Erkenntnis habe ich mich erst nach dem Ende der *Budapest* durchgerungen. Manchmal geht man einfach zu sehr in seiner Arbeit auf.«

»Ja, ich weiß.« Riker legte Winslow den Arm um die Schultern. »Wir sollten gleich damit anfangen.«

Sie schmiegte sich an ihn und schloß die Augen. »Kann ich für einige Sekunden einfach so sitzen? Menschlicher Kontakt und so. Daran herrscht in Starfleet der größte Mangel: an Umarmungen. Überall sollte es Leute geben, deren Aufgabe darin besteht, andere Leute gelegentlich zu umarmen.«

Riker lehnte sich zurück, den Arm noch immer um Winslow geschlungen, und er hatte es nicht eilig. Ein jüngerer Will Riker wäre vermutlich sofort bereit gewesen, aufs Ganze zu gehen, aber der schlichte Kontakt fühlte sich gut an. Auch ihm fehlten Umarmungen.

Als Winslow schließlich die Augen öffnete, schimmerten sie wie Opale und blickten verträumt in die Ferne. Ein Schatten lag auf ihren eleganten, anmutigen Zügen – es war das Gesicht einer Frau, die zu hart gearbeitet und zu wenig dafür bekommen hatte. Überrascht berührte sie seinen anderen Arm, als wollte sie sich vergewissern, daß er tatsächlich existierte.

Alles in Riker drängte danach, sie zu küssen.

Er beugte sich zu ihr herab, und sie neigte den Kopf nach oben, schloß erneut die Augen. Nur noch wenige Millimeter trennten seine Lippen von ihren, die nach Honig und Tee dufteten, als ein Kommunikator summte.

»Tut mir leid, Will«, sagte Winslow entschuldigend und stand auf. »Ich habe meine Mitarbeiter angewiesen, mich nur dann zu stören, wenn es wirklich wichtig ist.«

»Verstehe«, erwiderte Riker.

Die Frau trat zum Schreibtisch und berührte dort eine Schaltfläche. »Winslow.«

»Hier spricht Lieutenant Harflon, dritte Arbeitsgruppe bei der *Seleya*«, erklang eine forsche Stimme. »Die energetischen Fluktuationen im IPS beeinträchtigen noch immer die Gitterstabilität. Von Lorimar habe ich erfahren, daß Sie eine nicht dokumentierte Lösung für dieses Problem kennen, und die Arbeitskontrolle meinte, ich sollte mit Ihnen sprechen.«

»Ja, ja«, antwortete Winslow. »Ist der Probeflug noch immer für acht Uhr geplant?«

»Ja, Commander.«

»Ich bin gleich bei Ihnen. Ende.« Winslow verzog das Gesicht und sah zu Riker. »Bitte entschuldigen Sie, Will. Vielleicht dauert es nicht lange. Wenn Sie möchten … Fühlen Sie sich hier ganz wie zu Hause.«

»Wieso bekommt die *Seleya* eine Sonderbehandlung?« fragte Riker und folgte Winslow in den Korridor. »Weil sie das Schiff des Admirals ist?«

»Wir kümmern uns schon seit einer Woche um das Schiff – und der Admiral ist ebenso ungeduldig wie Sie.« Mit langen, entschlossenen Schritten ging sie zum Turbolift.

»Sollten wir nicht jede Sekunde unseres Lebens genießen?«

Winslow winkte, als sie den Lift betrat. »Falls Sie es vergessen haben sollten – wir sind im *Krieg*! Morgen abend um die gleiche Zeit?«

»Gern.«

Die Tür des Turbolifts schloß sich, und Riker schüttelte verwundert den Kopf. Er drehte sich um und ging in die andere Richtung – vielleicht traf er im Bolianischen Bistro noch einige Besatzungsmitglieder der *Enterprise* an.

Auf einem großen Mond mit extrem dünner Atmosphäre, auf dem sich Tag und Nacht kaum voneinander unterschieden, saß Data im Staub und blickte auf die Anzeigen der Ortungsinstrumente. Kabel verbanden sie mit einem Sensornetz, das er auf dem Dach des Shuttles installiert hatte. Dadurch war es ihm gelungen, die Badlands zu lokalisieren.

Während seines kurzen Aufenthalts auf dem namenlosen Mond hatte Data beträchtlichen Verkehr festgestellt. Hauptsächlich betraf er Schiffe des Dominion, die zur Front flogen oder von ihr zurückkehrten. Der Androide speicherte die entsprechenden Daten – sie konnten sich als nützlich erweisen. Unglücklicherweise blieb die Suche nach der *Träne des Friedens* erfolglos, und auch von der *Enterprise* fehlte jede Spur. Selbst mit den Fernbereichsensoren gelang es ihm nicht, in den Badlands das kleine bajoranische Schiff oder dessen Notrufbake zu finden.

Der Grenzverlauf veränderte sich praktisch ständig, aber nach Datas Berechnungen befand sich der Mond ein ganzes Stück im Innern des cardassianischen Raumgebiets. Er wagte es nicht, noch tiefer ins stellare Territorium der Cardassianer vorzustoßen – dadurch hätte er seine Mission in Gefahr gebracht, ohne die Erfolgschancen wesentlich zu vergrößern. Data berechnete die Wahrscheinlichkeit dafür, daß die *Enterprise* oder ein anderes Starfleet-Schiff *ihn* fand: Sie betrug weniger als fünfundzwanzig Prozent. Noch schlechter stand es um die Möglichkeit, Picard, Geordi, Ro und die *Träne des Friedens* zu entdecken und in Sicherheit zu bringen.

Angesichts der besonderen Situation konnte der Androide nicht sicher sein, ob Geduld den gewünschten Effekt erzielte. Aber er beschloß trotzdem, geduldig zu bleiben. In diesem Zusammenhang fielen ihm Geschichten über japanische Soldaten im Zweiten

Weltkrieg ein. Einige von ihnen besetzten ihre Posten im Dschungel auch noch Jahre nach Ende des Krieges. Der Androide versuchte sich vorzustellen, seine Freunde nie wiederzusehen. Welche Emotionen würde ihm eine Aktivierung des Gefühlschips in dieser Hinsicht bescheren?

Nein, entschied Data, der Krieg erforderte einen klaren Kopf, gutes Urteilsvermögen und Glück. Leider deutete alles darauf hin, daß Data auf letzteres verzichten mußte.

11

Das Auge von Talek wirkte wie ein Loch in der Struktur des Alls. Man erkannte es an der Abwesenheit von Sternen und an einem goldenen Halo aus Gas und Staub. Die Ausmaße des Schwarzen Lochs gingen nicht über die des Diskussegments eines großen Raumschiffs hinaus, und seine Schwärze schien gewissermaßen zu *leuchten*, wenn so etwas möglich war. Sam verglich den Anblick mit der Negativdarstellung einer Sonne.

Er wandte sich vom Hauptschirm ab und sah zu Grof, der zufrieden lächelte. »Ist es nicht wundervoll?« fragte der Trill und vollführte eine Geste, die dem Schwarzen Loch galt.

»Ich finde es eher unheimlich«, erwiderte Sam. »Sie sprachen doch von einem *kleinen* Exemplar.«

»Oh, es ist klein. Einem größeren hätten wir uns nicht so weit nähern können.«

»Was befindet sich auf der anderen Seite?« fragte der Antosianer Jozarnay Woil.

Grof lachte. »Es gibt keine andere Seite. Wir haben es hier mit einem Himmelskörper zu tun, dessen Anziehungskraft so stark ist, daß ihr nicht einmal die Photonen des Lichts entkommen können. Ein alter Professor von mir bezeichnete eine solche Singularität als ›Gravitationsfriedhof‹. Je kleiner das Schwarze Loch, desto älter ist es. Im Lauf der Zeit entweicht Materie durch natürliche Quantensprünge, was bedeutet: In zehn Milliarden Jahren könnte dieses

Schwarze Loch so sehr geschrumpft sein, daß es verschwindet. Wie dem auch sei … Derzeit ist es der einzige Ort, an dem wir Corzanium finden.«

»Unsere Aufgabe ist deshalb so schwierig, weil Gravitation den Raum krümmt«, sagte Taurik, der an den Navigationskontrollen saß. »Bei einer Entfernung, die zur Masse des kollabierten Objekts direkt proportional ist, existiert ein sogenannter Ereignishorizont. Im Grunde genommen läuft es darauf hinaus, daß die Materie des Schwarzen Lochs in einem anderen Raum-Zeit-Kontinuum existiert – deshalb scheinen Gas und Staub einfach zu verschwinden, wenn sie den Ereignishorizont passieren. Eine der Konsequenzen für uns besteht darin, daß wir das Corzanium mit Quantensprüngen gewinnen müssen, Partikel für Partikel.«

»Haben Sie und Horik die notwendigen Veränderungen am Traktorstrahl vorgenommen?« fragte Grof.

Der Vulkanier nickte. »Der Metaphasenschild-Verstärker ist vorbereitet und in den Traktorstrahl integriert.«

»Ausgezeichnet.«

Sam ließ seine Gedanken schweifen, während Grof und Taurik über verschiedene wissenschaftliche Aspekte ihrer Mission sprachen. Seine Besorgnis galt vor allem dem Angriffsschiff der Jem'Hadar, das ihnen durch den cardassianischen Raum gefolgt war, um sicherzustellen, daß sie ihren Auftrag erfüllten und nicht einfach flohen. Sam hielt an seiner Absicht fest, dem Verfolger ein Schnippchen zu schlagen.

Da sie weder über Waffen verfügten noch schnell genug waren, um dem Kriegsschiff zu entkommen, gab es nur eine Möglichkeit: Sie mußten versuchen, den kleinen Raumer unter ihre Kontrolle zu bringen. Die Alternative bestand darin, das Jem'Hadar-Schiff mit Hilfe des Transporters zu sabotieren, zum Beispiel mit einem Schraubenschlüssel, der plötzlich im Triebwerk materialisierte.

Während Grof, Taurik und Woil ihre Diskussion fortsetzten, nahm Sam an der Funktionsstation Platz und versuchte, das Angriffsschiff der Jem'Hadar zu lokalisieren. Der kleine, aber sehr gefährliche Raumer war in einen hohen Orbit um das Auge von Talek geschwenkt und befand sich hundert Kilometer jenseits der Transporterreichweite. Sie mußten ihn näher locken – aber wie?

Zweifellos rechneten die Jem'Hadar mit einem Fluchtversuch, und bestimmt hatten sie den Befehl, die Gefangenen nicht entkommen zu lassen, sie zu töten, wenn es sich nicht vermeiden ließ. Sie waren entbehrlich – im Gegensatz zur Fracht. Der Tanker würde bald eine sehr wichtige Rolle für das Dominion und den Krieg spielen.

Es bedeutete, daß sie eine große Menge Corzanium gewinnen mußten, bevor sie losschlagen durften. Die beste Lösung des Problems bestand vermutlich darin, den Eindruck zu erwecken, der Tanker sei in Gefahr. Wenn sie nicht aufpaßten, konnten sie bei einem Unglück ums Leben kommen, bevor sich eine Chance zur Flucht ergab.

Widerstrebend widmete Sam seine Aufmerksamkeit wieder dem Gespräch – derzeit sollte er sich auf die Mission konzentrieren.

Jozarnay Woil wirkte noch immer verwirrt, als er die Hand zum schwarzen Haarknoten auf seinem Kopf hob und sich dort kratzte. »Könnten Sie die wichtigsten Punkte noch einmal wiederholen, Professor? Ihre Fachsimpelei mit Taurik habe ich leider nicht ganz verstanden.«

Grof gestikulierte. »Zunächst einmal: Corzanium ist eine sehr flüchtige Substanz, bevor wir sie mit Quantensprüngen auf diese Seite des Ereignishorizonts bringen und restrukturieren. Die Sequenz sieht so aus: Mit dem Traktorstrahl senken wir die Schürfsonde ins Schwarze Loch, dicht oberhalb des Ereignishorizonts. Dann bombardieren wir das Loch mit Tachyonen, was die Bedingungen der Wahrscheinlichkeit verändert und Quantensprünge bewirkt, durch die Corzaniumpartikel ausgestoßen werden. Vergleichen Sie diesen Vorgang mit dem Bohren bei einem normalen Bergbauunternehmen. Nun, mit dem Traktorstrahl leiten wir den Partikelstrom in die Schürfsonde, die wir anschließend an Bord beamen und in einem Stasisfeld unterbringen.

An dieser Stelle kommt Ihre ganz besondere Magie ins Spiel, Mr. Woil. Sie transferieren das ›Erz‹ in die Restrukturierungskammer. Dort wird das Corzanium zu einem Metall mit besonders hoher Widerstandskraft der Gravitation gegenüber.«

Der Antosianer schüttelte den Kopf. »Kein Wunder, daß die Substanz so selten ist.«

»Wenn es sie auch an anderen Orten gäbe, wären wir nicht hier«, brummte der Trill.

»Denken Sie daran, daß wir nur drei Schürfsonden haben«, sagte Sam und versuchte, interessiert zu klingen. »Wenn wir sie verlieren, können wir kein Corzanium mehr gewinnen.«

»Seien Sie unbesorgt«, erwiderte Grof. »Drei Sonden genügen völlig.«

»Wann beginnen wir?« fragte Woil.

»Was du heute kannst besorgen, das verschiebe nicht auf morgen«, sagte der Trill und rieb sich die Hände.

»Dem muß ich in diesem Fall widersprechen«, ließ sich Taurik vernehmen. »Einige von uns haben geschlafen, aber andere sind wie ich seit fünfundzwanzig Stunden ohne Unterbrechung im Dienst. Sie haben den Schürfvorgang zwar als recht einfachen

Prozeß beschrieben, aber in Wirklichkeit ist er sehr komplex und riskant. Ein Fehler von uns könnte das Schiff vernichten und alle Personen an Bord töten.«

»Wir sollten zumindest damit beginnen, erste Sondierungen durchzuführen und die Geräte vorzubereiten«, wandte Grof ein.

»Auch dabei könnte ein Fehler fatale Folgen haben«, entgegnete Taurik.

»Er hat recht«, sagte Sam und legte Grof kurz die Hand auf die breite Schulter. »Lassen Sie uns ausruhen. Oder glauben Sie, die Jem'Hadar dort draußen haben etwas dagegen?«

»Vergessen Sie die Jem'Hadar«, knurrte der Trill. »Sie sind nur eine Eskorte. *Ich* leite diese Mission.«

»Aber *sie* haben die Waffen«, gab Sam zu bedenken.

Grof blickte auf sein Chronometer. »Um sechs Uhr geht's los, keine Minute später.«

»Na schön, einverstanden«, sagte Sam. »Bitte geben Sie den anderen Bescheid, Woil.«

»In Ordnung, Captain.« Der Antosianer kletterte die Leiter hinunter und verschwand.

»Ich möchte, daß alles glatt läuft«, betonte Grof.

»Wenn nicht, können Sie mir im Jenseits eine Strafpredigt halten«, erwiderte Sam.

Der Trill musterte ihn voller Abscheu. »Denken Sie daran, daß ich keinen Symbionten in mir trage – ich habe nur ein Leben.« Sein Groll verwandelte sich in ein dünnes Lächeln, bevor er ebenfalls die Leiter hinunterkletterte und die Luke hinter sich schloß.

»Wird er allmählich umgänglicher, oder ist er verrückt?« murmelte Sam.

»Vielleicht beides«, meinte Taurik. »Die Frage lautet: Was ist mit *uns*?«

»Wir haben ein wenig Zeit gewonnen«, sagte Sam und biß in seinen Rationsriegel.

»Unsere Ortungssysteme funktionieren wieder«, meldete der junge Mann an der Funktionsstation mit unüberhörbarer Erleichterung. Auf dem Hauptschirm der *Träne des Friedens* war zu sehen, wie sich die Gasschlieren der Badlands lichteten, als der bajoranische Transporter ins offene All zurückkehrte.

Ro Laren blickte von den Navigationskontrollen auf, drehte sich um und bemerkte sechs junge Pseudobajoraner, die sich auf der kleinen Brücke zusammendrängten und ebenso erleichtert wirkten wie der Einsatzoffizier. Das letzte Stück durch die Badlands war besonders schwer gewesen, denn überall um sie herum wüteten heftige Plasmastürme. Fast alle Besatzungsmitglieder hatten während dieser Zeit den Kontrollraum besucht, um moralische Unterstützung anzubieten oder ein wenig Trost zu suchen.

Ro lächelte. »Wir haben es geschafft.«

»Und das verdanken wir Ihnen«, sagte Captain Picard. Er lehnte sich in seinem Sessel an der taktischen Station zurück und atmete tief durch. »Es gibt nicht viele Leute, die von sich behaupten können, durch die Badlands geflogen zu sein.«

»Kaum jemand ist so dumm, es zu versuchen«, erwiderte Ro. Sie stand auf und streckte sich. Selbst als sie an Bord des Ferengi-Schiffes auf dem Stuhl gefesselt gewesen war, hatte sie sich nicht so steif gefühlt wie jetzt.

»Captain Ro, ich glaube, Sie haben eine Ruhepause verdient.« Picard bedeutete einem Crewmitglied, an der Navigationsstation Platz zu nehmen, und Ro erhob keine Einwände. Sie trat beiseite, ließ sich von einer blonden Frau vertreten.

»Der Kurs ist bereits programmiert«, sagte Ro. »Leiten Sie einfach den Transfer mit maximalem Warpfaktor ein.«

»Ja, Sir.«

Die Bajoranerin wandte sich an Picard. »Irgendwelche Anzeichen von feindlichen Schiffen?«

»Die Fernbereichsensoren erfassen einige Raumschiffe, aber keins von ihnen fliegt auf Abfangkurs. Ich glaube, hier brauchen wir nicht mehr mit Grenzpatrouillen zu rechnen.«

Ro ließ den Atem entweichen – sie befanden sich hinter den feindlichen Linien.

Picard blickte auf die Displays der taktischen Station. »Die Ortungsinstrumente registrieren etwas, bei dem es sich um das künstliche Wurmloch handeln könnte. Die Koordinaten entsprechen den Angaben unserer Freunde.«

»Ist eine visuelle Anzeige möglich?«

»Ja, allerdings keine sehr deutliche. Die Scanner der *Träne des Friedens* sind nicht besonders leistungsfähig.«

Auf dem Hauptschirm erschien ein großer, glühender Zylinder, der in der schwarzen Leere des Alls schwebte. Man hätte ihn für eine Raumsonde oder vielleicht einen speziellen Satelliten halten können, wenn nicht die vielen hellen Punkte gewesen wären, die ihn Glühwürmchen gleich umgaben. Ro wußte, daß es sich in Wirklichkeit um große Kriegsschiffe, Tanker und Truppentransporter handelte.

»Meine Güte«, murmelte der Einsatzoffizier. »Aus der Nähe sieht es sicher wie das achte Wunder des Universums aus.«

»Ich bin froh, daß wir das Ding nicht zerstören müssen«, sagte Ro.

Doch tief in ihr regten sich Zweifel. Konnte die vom künstlichen Wurmloch ausgehende Gefahr tatsächlich gebannt werden, indem sie zu einem Schwarzen Loch flogen und dort einen Tanker zerstörten? Bisher hatten sich die Informationen der Piraten als richtig erwiesen – vielleicht gab es tatsächlich einen schwachen Punkt in diesem Projekt des Dominion. Andererseits konnte sich Ro kaum vorstellen, daß das Dominion so viel Zeit und Mühe in etwas investiert hatte, das ohne eine ganz bestimmte Substanz völlig wertlos war. Wie dem auch sei: Jetzt konnte nicht mehr der geringste Zweifel daran bestehen, daß der Gegner tatsächlich dabei war, ein künstliches Wurmloch zu konstruieren.

»Sollen wir ein Holo-Bild für Will Riker anfertigen?« fragte Ro.

Picard lächelte. »Ich glaube, das ist nicht nötig. Er dürfte bereit sein, sich zu entschuldigen, wenn wir zurückkehren.«

»Ich weiß nicht, ob mir etwas an der Rückkehr liegt«, sagte Ro. »Ich bin nicht gerade versessen darauf, ins Gefängnis zu wandern.«

Picard preßte kurz die Lippen zusammen. »Ich werde alles versuchen, um Ihre Situation zu klären, das verspreche ich Ihnen. Vielleicht kann ich sogar dafür sorgen, daß Sie Ihren alten Posten bei Starfleet zurückbekommen.«

»Eins nach dem anderen. Lassen Sie uns zunächst einmal sicherstellen, daß es Starfleet auch in Zukunft geben wird.« Ro ging zur Tür der Brücke und blieb dort noch einmal stehen. »Wenn Sie darüber reden möchten … Ich spendiere Ihnen einen Drink.«

»Einverstanden. Hier scheint alles unter Kontrolle zu sein.« Picard verließ die taktische Station und bedeutete einem jungen Offizier, dort seinen Platz einzunehmen. Nach den Gefahren der Badlands war die Brückencrew wieder bestrebt, an ihre Konsolen zurückzukehren.

»Ich schlage vor, wie lassen das Obst und Gemüse im Frachtraum von jemandem überprüfen«, sagte Picard. »Die Crew sollte in den Genuß davon kommen, bevor es verdirbt.«

»Gute Idee«, antwortete Ro. »Henderson, Sie haben das Kommando. Schicken Sie jemanden in den Frachtraum. Wir sind in der Messe.«

»Ja, Sir.«

Ro folgte Picard nach draußen. Zufriedenheit erfüllte sie, als sie durch den Korridor schritten – sie hatte endlich das Vertrauen der Crew gewonnen. Captain Picard war von Anfang an bereit gewesen, ihr zu vertrauen, aber die anderen wußten erst jetzt, was sie zu leisten vermochte.

Picard blieb am Turbolift stehen und lächelte. »Haben Sie was dagegen, wenn ich Mr. LaForge bitte, uns Gesellschaft zu leisten? Er könnte ebenfalls eine Verschnaufpause gebrauchen.«

»Ja, natürlich«, sagte Ro. Eigentlich war sie viel zu müde für eine Konversation, und der gesellige Chefingenieur konnte die Lücken im Gespräch füllen. Etwas anderes kam hinzu: Sie wollte sich noch nicht zu einer Rückkehr zu Starfleet verpflichten – vorausgesetzt, daß sich ihr überhaupt eine solche Möglichkeit bot. Sie hätte die gute Gelegenheit nutzen sollen, um ein wenig zu schlafen, aber sie fühlte sich noch immer viel zu aufgedreht. Ein bequemer Sessel, ein Glas Orangensaft, einige Minuten, ohne auf irgendwelche Instrumentenanzeigen blicken zu müssen – das klang verlockend.

Picard klopfte auf seinen Insignienkommunikator. »Boothby an LaForge. Können Sie uns in der Messe Gesellschaft leisten?«

»Ja«, antwortete der Chefingenieur. »Ich lasse mich vertreten und bin gleich bei Ihnen. LaForge Ende.«

Picard und Ro verzichteten darauf, den Lift zu nehmen, gingen statt dessen eine Wendeltreppe hinunter und schritten dann erneut durch einen leeren Korridor.

»Ich habe es vorhin ernst gemeint«, sagte Picard.

»Ich bin sicher, daß es tatsächlich einen Platz in Starfleet für Sie gäbe.«

»Ich weiß, daß Sie es ernst gemeint haben«, erwiderte die Bajoranerin. »Und ich bin Ihnen sehr dankbar dafür. Aber wenn mein Volk in diesem Krieg neutral ist, sollte ich mir vielleicht ein Beispiel daran nehmen. Es wäre eine echte Abwechslung für mich – ich bin immer Partisanin gewesen.«

»Ja.« Picard lächelte. »Nun, wir stehen in Ihrer Schuld. Ohne Sie hätten wir von den Plänen des Dominion erst dann erfahren, wenn es zu spät gewesen wäre. Jetzt haben wir noch die Möglichkeit, die Fertigstellung des künstlichen Wurmlochs zu verhindern.«

»Hoffen wir's«, sagte Ro.

Sie betraten den nur matt erhellten Speiseraum, in dem beigefarbene Töne dominierten. Niemand hielt sich hier auf. Alle anderen Besatzungsmitglieder schliefen entweder oder waren im Dienst.

»Was haben Sie vor, wenn dies alles vorbei ist?« fragte Picard, nachdem sie an einem Tisch Platz genommen hatten. »Vorausgesetzt natürlich, es geht alles so zu Ende, wie wir es uns wünschen.«

»Vielleicht helfe ich den Flüchtlingen. Bestimmt gibt es Millionen von ihnen.« Sie hob die Hand, kam Picard zuvor und hoffte, nicht zu unfreundlich zu wirken. »Ich weiß, daß es entsprechende Positionen bei Starfleet gibt, aber es fällt mir schwer, so weit vorauszudenken. Wenn ich damit beginne, Pläne für ein normales Leben zu schmieden, geht immer irgend etwas schief.«

»Ich kenne das Gefühl«, erwiderte der Captain nachdenklich. »Man glaubt, dem Streß entkommen zu können, aber er holt einen immer wieder ein.«

LaForge schlenderte herein, noch immer in eine Aura von Verwegenheit gehüllt, die auf Ohrring, Nasenknorpel und Pilotenbrille zurückging. »Hallo, Captain Picard, Captain Ro«, sagte er munter und blieb am Replikator stehen. »Was darf ich Ihnen bringen?«

»Hallo, Geordi«, erwiderte Picard und gähnte. »Tee, Earl Grey, heiß.«

»Wie ich den Replikator kenne, müssen Sie sich wahrscheinlich mit bajoranischem Tee begnügen«, sagte Ro. »Ich nehme einen Fruchtsaft.«

LaForge gab die Bestellung mehrmals ein, und schließlich lieferte der widerspenstige Replikator das Gewünschte. Der Chefingenieur brachte die Getränke zum Tisch und holte sich dann ein Glas Milch.

»Ist von jetzt an alles ganz einfach?« fragte er und setzte sich zu ihnen.

»Rein theoretisch«, erwiderte Picard. »Wenn wir die Fertigstellung des künstlichen Wurmlochs verzögern, indem wir das Schiff mit dem Corzanium vernichten, und wenn wir anschließend Gelegenheit erhalten, zurückzukehren und Starfleet einen ausführlichen Bericht zu liefern ... Vielleicht entschließt sich die Flotte dann zu einem massiven Angriff. Mit einigen Ablenkungsmanövern sollte es möglich sein, eine ausreichend große Streitmacht bis zu den Badlands zu bringen. Wenigstens haben wir das Wurmloch gefunden, bevor es eingesetzt werden kann.«

»Ich würde mir einen so großen Verteron-Beschleuniger gern aus der Nähe ansehen«, sagte Geordi. »Es ist wirklich schade, daß wir ihn zerstören beziehungsweise dafür sorgen müssen, daß er nie funktioniert. Ein stabiles künstliches Wurmloch, das wir völlig unter Kontrolle hätten ... Es klingt nach einem Traum, der wahr wird.«

»In diesem Fall dürfte es wohl eher ein Alptraum sein.« Picard trank einen Schluck Tee

Der Insignienkommunikator der Bajoranerin zirpte, und sie öffnete einen Kom-Kanal. »Hier Ro.«

»Hier spricht Fähnrich Owlswing«, erklang die Stimme einer Frau. »Henderson hat mich und noch jemanden zum Frachtraum geschickt, um das Obst und Gemüse zu überprüfen. Aber die Tür scheint defekt zu sein. Sie bleibt verschlossen und reagiert nicht auf die Kontrollen.«

Ro stand müde auf. »Unterbrechen Sie die elektronische Verbindung zwischen Schloß und Computer. Anschließend läßt sich die Tür manuell öffnen.«

»Ich weiß, Sir«, sagte Owlswing. »Ich wollte nur Ihre Erlaubnis dafür einholen.«

Ro sank in den Sessel zurück und sah, wie Picard lächelte. »Ja, in Ordnung. Erlaubnis erteilt. Ro Ende.«

»Na bitte«, sagte Picard. »Es ist wirklich Ihr Schiff und Ihre Crew.«

»Die jungen Leute sind erstaunlich ruhig geblieben«, meinte Ro. »Hoffentlich gelingt es ihnen auch weiterhin, einen kühlen Kopf zu bewahren. Unsere Mission ist noch nicht beendet.«

Picard beugte sich vor und faltete die Hände. »Das stimmt. Wir müssen entscheiden, wie wir den Tanker mit unserer begrenzten Feuerkraft vernichten wollen.«

»Wenn sich das Schiff in der Nähe eines Schwarzen Lochs befindet, sollte es relativ einfach sein, einen Unfall zu inszenieren«, sagte Geordi. »Die Singularität erledigt dann den Rest. Vielleicht können wir dabei eine sichere Distanz wahren, ohne uns selbst in Gefahr zu bringen.«

Irgendwo im Schiff erklang ein erstickter Schrei. Picard drehte sich halb um, sah zur Tür und in den leeren Korridor. »Was war das?«

LaForge schüttelte den Kopf. »Vielleicht haben wir nur das Ächzen der Schweißnähte gehört. Nichts für ungut, Ro, aber dieses Schiff ist kaum mehr als ein fliegender Schrotthaufen.«

»Ich weiß«, erwiderte Ro. »Wir befinden uns an Bord der *Träne des Friedens*, weil kein anderes Schiff zur Verfügung stand.«

Von der Wendeltreppe her erklang das Geräusch eiliger Schritte, gefolgt von einem Schrei. Eine junge Frau verharrte in der Tür und riß entsetzt die Augen auf, als ein Energiestrahl sie im Rücken traf. Rotes Glühen breitete sich auf ihrer Brust aus, und sie sank zu Boden, den gebrochenen Blick nach oben gerichtet.

Picard sprang auf und eilte zur Tür. Ein weiterer junger Offizier lief durch den Korridor und wurde ebenfalls von einer Entladung getroffen, die auch über die Wand knisterte und Funken stieben ließ. Bevor der Captain den Verwundeten erreichen konnte, schloß sich vor ihm die Tür. Er wollte den Öffner betätigen, überlegte es sich dann aber anders. Sie hatten keine Waffe, und jetzt in den Korridor zu stürmen, wo der unbekannte Schütze auf sie schießen konnte, wäre sehr dumm gewesen.

Ro klopfte auf ihren Insignienkommunikator. »Captain an Brücke! Was ist los?«

»Es befinden sich Fremde an Bord!« tönte es aus dem kleinen Lautsprecher. »Sie erreichen die Brücke und ... Aaah!« Die Stimme verklang.

Ro sah Geordi an, der die Pilotenbrille abnahm und sie mit seinen hellen, künstlichen Augen anstarrte. Er aktivierte seinen eigenen Insignienkommunikator. »LaForge an Maschinenraum, antworten Sie. Maschinenraum, bitte kommen!«

Alles blieb still.

»Keine Antwort bedeutet nicht, daß die anderen tot sind«, sagte Ro. »Vielleicht ist das interne Kommunikationssystem ausgefallen.«

»Wenn die Fremden Brücke und Maschinenraum übernommen haben, so ist das ganze Schiff unter ihrer Kontrolle«, erwiderte Picard ernst.

Die *Träne des Friedens* war klein, was bedeutete: Entschlossene und gut bewaffnete Eindringlinge konnten innerhalb weniger Sekunden von vorne bis achtern jeden Widerstand brechen. Wer waren die Fremden? Und woher kamen sie? Ro wollte nicht in Erwägung ziehen, daß eventuell jemand aus der eigenen Crew zum Verräter geworden war, aber Picards Gesicht wies darauf hin, daß er an genau diese Möglichkeit dachte.

Nur einige Sekunden waren seit dem Beginn des Angriffs verstrichen, aber es herrschte bereits völlige Stille in dem Transporter. Während eines Notfalls war der Aufenthalt im Speiseraum besonders problematisch, denn hier gab es weder Waffen noch Computerterminals. Den einzigen Ausgang stellte die Tür dar, die sich eben vor Picard geschlossen hatte. Der Captain stand noch immer vor ihr, bereit dazu, sie zu öffnen. Oder vielleicht wollte er dafür sorgen, daß sie geschlossen blieb – falls der unbekannte Schütze hereinzukommen versuchte.

»Ich sehe mich dort draußen um«, sagte Picard.

»Wir begleiten Sie«, erwiderte LaForge.

»Nein. Sie beide bleiben hier. Wenn es zum Schlimmsten kommt, müssen Sie die Kontrolle über das Schiff zurückgewinnen.«

»Es ist *mein* Schiff, Sir.« Ro schob sich an Picard vorbei. »*Ich* sehe mich dort draußen um.«

Picard schien zunächst widersprechen zu wollen, doch dann seufzte er leise. »Ich gebe Ihnen einen Vorsprung von einigen Sekunden. Anschließend stelle ich fest, ob die Unbekannten den Waffenschrank im Quartiersbereich gefunden haben. Sie bleiben in Reserve, Geordi. Der Speiseraum gehört Ihnen – sehen Sie zu, ob Sie irgend etwas damit anstellen können.«

»Ja, Sir.«

»Hoffen wir, daß es nicht so schlimm ist, wie ich

befürchte«, murmelte die Bajoranerin und betätigte den Öffner.

Das Schott glitt mit einem leisen Zischen beiseite.

Die Bajoranerin trat in den Korridor und sah drei Tote. Direkt vor dem Zugang des Speiseraums lag die erschossene junge Frau, und einige Meter entfernt bemerkte Ro den Mann, der sich ebenfalls nicht mehr rührte. Ganz oben auf der Wendeltreppe sah sie die Leiche eines weiteren Besatzungsmitglieds. Wer auch immer die Fremden waren: Sie schossen, um zu töten.

Vorsichtig näherte sich Ro der Treppe – sie mußte zur Brücke, um herauszufinden, wer hinter dem Massaker steckte. Sie kam an einem Klumpen aus silbrigem Metall vorbei und betrachtete ihn kurz. Es handelte sich um die Reste eines bajoranischen Phasers – die Entladung einer anderen Waffe hatte ihn geschmolzen.

Ro zog die Schuhe aus und schlich in Strümpfen die Treppe hoch, in der Hoffnung, die Fremden im Kontrollraum zu überraschen. Der Bajoranerin lag nichts daran, in den Tod zu gehen, aber inzwischen waren der Tod und sie alte Freunde. Immer wieder kam er und berührte sie fast, um dann jemanden zu holen, der ihr nahestand, wie zum Beispiel Derek. Ro fürchtete den Tod nicht, aber der Umstand, daß er mit ihr spielte und überall im Krieg triumphierte, erfüllte sie mit heißem Zorn.

Am Ende der Wendeltreppe verharrte sie an der dritten Leiche, die von einem Energiestrahl fast in zwei Stücke geschnitten worden war. Sie bot einen so gräßlichen Anblick, daß sich Ro am liebsten abgewandt hätte und sich zwingen mußte, sie nach einer Waffe zu durchsuchen.

Sie fand keinen Phaser, richtete sich wieder auf und setzte den Weg zur Brücke fort, deren Tür geöffnet war. Leise Stimmen erklangen. Wandfächer waren geöffnet und durchsucht worden; Verbandszeug lag im Gang. Kurz darauf sah Ro, warum sich das Schott des Kontrollraums nicht wieder geschlossen hatte: Ein weiterer Toter lag dort – Henderson. Aus weit aufgerissenen Augen starrte er ins Nichts.

Ro atmete tief durch und bereitete sich innerlich auf etwas Gräßliches vor: Sie sah keine andere Wahl, als zu kapitulieren und das Schiff – ihr erstes Kommando – den Fremden zu übergeben. Angesichts der Erbarmungslosigkeit, mit der die unbekannten Angreifer bisher vorgegangen waren, mußte sie damit rechnen, ebenfalls erschossen zu werden. Doch zuerst galt es, den neuen Herren der *Träne des Friedens* gegenüberzutreten. Sie hatte das Schiff praktisch von einem Augenblick zum anderen verloren, während sie sich im Speiseraum entspannte und ihre Pflichten vernachlässigte – diese Erkenntnis schmerzte mehr als alles andere.

Captain Picard sprang aus der Hocke und eilte durch den Quartiersbereich, vorbei an Hängematten, die wie exotisches Moos von der Decke herabhingen. Es war dunkel, aber er wagte es nicht, das Licht einzuschalten, aus Furcht davor, entdeckt zu haben. Als er die letzte Reihe aus Hängematten erreichte, stolperte er über die Leiche eines jungen Fähnrichs. Die Kleidung der Frau wies darauf hin, daß man sie im Schlaf erschossen hatte.

Aufgrund des Krieges und eines gefährlichen Lebens war Picard an den Tod gewöhnt, aber bei einem so jungen Opfer ließ sich solch ein jähes Ende nur schwer akzeptieren – diese Frau hatte erst am Anfang ihres Lebens gestanden. Trotzdem wäre Picard bereit gewesen, sie selbst zu erschießen, um sie davor zu bewahren, Gefangene des Dominion zu werden. Er hatte getötet, und er würde auch weiterhin töten, wenn ihn die Umstände dazu zwangen.

Er versuchte, sich auf seine gegenwärtige Aufgabe zu konzentrieren. Wer wollte dieses kleine Schiff so dringend in seine Gewalt bringen, daß er bereit war, die ganze Crew umzubringen? Die Angreifer schienen sich an Bord auszukennen; sie wußten, wo es zuzuschlagen galt. Deshalb rechnete Picard kaum damit, Phaser zu finden, als er die Rückwand der Quartierssektion erreichte. Seine Erwartungen erfüllten sich: Der Waffenschrank war tatsächlich leer.

Ein leises Stöhnen ließ Picard herumfahren. In einer Ecke hockte jemand und streckte den Arm nach ihm aus. »Bitte helfen Sie mir«, brachte der Verletzte hervor.

Picard eilte sofort zu ihm und erkannte auf den ersten Blick, daß der Mann keine Chance hatte – er war viel zu schwer verwundet. »Ich bin bei Ihnen«, sagte er zu dem Sterbenden. »Sprechen Sie nicht. Sparen Sie Ihre Kraft.«

Der Mann griff mit einer zitternden Hand nach Picards Schulter. Schatten umhüllten sie beide. »Ohne jede ... Vorwarnung«, ächzte der Verletzte.

»Wer griff an?« fragte Picard und trachtete danach, den Mann in eine bequemere Position zu bringen.

»Romulaner!« schnaufte der Sterbende. Er erbebte am ganzen Leib – und erschlaffte dann.

»Ruhe in Frieden«, hauchte Picard und ließ den Toten zu Boden sinken. Dann stand er wieder auf, preßte entschlossen die Lippen zusammen und sah sich nach einem Gegenstand um, den er als Waffe verwenden konnte. Er entdeckte einen Werkzeugkasten, öffnete ihn und griff mit grimmiger Zufriedenheit nach einem Schraubenschlüssel.

Picard hatte keinen Plan, handelte einfach nur. Er dachte an andere Raumschiffe und andere Zeiten, als Eindringlinge die Kontrolle übernommen und ihn gezwungen hatten, zu einem Guerillakämpfer auf den eigenen Decks zu werden. Die Gegner waren immer so rücksichtslos gewesen, daß ihm keine Wahl blieb.

Er schloß die Hand fester um den Schraubenschlüssel und kehrte in die Richtung zurück, aus der er gekommen war. Zurück blieb ein Quartiersbereich, in dem nur noch Geister wohnten.

Ro blieb vor der Brückentür stehen. Sie hatte sich dem Zugang lautlos genähert, ohne entdeckt zu werden, und jetzt sah sie die Angreifer: Sie saßen an den Konsolen, schenkten den Leichen um sie herum keine Beachtung. Die Darstellungen des Hauptschirms wiesen darauf hin, daß sich die *Träne des Friedens* noch immer im Warptransfer befand, vermutlich mit Kurs auf das Auge von Talek.

Sie sah zwei der Fremden und hörte die Stimme eines dritten. Männer, die zivile Kleidung trugen, keine bajoranischen Uniformen. Also handelte es sich wenigstens nicht um eine Meuterei. Ganz offensichtlich kannten sie sich gut mit dem Schiff aus, was bedeutete, daß sie irgendwie mit den Piraten in Verbindung standen.

Vielleicht gehörten sie zu der Gruppe, die den Transporter besuchte, während Picard und ich an Bord des Ferengi-Schiffes betäubt waren, dachte die Bajoranerin.

Die Männer lachten immer wieder und beglückwünschten sich zu ihrem Erfolg.

In Ro veränderte sich etwas. Sie hatte tatsächlich kapitulieren und das Schiff den Fremden übergeben wollen, in der Hoffnung, damit nicht nur sich selbst zu retten, sondern auch Picard, Geordi und andere Besatzungsmitglieder, die überlebt haben mochten. Doch das Lachen der Männer schürte das Feuer des Zorns in ihr, und sie begriff plötzlich, daß eine Kapitulation nicht in Frage kam. Langsam wich sie von der Tür zurück.

235

Plötzlich drehte sich einer der Männer im Kontrollraum um und schritt in ihre Richtung. Seine Kleidung wirkte seltsam, doch das glatte schwarze Haar und die Aura aus Arroganz ließen nicht den geringsten Zweifel.

Romulaner!

Er bemerkte die Bajoranerin, schnitt eine finstere Miene und griff nach dem klingonischen Disruptor im Gürtelhalfter. Ro wirbelte herum, sprintete durch den Korridor und sprang über die Leiche an der Wendeltreppe hinweg. Sie hatte mehrere Stufen hinter sich gebracht, als ein fauchender Energiestrahl einen Teil des Geländers auflöste. Kleine Tropfen aus geschmolzenem Metall regneten auf die Fliehende herab.

12

Ro stürmte die Treppe hinunter und hörte hinter sich die Schreie des Verfolgers. Sie dachte nur an Flucht und rannte weiter, als sie das untere Deck erreichte. Nach einigen Schritten warf sie einen Blick zurück, und dadurch übersah sie die erste Leiche im Korridor, stolperte und fiel genau in dem Moment, als der Romulaner hinter ihr die Treppe hinter sich brachte.

»Brauchst du Hilfe?« ertönte eine Stimme von der Brücke.

»Nein, nein«, erwiderte der Romulaner, lächelte und richtete den Disruptor auf Ro. »Ich habe hier alles unter Kontrolle.«

Die Bajoranerin schnitt eine Grimasse und rechnete jeden Augenblick damit, von einem tödlichen Strahl getroffen zu werden. Doch es geschah etwas ganz anderes. Picard sprang hinter der Treppe hervor, schwang einen Schraubenschlüssel und traf den Romulaner damit am Hinterkopf. Der Mann stürzte wie ein gefällter Baum zu Boden, und sein Disruptor rutschte übers Deck Ro entgegen. Sie griff danach, zielte auf den oberen Bereich der Wendeltreppe und wartete darauf, daß sich dort jemand zeigte.

Picard durchsuchte den bewußtlosen Romulaner, fand jedoch keine Gegenstände, die ihm nützlich erschienen. Er winkte Ro zu, die sofort aufstand und zu ihm eilte. Der Captain deutete erst auf den Romulaner und dann auf den rückwärtigen Teil des Korridors. Er griff nach dem einen Arm des Bewußtlosen, die Bajoranerin nach dem anderen. Gemeinsam zogen sie ihn durch den Gang bis zur Messe.

Es erfüllte Ro erneut mit tiefem Kummer, die Leichen ihrer Gefährten zu sehen, aber sie hielt nicht inne, zerrte den Romulaner zusammen mit Picard zur Tür des Speiseraums. Das Schott blieb geschlossen, selbst dann, als der Captain den Öffner betätigte. Schließlich klopfte er an.

»Geordi, wir sind's!«

Daraufhin glitt die Tür auf, und sie zogen den Romulaner in die Messe. Ro blickte noch einmal durch den Korridor. Die anderen beiden Männer befanden sich nach wie vor auf der Brücke und glaubten, ihr Kumpan sei auf dem unteren Deck Herr der Lage.

LaForge schnappte nach Luft. »Sie haben einen Romulaner gefangengenommen?«

»Ja«, erwiderte Picard atemlos. »Offenbar ist es Ihnen gelungen, das Verriegelungssystem der Tür auf manuelle Kontrolle umzuschalten.«

»Allerdings nützt uns das nicht viel«, sagte LaForge. Vorsichtig schob er eine Gabel in ein offenes Wandfach und rejustierte die elektronischen Systeme der Tür. »Es ist kein sehr dickes Schott. Die Romulaner könnten sich innerhalb kurzer Zeit hindurchbrennen. Wie viele sind es?«

»Drei«, antwortete Ro. »Dieser hier und zwei weitere.«

»Es gehörten auch einige Romulaner zu der Gruppe, die an Bord kam und sich hier umsah«, erinnerte sich der Chefingenieur. »Ich schätze, sie fanden Gefallen an unserem Schiff.«

»Wir haben jetzt eine Waffe«, stellte Picard fest. »Und ein Gegner ist ausgeschaltet. Andererseits halte ich einen direkten Angriff auf die Brücke für nicht besonders ratsam.«

Der Gefangene stöhnte und begann sich zu bewegen. Ro sah auf den Disruptor hinab und verzog das Gesicht. »Es ist das einfache Modell, bei dem keine Möglichkeit besteht, die Waffe auf Betäubung zu justieren.«

»Zögern Sie nicht, ihn zu töten, wenn Sie das für erforderlich halten«, sagte Picard. »Mr. LaForge, können wir ihn irgendwie fesseln?«

Geordi griff ins Wandfach, riß mehrere Kabel heraus und reichte sie dem Captain. »Nehmen Sie das. Die Schaltkreise der Tür sind jetzt ohnehin lahmgelegt.«

Als sich der Romulaner erneut bewegte, hielt Ro den Disruptor schußbereit in der Hand und zielte auf die Brust des Gefangenen. LaForge und Picard fesselten ihm die Hände und nahmen sich die Beine vor, als der Romulaner zu sich kam und sie verblüfft anstarrte.

»Was?« Er keuchte. »Was ist ...«

»Seien Sie still«, sagte Picard. »Erschießen Sie ihn, wenn er noch einen Ton von sich gibt.«

»Mit Vergnügen«, erwiderte Ro.

Der Romulaner sah Picards strenge Miene, blickte dann zum Strahler in Ros Hand und schließlich in ihr grimmiges Gesicht. Es war gar nicht nötig, ihn mit weiteren Worten einzuschüchtern, denn Ros Züge wiesen ganz deutlich auf ihre Entschlossenheit hin, den Mann zu töten. Stumm und reglos blieb er liegen.

»Warum haben Sie so viele von uns getötet?« fragte Picard.

»Wir wollten Ihr Schiff«, erwiderte der Romulaner.

»Hätten Sie es uns einfach so überlassen?«

»Warum wollten Sie ausgerechnet *dieses* Schiff?«

»Ein anderes stand nicht zur Verfügung.« Der Romulaner drehte den Kopf ein wenig zur Seite und schnitt dabei eine schmerzerfüllte Grimasse. »Sie ahnen nicht, wie es ist, für Rolf und Shek zu arbeiten! Wir waren praktisch *Gefangene*, ohne den Luxus, den die beiden genossen. Und all die Dinge, die wir erledigen mußten ... Von *ihnen* lernten wir, wie man ein Schiff übernimmt.«

»Haben die beiden irgend etwas mit dieser Sache zu tun?« fragte Picard.

»Nein. Rolf würde uns foltern und töten, wenn er Bescheid wüßte und uns in die Finger bekäme. Wir planten schon seit einer ganzen Weile, ihn und Shek zu verlassen, doch dazu brauchten wir ein geeignetes Schiff. Als wir von diesem Transporter zurückkehrten, beschlossen wir, nicht länger zu warten. Wir sind Romulaner. Wir wurden als Herrscher geboren, nicht als Diener.«

»Wir werden dieses Schiff wieder unter unsere Kontrolle bringen«, sagte Picard.

»Es gibt keinen Grund, noch mehr Blut zu vergießen«, erwiderte der Romulaner und zerrte an den Fesseln. »Binden Sie mich los. Lassen Sie mich mit den anderen reden.«

Ro sah erst Picard und dann LaForge an. Ihre grimmigen Mienen deuteten darauf hin, daß der Romulaner nicht damit rechnen durfte, bald freigelassen zu werden.

»Auf die Beine«, sagte Picard.

»Sie wollen mich gehen lassen?« fragte der Gefangene erstaunt.

»Ja, und Sie marschieren geradewegs zur Brücke. Allerdings bleibe ich dabei dicht hinter ihnen, und die Mündung des Disruptors zeigt die ganze Zeit über auf Ihren Rücken.«

Der Romulaner versuchte, auf die Beine zu kommen, und LaForge schickte sich an, ihm zu helfen. Doch der Mann stieß ihn mit einer Schulter beiseite.

»Ich schaffe es allein!« knurrte er, schritt zur Tür und blickte starr geradeaus.

Irgend etwas stimmt nicht, dachte Ro. Alles erschien ihr verkehrt: die Entführung, der sinnlose Tod vieler junger Leute, Romulaner, die sich mit Piraten eingelassen hatten …

»Einen Augenblick«, sagte sie und näherte sich dem Gefangenen. Ihr Disruptor zeigte auf seinen Bauch. »Dort draußen findet ein Krieg statt. Was führt Sie unter solchen Umständen in den cardassianischen Raum?«

Die gleiche Frage hatte man ihr vor einem Tag gestellt, und auch die Antwort des Romulaners ließ zu wünschen übrig. »Wir waren jung und dumm«, sagte er ausweichend. »Auf der Suche nach Abenteuern.«

»Es sind romulanische Spione«, wandte sich Ro an Picard und LaForge. »Vielleicht kamen sie sogar aus dem gleichen Grund hierher wie wir.«

Captain und Chefingenieur wechselten einen Blick, während der Romulaner die Bajoranerin ansah. »Ich dachte, Sie sind bajoranische Händler.«

»Nein«, sagte Ro nach kurzem Zögern. »Sie haben mehr als zehn Starfleet-Offiziere umgebracht, die chirurgisch verändert wurden, damit sie wie Bajoraner aussehen. Ich frage Sie erneut: Was führt Sie hierher?«

Der Romulaner befeuchtete sich die Lippen und schien zum erstenmal in seinem Leben den Geschmack der Wahrheit zu kosten. »Wir sind neutral in diesem Krieg, aber wir versuchen natürlich, Informationen zu bekommen.«

LaForge runzelte die Stirn. »Deshalb haben Sie sich der Crew eines Ferengi-Schiffes angeschlossen, das zwischen beiden Seiten der Front hin und her wechselt. Nun, was konnten Sie in Erfahrung bringen?«

Der Romulaner lächelte süffisant. »Ich weiß, daß

241

Sie den Krieg verlieren. Aber das ist sicher nicht neu für Sie.«

»Hakron!« erklang eine Stimme von der Brücke.

Als der Romulaner den Eindruck erweckte, eine Antwort geben zu wollen, rammte ihm Ro den Disruptor zwischen die Rippen und bedachte ihn mit einem finsteren Blick. »Was sonst noch?«

»Lassen Sie uns eine Vereinbarung treffen«, flüsterte der Mann. »Geben Sie mir die Möglichkeit, mit den anderen zu reden. Vielleicht streben wir alle das gleiche Ziel an.«

»Sie wollten unser Schiff«, sagte Ro stur. »Warum? Was wissen Sie über das künstliche Wurmloch des Dominion?«

»Hakron!« rief die Stimme. Sie schien jetzt nicht mehr ganz so weit entfernt zu sein.

»Sie haben keine Chance«, sagte der Romulaner selbstgefällig.

Picard packte den Mann und zerrte ihn zur Tür. »Ich will kein einziges Wort von Ihnen hören, klar?« Er nickte LaForge zu, der zum geöffneten Wandfach ging und dort auf Anweisungen wartete. Der Captain streckte Ro die Hand entgegen, und sie gab ihm den Disruptor.

Picard hielt den Romulaner am Kragen und preßte ihm den Lauf des Strahlers an den Hals. »Wir gehen jetzt in den Korridor. Sagen Sie Ihren Leuten, daß sie nicht schießen sollen. Wenn Sie versuchen, mir zu entkommen, töte ich Sie. Verstanden?«

Der Romulaner nickte stumm.

Picard sah Ro an. »Sind Sie bereit, mir den Rücken freizuhalten?«

»Ja, Sir.«

Der Captain nickte LaForge zu, und einmal mehr wurde die Gabel in das Gewirr aus Schaltkreisen geschoben. Sofort glitt die Tür beiseite, und Picard stieß

Hakron in den Korridor. Ro spähte sofort um die Ecke und blickte in die andere Richtung. Ein leerer Gang erstreckte sich hinter Picard und dem Gefangenen.

Der Romulaner neigte sich abrupt zur Seite, trat mit dem einen Fuß zu und traf Picard am Knie. Der Captain verlor das Gleichgewicht, hielt den Romulaner aber auch weiterhin am Kragen fest und fiel mit ihm zusammen zu Boden.

»T'ar'Fe:«, fluchte der Gefangene.

Am Ende des Korridors kam ein anderer Romulaner aus dem Quartiersbereich und legte mit seiner Waffe an. Picard brachte den Gefesselten auf die Knie und duckte sich hinter ihn, als ein roter Strahlblitz durch den Korridor zuckte.

»Nein!« schrie Hakron. Die Entladung traf ihn mitten in der Brust und brannte sich in den Körper. Picard benutzte den erschlaffenden Gefangenen noch immer als Deckung und schoß mit seinem eigenen Disruptor. Der Strahl traf den Gegner und schnitt ihm den linken Arm ab. Seine Schreie hallten durchs ganze Schiff, als er durch die Tür des Quartiersbereichs taumelte und außer Sicht geriet.

Ro begriff plötzlich, daß sie ihre Pflicht vernachlässigte, indem sie Picard beobachtete. Rasch sah sie wieder zur Wendeltreppe und stellte fest, daß sich hinter der Leiche ganz oben etwas bewegte.

»Achtung!« rief sie.

Der Captain wirbelte um die eigene Achse und feuerte blindlings auf den oberen Bereich der Treppe. Der Disruptorstrahl schleuderte die Leiche von der Wendeltreppe, was den Romulaner zwang, sich zurückzuziehen – deutlich war das Geräusch seiner eiligen Schritte zu hören. Von beiden Seiten des Korridors drohte jetzt Gefahr. Allerdings fragte sich Picard, ob der Romulaner im Quartiersbereich überhaupt

243

noch kampffähig war. Er näherte sich der Tür, bedeutete Ro und LaForge, ihm zu folgen.

»Captain«, flüsterte der Chefingenieur, »wenn ich den Transporterraum erreichen könnte ... Von dort aus wäre es möglich, den Romulaner von der Brücke zu transferieren.«

Picard verharrte kurz und dachte darüber nach. »Der einzige Weg nach oben führt über die Wendeltreppe.«

»Vielleicht ist der Bursche im Kontrollraum gerade dabei, den Kurs zu ändern und in Richtung Romulanisches Reich zu fliegen«, fügte Ro hinzu. »Wir müssen die Brücke so schnell wie möglich unter Kontrolle bringen.«

Der Captain nickte. »Mal sehen, ob es eine zweite Waffe für uns gibt.« Vorsichtig schritt er durch den Korridor und hielt vor der Tür des Quartiersbereichs nach einem Strahler Ausschau. Doch er sah nur den abgetrennten Arm des Romulaners.

Die Notwendigkeit, immer wieder Gewalt anzuwenden, erfüllte Picard mit Abscheu. Er drehte sich zu den anderen um. »Na schön. Ich gebe Ihnen Feuerschutz, Mr. LaForge. Versuchen Sie, den Transporterraum zu erreichen.«

»Was haben Sie vor?« fragte Ro. »Wollen Sie den Romulaner ins All beamen?«

»Sehen Sie ein Problem darin?«

»Nicht unter den gegenwärtigen Umständen«, erwiderte Ro. Sie wußte, daß sich in Picard alles dagegen sträubte, einen Gegner zu töten, aber dieser Feind ließ ihnen keine Wahl. Wachsam näherten sie sich der Wendeltreppe, und die Bajoranerin sicherte nach hinten.

Plötzlich drang eine Stimme aus den Interkom-Lautsprechern. »An jene Personen, die Widerstand leisten – hören Sie auf damit! Wir kontrollieren das ganze Schiff. Ergeben Sie sich. Ihnen wird kein Leid geschehen.«

Picard blieb in Bewegung und war bereits halb die Treppe hoch, gefolgt von LaForge und Ro. Wenn der Romulaner das Kom-System benutzte, um zu ihnen zu sprechen ... Ro nahm an, daß er sich auf der Brücke befand, hinter einer geschlossenen Tür. Als sie das Ende der Treppe erreichten, sah sie ihre Vermutung bestätigt. Picard zielte mit dem Disruptor auf die Tür des Kontrollraums, während LaForge und Ro durch den Flur in Richtung Transporterraum liefen.

Dort angekommen behielt Ro die Tür im Auge, und Geordi eilte zur Konsole. Wenige Sekunden später traf auch Picard ein, während die Stimme auch weiterhin aus den Lautsprechern des internen Kom-Systems tönte.

»Legen Sie Ihre Waffen nieder und lassen Sie uns miteinander reden. Wir sind vernünftige Leute und viel besser ausgerüstet als Sie. Ich kontrolliere die Brücke. Sie *müssen* sich mir fügen!«

»Nicht unbedingt«, sagte LaForge und bediente geschickt die Transporterkontrollen. »Ich habe den Transferfokus auf die einzige Lebensform gerichtet, die sich auf der Brücke befindet. Ro, bitte messen Sie die Entfernung bis zur Wand hinter dem Transporter.«

Ro sprang auf die Plattform und zählte die Schritte bis zur Wand. »Es sind etwa fünf Meter«, sagte sie.

»In Ordnung.« LaForge seufzte. »Fragen wir ihn vorher, ob er bereit ist, sich zu ergeben?«

»Nein!« erwiderte Ro scharf. »Unsere Crew bekam nicht die geringste Chance.«

Picard hielt den Disruptor noch immer auf die Tür gerichtet und schüttelte den Kopf – er pflichtete der Bajoranerin bei. »Energie.«

LaForge betätigte einen altmodischen Schieberegler,

245

und ein leises, fast melodisches Zirpen erklang. Doch nichts erschien auf der Plattform.

»Das wär's«, sagte der Chefingenieur. »Was ist mit dem Romulaner im Quartiersbereich?«

»Nein«, sagte Picard. »Vermutlich hat er einen Schock erlitten. Wir sollten mit ihm fertig werden können. Nun, mit ziemlicher Sicherheit befinden sich unsere Phaser auf der Brücke. Ich schlage vor, wir holen sie uns.«

Erneut gingen sie durch den Korridor, angeführt von Picard, der den Disruptor schußbereit in der Hand hielt. Die kleine Brücke der *Träne des Friedens* bot einen schrecklichen Anblick. Überall lagen Leichen, und vor dem Hauptschirm bildeten Waffen einen beeindruckend großen Haufen. Ro und LaForge rüsteten sich mit Phasern aus. Anschließend warf Ro einen Blick auf die Navigationsdisplays.

»Wir sind noch immer zum Schwarzen Loch unterwegs«, meldete sie. »Und wir fliegen nach wie vor mit Warp drei.«

»Ich möchte den letzten Romulaner verhören«, sagte Picard. »Wenn er noch lebt.«

Einmal mehr brachten sie die Wendeltreppe hinter sich und gingen an den Leichen vorbei. Als sie die Quartierssektion erreichten, winkte Picard seine beiden Begleiter beiseite, bevor er den Öffner betätigte. Die Tür glitt beiseite, und der Captain preßte sich daneben an die Wand – er rechnete mit Disruptorstrahlen. Aber es fauchten keine Entladungen; alles blieb still. Nach einigen Sekunden beugte sich Picard vor, streckte den Arm durch den offenen Zugang und tastete nach dem Lichtschalter. Es klickte leise, und helles Licht vertrieb die Dunkelheit aus dem Quartiersbereich.

Wieder preßte sich der Captain an die Wand, so wie Ro und LaForge auf der anderen Seite des Gangs.

Und wieder geschah nichts. Picard griff nach einem in der Nähe liegenden Stück Metall und warf es in den Raum. Mit einem lauten Klacken fiel es dort auf den Boden.

»Hmm?« ertönte eine überraschte Stimme – es klang nach jemandem, der ganz plötzlich aus dem Schlaf gerissen worden war. Mehrere Disruptor-Entladungen gleißten durch die Tür und knisterten über eine Wand des Korridors.

»Hören Sie auf zu schießen!« rief Picard und wich noch etwas weiter vom Zugang zurück. »Die anderen beiden Romulaner sind tot, und wir haben das Schiff wieder unter Kontrolle. Wenn Sie Ihre Waffe durch die Tür werfen, kommen wir herein und gewähren Ihnen medizinische Hilfe.«

Einige Sekunden lang herrschte Stille, nur unterbrochen vom leisen Zischen ihres Atems. Dann erklang ein kratzendes Geräusch, als ein Disruptor übers Deck und durch die Tür rutschte. Ro hob ihn sofort auf.

»Mr. LaForge, bitte holen Sie eine Medo-Tasche«, sagte der Captain. »Gehen wir.«

Er hielt seine Waffe auch weiterhin schußbereit, als er die Quartierssektion mit den Hängematten betrat. Ro versuchte, den Anblick von weiteren jungen Leuten zu ignorieren, die kaltblütig erschossen worden waren. Statt dessen hielt sie nach dem Romulaner Ausschau.

»Hier!« rief Picard.

Sie trat zum Captain, als dieser neben einem zitternden Humanoiden mit verbranntem Armstumpf in die Hocke ging. Schweiß und Schmutz zeigten sich in dem einst stolzen Gesicht, und der Mann blinzelte entsetzt.

»LaForge!« rief Ro.

»Bin unterwegs!« Der Chefingenieur erreichte sie

wenige Sekunden später, öffnete einen weißen Behälter und holte einen Injektor daraus hervor.

Nachdem der Romulaner ein schmerzstillendes Mittel bekommen hatte, beruhigte er sich und zitterte nicht mehr. Ro vermutete, daß ihnen nur einige Sekunden blieben, um Fragen zu stellen. Anschließend würde der Verletzte das Bewußtsein verlieren, wahrscheinlich für immer.

Sie beugte sich so weit zu ihm vor, daß nur noch wenige Zentimeter ihre Gesichter voneinander trennten. »Das Dominion konstruiert ein künstliches Wurmloch. Was wissen Sie darüber?«

»Müssen sehen, ob es funktioniert ...«, erwiderte der Romulaner benommen.

»Warum?« Die Gedanken des Mannes zerfaserten, und Ro schüttelte ihn. »Warum?«

»Wenn es funktioniert ...«, brachte der Mann hervor. »Dann verbünden wir uns mit dem Dominion.«

Er verlor das Bewußtsein, atmete aber auch weiterhin. Ro richtete einen ernsten Blick auf Picard und La-Forge. Erklärende Worte erübrigten sich. Sie alle wußten, welche Konsequenzen sich für die Föderation ergaben, wenn das Romulanische Reich zum Verbündeten des Dominion wurde – dann hatte der interstellare Völkerbund nicht mehr die geringste Chance.

»Es wird nicht funktionieren«, sagte Picard. »Dem Dominion wird es nicht gelingen, das künstliche Wurmloch fertigzustellen.« Er sank auf die Fersen zurück. Der Kampf ums nackte Überleben war gewonnen, aber Ro dachte voller Grauen daran, daß der Tod vielleicht noch mehr Opfer verlangte, bis ihre Mission zu Ende ging, so oder so.

Sam Lavelles Finger tasteten nervös hin und her, als er an den Navigationskontrollen der *Tag Garwal* saß und darauf wartete, daß die Crew ihre Vorbereitun-

gen abschloß. Im Frachtraum befand sich eine Schürfsonde, die bald über dem Schwarzen Loch hängen
würde. Sam wußte nicht, warum eine derartige Nervosität in ihm prickelte, denn rein theoretisch hatte er
die leichteste Aufgabe: Seine Pflicht bestand allein
darin, die Position des Tankers zu halten. Aber natürlich war er nicht nur Pilot, sondern auch Captain, was
bedeutete, daß er in einem Notfall einspringen
mußte. Gleichzeitig ging es darum, nach Fluchtmög-
lichkeiten Ausschau zu halten.

Er sah zum Hauptschirm und erkannte den Grund
für seine Nervosität: das Auge von Talek. Zwar handelte es sich um ein recht kleines Schwarzes Loch,
aber mit seiner absoluten Finsternis wirkte es wie
eine Wunde im All. Zwar hatte Grof behauptet, daß
es Materie verlor, doch der Strom aus Gas und Staub
schien nur in einer Richtung zu erfolgen.

»Wunderschön, nicht wahr?« fragte Grof und nahm
an der Funktionsstation Platz.

»Ich finde es noch immer unheimlich«, erwiderte
Sam. »Vielleicht deshalb, weil ich dem Schwarzen
Loch nicht traue.«

»Als die Cardassianer es entdeckten, hatten sie nur
Teleskope und noch keine Raumfahrt«, meinte Grof.
»Sie wußten nicht, was es war. Bei ihnen gab es eine
Legende über ein großes Ungeheuer mit einem Auge,
das alles tötete, was es sah. Jenes Monstrum hieß
Talek.«

»Jetzt fühle ich mich viel besser«, murmelte Sam.
»Ich nehme an, Sie übernehmen die Sache mit den
Tachyonen, nicht wahr?«

»Ja. Und ich überwache alles. Zum Beispiel möchte
ich *Sie* beobachten und feststellen, wie Sie Ihre Arbeit
erledigen.«

»Kann ich mir denken«, entgegnete Sam spöttisch.

»Nein, ich meine es im positiven Sinne. Unsere

Crew ist klein, und wenn wir füreinander einspringen können, kommen wir besser zurecht.«

»Erfüllen Sie Ihre Aufgabe«, sagte Sam. »Den Rest können Sie getrost den anderen überlassen.« Er hätte es vorgezogen, daß ihm Taurik auf der Brücke Gesellschaft leistete, doch der Vulkanier wurde bei der Schürfsonde gebraucht – nur er war kräftig genug, um sie zu bewegen. Anschließend sollte er im Transporterraum und bei der Restrukturierungskammer helfen.

Das Geräusch von Schritten ließ Sam zusammenzucken. Die Traktorstrahlspezialistin Tamla Horik kam in den Kontrollraum. Sie wirkte entspannt, schien sich einfach darüber zu freuen, frei zu sein. *Und ich?* dachte Sam. *Dies ist mein erstes eigenes Kommando, und es erfüllt mich nicht mit Zufriedenheit.*

Die Deltanerin nahm an der taktischen Station Platz. »Die anderen sind soweit«, meldete sie. »Es kann losgehen.«

»Danke«, erwiderte Grof unwirsch. Er aktivierte das interne Kom-System. »An die Besatzung der *Tag Garwal*, wir sind bereit für unsere historische Mission. Schleusen Sie die Schürfsonde aus.«

Sam schüttelte den Kopf, als er die schwülstige Ausdrucksweise des Trill hörte. Er sprach so, als sei er der Leiter des Einsatzes, obwohl in Wirklichkeit die Jem'Hadar alles kontrollierten. Das Angriffsschiff blieb auch weiterhin präsent, und sein destruktives Potential genügte völlig, um sie von einem Augenblick zum anderen zu vernichten.

Sam wußte, daß er jetzt nicht an die Jem'Hadar denken durfte und sich auf seine Arbeit konzentrieren mußte. Er schaltete den Hauptschirm um, und daraufhin erschien die Schürfsonde im Projektionsfeld. Mit den Greifarmen, Sensoren und Reflektorscheiben wirkte die Sonde alles andere als elegant.

Wie hilflos trieb sie dem lichtlosen Schlund des Schwarzen Lochs entgegen.

Sam stellte sich vor, welchen Belastungen die cardassianischen Geräte ausgesetzt waren, und er schauderte innerlich. Grof, Taurik und die anderen hatten alles mehrmals überprüft und ihm versichert, es gäbe keine Probleme. Trotzdem blieb ein Rest von Unsicherheit.

»Traktorstrahl«, sagte Grof.

»Traktorstrahl aktiviert«, bestätigte die Deltanerin an der taktischen Konsole.

Unsichtbare Energie umhüllte die Sonde, zeigte sich nur auf den Displays der Ortungsinstrumente. Der Schürfapparat verfügte nun über eine Verbindung zum Schiff, die ihn – theoretisch – davor bewahren sollte, ins Schwarze Loch zu stürzen.

»Entfernung bis zum Ereignishorizont dreihundert Kilometer«, meldete Horik. »Traktorstrahl stabil.«

»Die Sonde darf den Ereignishorizont nicht überqueren«, warnte Grof.

»Was würde dann passieren?« fragte Sam.

»Ohne eine Unterbrechung des Traktorstrahls wären wir vielleicht imstande, die Schürfsonde zurückzuholen«, antwortete der Trill. »Aber das ist ein ziemlich großes Vielleicht. Und ich weiß nicht, in welchem Zustand sie sich befände. Ich halte es für wahrscheinlicher, daß wir in einem solchen Fall nur noch zwei Sonden übrig hätten.«

»Zweihundert Kilometer«, sagte die Deltanerin. »Ich verringere die Geschwindigkeit.«

»Es sieht alles gut aus«, meinte Grof und blickte auf die Instrumentenanzeigen.

Sam überprüfte die eigenen Displays, um sich zu vergewissern, daß die *Tag Garwal* in ihrem Orbit blieb, der die leichte Rotation des Schwarzen Lochs berücksichtigte. Es erschien seltsam, nichts zu umkreisen, doch dieses Nichts zeichnete sich durch eine enorm hohe Schwerkraft aus.

»Hundert Kilometer«, berichtete Horik. »Manövrierdüsen abgeschaltet. Die Sonde setzt den Flug fort, bis zu ihrer Position einen Kilometer vor dem Ereignishorizont.«

»Wir können uns doch auf die Berechnungen verlassen, oder?« fragte Grof und klang zum erstenmal nervös.

»Ja«, erwiderte die Deltanerin. »Es sei denn, bei dem Schwarzen Loch gelten andere als die uns bekannten physikalische Gesetzen. So etwas läßt sich bei einer Singularität nie ganz ausschließen.«

Neuerliches Unbehagen regte sich in Sam, als er beobachtete, wie Grof auf der Unterlippe kaute. Nach einigen Sekunden blickte er wieder zum Hauptschirm. Eine schier unvorstellbare Gravitation zerrte nun an der kleinen Sonde und wurde vom modifizierten Traktorstrahl ausgeglichen. Sam schaltete auf eine höhere Vergrößerungsstufe, um die Schürfsonde besser zu erkennen – vielleicht sah er sie jetzt zum letztenmal.

»Distanz von einem Kilometer erreicht«, sagte die Deltanerin ruhig und betätigte einige Schaltelemente. »Relativgeschwindigkeit null.«

Sie starrten zum Hauptschirm, und jeder von ihnen rechnete fast damit, daß die Schürfsonde wieder in Bewegung geriet und für immer in der Schwärze verschwand. Doch sie schwebte auch weiterhin dicht vor dem Ereignishorizont.

Grof seufzte laut und rieb sich dann die Hände – jetzt kam er an die Reihe. Doch zuerst wandte sich der Trill erneut an die Crew. »Achtung, Besatzung der *Tag Garwal*: Die Schürfsonde hat ihren Einsatzort erreicht. Ich bombardiere das Schwarze Loch jetzt mit Tachyonen. Bereitschaft für Traktorstrahl, Fernsteuerung der Sonde und Transporterraum.«

Sam hoffte, daß sie mit der Schürfprozedur bald vertraut genug waren, um auf Grofs Melodramatik verzichten zu können. Doch derzeit war er froh, daß jemand auf die einzelnen Schritte hinwies. Der Hauptschirm zeigte, wie ein endloser Tachyonenstrom vom Schiff ausging und in der Singularität verschwand. Sam wußte, daß jetzt die kritische Phase begonnen hatte: Die Tachyonen bewirkten Quantensprünge im Schwarzen Loch, und dadurch wurden Corzaniumpartikel emittiert. Der Traktorstrahl sollte sie einfangen und zur Sonde leiten.

»Traktorstrahl ausdehnen«, sagte Grof.

»Traktorstrahl wird ausgedehnt«, bestätigte die Deltanerin.

»Mit der Aufnahme des Corzaniums beginnen.«

Leni Shonsuis Stimme erklang aus dem Kom-Lautsprecher. »Partikelstrom wird umgeleitet.«

Angespannte Stille folgte, während sie die Instrumentenanzeigen im Auge behielten. Sam stellte fest, daß eine unbestimmte Kraft Einfluß auf die Umlaufbahn des Tankers nahm und sie geringfügig veränderte. Er kompensierte, ohne darauf hinzuweisen. Später gab es immer noch Zeit genug, die Flugdaten für den zweiten Schürfvorgang zu korrigieren. Derzeit kam es darauf an, diesen ersten Einsatz erfolgreich abzuschließen.

»Sonde gefüllt!« verkündete Shonsui. »Wir können sie zurückholen.«

Alle seufzten erleichtert, obwohl die Gefahr noch nicht ganz überstanden war. Die Deaktivierung des Traktorstrahls mußte genau mit dem Transfer abgestimmt werden.

Grof hob die Hand. »Transporterstrahl auf mein Zeichen hin ausrichten. Drei, zwei, eins – jetzt!«

Die Deltanerin betätigte Schaltflächen, und anschließend warteten sie auf die Bestätigung.

»Hier Masserelli«, ertönte es von unten. »Wir haben die Sonde an Bord. Sie befindet sich im Stasisfeld.«

»Na endlich.« Grof lehnte sich zurück und richtete einen entschuldigenden Blick auf Sam. »Ich muß unbedingt nach unten und mir die Sonde ansehen.«

»Gehen Sie nur. Ich kann Sie gut verstehen – auch ich würde gern einen direkten Eindruck gewinnen.« Die *Tag Garwal* war jetzt sogar in noch größerer Gefahr als vorher – immerhin befand sich eine extrem flüchtige Substanz an Bord.

»Gehen Sie beide«, ließ sich Horik von der taktischen Station vernehmen. »Ich kümmere mich hier um alles.«

Sam folgte Grof die Leiter hinunter zum unteren Deck, eilte dann zusammen mit dem Trill zum Transporterraum. In der Tür blieben sie stehen, als sie das glühende Stasisfeld über der Transferplattform sahen. Woil, Shonsui und Masserelli trugen Schutzkleidung, die sie von Kopf bis Fuß bedeckte. Sam und Grof wichen zurück.

Jozarnay Woil griff nach einem der Schläuche, die wie Tentakel von der Decke herabreichten, und überprüfte ihn kurz. Dann ging er in aller Seelenruhe zum Stasisfeld, schob den Schlauch hinein und verband ihn mit der Schürfsonde – angesichts seiner Gelassenheit hätte man meinen können, daß er solche Arbeiten täglich erledigte. Anschließend trat Woil wieder zurück und winkte Enrique Masserelli zu, der Stasisfeld und Sonde mit einer Fernbedienung kontrollierte. Shonsui stand an der Transporterkonsole und behielt die Anzeigen im Auge. Ganz deutlich war zu sehen, wie sich im Schlauch etwas bewegte – das gewonnene Corzanium wurde in die Restrukturierungskammer weitergeleitet.

Grof stieß Sam mit dem Ellenbogen an. »Kommen Sie.«

Der Mensch folgte dem Trill zum Heck des Tankers, und dort führte eine große Doppeltür in den zwei Decks hohen Frachtraum, der zweifellos das beeindruckendste Merkmal des Antimaterie-Tankers *Tag Garwal* darstellte. Antimaterie war eine besonders gefährliche Fracht und mußte mit speziellen Kraftfeldern vor einem fatalen Kontakt mit »normaler« Materie geschützt werden. Besondere Leitungs- und Transfersysteme zeigten sich an der Decke und den Wänden.

Mehrere große Behälter standen im Frachtraum und wirkten wie gewaltige Trommeln. Die Kraftfelder darin dienten jetzt nicht mehr zur Abschirmung, sondern wurden für die Restrukturierung einer Materie eingesetzt, die bis vor wenigen Minuten in einem anderen Raum-Zeit-Kontinuum existiert hatte. Zwar hatte Sam sein Unbehagen noch immer nicht ganz überwunden, aber er empfand es auch als aufregend sich vorzustellen, daß die Tonnen mit Materie aus einem Schwarzen Loch gefüllt wurden.

Sie hörten Schritte, drehten sich um und sahen Enrique, der sich ihnen mit einem Tricorder in der Hand näherte. Er lächelte. »Na, wonach sieht's aus?«

»Nach Corzanium!« entfuhr es Grof. »Wo befindet es sich?«

Enrique schob sich in seinem dicken Schutzanzug an ihnen vorbei, trat zum ersten Container und nahm eine Sondierung mit dem Tricorder vor. »Hier drin. Alles läuft wie geplant.«

Plötzlich krachte es laut hinter ihnen – das Geräusch kam aus dem Transporterraum. Trotz seiner Masse wirbelte Grof wie ein Tänzer um die eigene Achse und stürmte durch den Korridor. Sam und Enrique liefen ebenfalls los.

Wenige Sekunden später erreichten sie den Transporterraum und rissen entsetzt die Augen auf, als sie

255

die Schürfsonde sahen. Sie lag auf der Transferplattform, die meisten ihrer Greifarme zerbrochen. Auf den ersten Blick war zu erkennen, daß sie nicht repariert werden konnte.

»Was ist passiert?« donnerte Grof außer sich.

Shonsui sah Woil an, und der Antosianer zuckte mit den Schultern. »Als ich das Stasisfeld deaktivierte ... Nun, ich weiß nicht recht, was dann geschah.«

»Die Deaktivierung des Stasisfelds hat nichts damit zu tun«, sagte Chief Shonsui an den Transporterkontrollen. »Ich übernehme die volle Verantwortung. Nach der Weiterleitung des Corzaniums habe ich es versäumt, eine Rejustierung vorzunehmen und dabei das veränderte Gewicht der Sonde zu berücksichtigen – bei einem Föderationstransporter wäre so etwas überhaupt nicht nötig. Ich meine, wer rechnet schon damit, daß die leere Schürfsonde *mehr* wiegt?«

»Idiotin!« ereiferte sich Grof und stapfte wie ein kleiner Junge umher, der seinen Nachtisch nicht bekommen hatte. »Bis jetzt lief alles *perfekt*!«

Sam wußte, daß er besser schweigen sollte, aber die Versuchung war einfach zu groß. »Von Perfektion kann keine Rede sein. Ich mußte die Manövrierdüsen zünden, um unsere Position zu halten, und nach den Berechnungen hätte so etwas nicht nötig sein sollen.«

Der Trill starrte ihn groß an. »Und Sie haben kein Wort davon gesagt? Trottel! Ich bin von *Trotteln* umgeben!« Mit langen Schritten verließ Grof den Transporterraum, und seine wütende Stimme hallte im Korridor wider.

Sam sah die anderen Besatzungsmitglieder an und schüttelte den Kopf. »Ich bin sehr stolz darauf, daß Sie so gute Arbeit geleistet haben. Es ist uns gelungen, an nur einem Tag mehr Corzanium zu gewinnen als sonst jemand in zwei Quadranten, noch dazu mit cardassianischer Ausrüstung und einem Angriffs-schiff der Jem'Hadar im Nacken. Zum Teufel mit dem Trill!«

»Ja«, sagte Enrique. »Das eine oder andere hätte besser laufen können, aber beim erstenmal ist so etwas zu erwarten.«

Trotzdem: Ein Blick zur beschädigten Schürfsonde genügte für die Erkenntnis, daß ihnen ein schwerer Fehler unterlaufen war – ein Fehler, der sie unter anderen Umständen vielleicht das Leben gekostet hätte.

Taurik erschien in der Tür und wölbte beide Brauen, als er das Durcheinander auf der Transfer-plattform sah. »Ich bereite eine andere Sonde vor.«

Der Vulkanier eilte fort, und Sam lehnte sich an die Wand. Das Unbehagen in ihm verdichtete sich wie-der, wenn er daran dachte, daß sie den ganzen Vor-gang zahlreiche Male wiederholen mußten, um eine genügend große Menge Corzanium zu gewinnen. Er sah sich um, und die Mienen der anderen vermit-telten eine deutliche Botschaft: Sie alle wußten, daß sie nach wie vor Sklaven waren, obgleich ihnen ein Raumschiff zur Verfügung stand. Der Tanker kam einem fliegenden Gefängnis gleich, und ein Irrer war ihr Wärter.

»Bringen Sie eine andere Sonde zum Schwarzen Loch«, sagte Sam. »Und keine Sorge: Irgendwie ent-kommen wir.«

13

Ro Laren, Geordi LaForge und Jean-Luc Picard standen im Transporterraum der *Träne des Friedens*, und der Chefingenieur bediente die Kontrollen. Normalerweise wirkte der Raum ungefährlich und einladend, aber diesmal herrschte eine düstere Atmosphäre, hervorgerufen von vier Leichen, die wie ein Stapel Feuerholz auf der Plattform lagen. Picard versuchte, nicht an die drei anderen Leichenhaufen zu denken, die während der vergangenen Stunde ebenfalls dort gelegen hatten. Alles in ihm drängte danach, sich die Hände zu waschen, aber er war noch nicht fertig.

Zu diesem Haufen gehörten auch zwei Romulaner. Der Captain wußte nicht, ob sie mit einer solchen Bestattung einverstanden gewesen wären, aber das spielte auch keine Rolle. Er holte tief Luft und nahm erneut eine besonders unangenehme Pflicht wahr.

»Wir übergeben die sterblichen Überreste unserer Kameraden – und auch die Leichen unserer Feinde – der Leere des Alls, dem sie ihr Leben gewidmet haben. Ich bedauere sehr, daß sie in erster Linie die sinnlosen Zerstörungen des Krieges kennengelernt haben und nicht die wundervollen, aufregenden Aspekte der wissenschaftlichen Erforschung des Weltraums. Doch ganz gleich, wie fortgeschritten die Völker der Galaxis auch sind: Wir leiden noch immer an Machtgier und Arroganz.«

Picard seufzte und suchte vergeblich nach Worten,

die erklärten, was mit diesen jungen Leuten geschehen war und warum so viele andere junge Leute in dem schrecklichen Krieg ihr Leben lassen mußten. Er wußte, warum und wofür sie kämpften, aber derzeit stand ihm nicht der Sinn danach, den Tod zu rechtfertigen.

»Möge sich ihr Glauben ans Leben im Jenseits erfüllen«, beendete der Captain die kurze Ansprache.

Er nickte LaForge zu, der die Transporterkontrollen betätigte. Transferenergie schimmerte und umhüllte den Haufen wie mit einer Flamme. Die Leichen verschwanden.

Picard schritt zur Tür. »Ich wünschte, wir hätten Zeit genug, um nachzudenken und zu trauern, aber das ist leider nicht der Fall. Wir sind jetzt nur noch zu dritt, was bedeutet, daß wir unsere Kräfte gut einteilen müssen. Einer von uns schläft, während die beiden anderen arbeiten – einer im Maschinenraum und der andere auf der Brücke.«

Als sie dem Captain durch den Korridor folgten, fragte Ro: »Was ist mit dem einarmigen Romulaner?«

Picard blieb stehen und überlegte. Erstaunlicherweise war der Gefangene noch nicht gestorben. Niemand von ihnen konnte es mit dem medizinischen Geschick von Beverly Crusher aufnehmen, aber offenbar hatten sie bei der Behandlung ausgezeichnete Arbeit geleistet. Als hilfreich erwies sich auch die gute Konstitution des Romulaners. Wenn er sich weiterhin erholte, wurde er bald zu einem Problem.

»Sperren Sie ihn im Quartier des Captains ein«, sagte Picard. »Wer im Maschinenraum tätig ist, sollte gelegentlich bei ihm vorbeischauen und dafür sorgen, daß er keine Dummheiten macht.«

»Ich melde mich freiwillig …«, begann Ro.

»Nein.« Picard lächelte. »Sie haben uns durch die Badlands gebracht und sind sicher sehr müde. Ich übernehme die Brücke, und LaForge kümmert sich um den Maschinenraum. Was Sie betrifft, Ro – Sie legen sich schlafen. Das ist ein Befehl.«

»Aye, Captain«, erwiderte die Bajoranerin und seufzte leise. »Glauben Sie, wir schaffen es allein?«

»Wir müssen«, sagte Picard, und Entschlossenheit erklang in seiner Stimme. »Es gibt niemanden außer uns.«

Sie brachten drei weitere Ladungen Corzanium an Bord, ohne daß es zu einem Zwischenfall kam, und dieser Umstand besänftigte Grof. Der Trill saß in der Messe und vergnügte sich dort mit seinem neuesten Spielzeug, einem faustgroßen Brocken Corzanium, während Sam eine Tasse Kaffee trank. Widerstrebend hatte sich Grof bereit erklärt, der Crew eine Pause von zwei Stunden zu gönnen. Sie alle brauchten Gelegenheit, sich ein wenig zu entspannen.

Grof hob den goldgelb glänzenden Brocken und ließ ihn los – er schwebte in der Luft. »Eine bemerkenswerte Substanz«, kommentierte er. »Wenn wir genug davon hätten, könnten wir Shuttles bauen, die nur ein geringes Bewegungsmoment benötigen, um einen Planeten zu verlassen. Es wäre möglich, Sonden ins Innere großer Sterne zu schicken – sie kämen auf der anderen Seite wieder heraus. Und noch besser: Mit gravitationsresistenten Sonden wäre es ein Kinderspiel, Corzanium zu gewinnen.«

Er betrachtete das goldene Objekt. »Ich frage mich, ob es einmal möglich sein wird, diese Substanz zu replizieren.«

Sam gähnte. »Hören Sie jemals damit auf vorauszudenken, Grof?«

»Nein, nie. Der Fortschritt bedeutet mir alles. Der Rest des Universums mag sich mit dem Status quo zufriedengeben, aber ich nicht. Die meisten unserer größten Leistungen sind nur Anfänge, halbe Maßnahmen, bis es uns eines Tages gelingt, den Durchbruch zu erzielen. Irgendwann werde ich berühmt sein, Sam. Dann können Sie vor Ihren Enkeln damit prahlen, mich gekannt zu haben.«

»Das dürfte nur dann möglich sein, wenn wir von hier entkommen«, erwiderte Sam und bedachte den Trill mit einem bedeutungsvollen Blick.

Grof sah ihn an. »Was erwarten Sie von mir? Irgendeine sinnlose patriotische Tat, die den Moloch namens Dominion nicht einmal für eine Sekunde aufhält? Glauben Sie, ich hätte Ihre geflüsterten Gespräche nicht gehört? Ich weiß, daß Sie schon seit Tagen über Flucht reden, und genau das ist es meiner Meinung nach: Gerede. Sie kommen der Freiheit näher, indem Sie einfach nur Ihre Aufgabe erfüllen, anstatt etwas Dummes anzustellen. Wenn es wirklich einen so großen Unterschied zwischen uns gibt, so zeigen Sie ihn mir bitte.«

»Sie halten also alles für leeres Gerede, wie?« fragte Sam und befürchtete plötzlich, daß der Trill recht haben konnte.

»Lassen Sie es mich so ausdrücken: Ich bin jemand, der nach Alternativen Ausschau hält, und bisher haben Sie mir keine angeboten.«

Der Trill griff nach dem schwebenden Corzanium und verließ die Messe.

Sam sah ihm nach, und dieses eine Mal mußte er ihm recht geben. Die Zeit für Worte und Warten ging zu Ende. Es galt, etwas zu unternehmen.

Commander Shana Winslow ging durchs Aquarium, das zum naturgeschichtlichen Museum an Bord von Starbase 209 gehörte. Will Riker folgte ihr und staunte über die hervorragende Darstellung einer aquatischen Welt, obwohl dafür nur wenig Platz zur Verfügung

stand. Er sah prächtige Becken mit Seesternen, See-
pferdchen und bunten Korallenfischen, die hier die
vielfältige maritime Fauna symbolisierten. In einem
runden Zimmer blieb er stehen und drehte sich langsam um die eigene Achse – jenseits der transparenten
Wände schwammen Hunderte von glitzernden Sardinen.

»Wunderschön, nicht wahr?« fragte Winslow. »Für
unsere Vorfahren waren sie einst eine wichtige Nah-
rungsquelle.«

»Für eine Mahlzeit scheinen ziemlich viele von
ihnen nötig zu sein«, erwiderte Riker.

Laute, aufgeregte Stimmen lenkten ihn ab. Zusammen mit Winslow wich er beiseite, als Schulkinder
hereinkamen und auf die Sardinen deuteten. Riker
war ein ganzes Stück größer, und deshalb versperrte
ihm niemand die Sicht. Aber seine Aufmerksamkeit
galt gar nicht mehr den Fischen, sondern den Jungen
und Mädchen. Einige von ihnen wirkten kummervoll
und sogar traurig.

Als die Gruppe den Weg fortsetzte, bemerke er Me-
lancholie in Winslows Gesicht. »Was ist los?« fragte
er.

Sie seufzte und verlagerte das Gewicht von der
Prothese aufs unverletzte Bein. »Die meisten jener
Kinder sind Kriegswaisen, deren Eltern nie zu ihnen
zurückkehren werden. Diese Starbase ist ein ganzes
Stück von der Front entfernt, aber trotzdem treffen
bei uns immer mehr Flüchtlinge ein. Ihr Schiff hat uns
fast hundert gebracht. Ich weiß nicht, wie lange es auf
diese Weise weitergehen kann, bevor hier alles aus
den Nähten platzt.«

»Fliegen von hier aus keine Transporter zu den
Welten der Föderation?« fragte Riker.

»Nicht viele. Es verkehren praktisch keine Handels-
schiffe mehr, und die Kapazitäten von Starfleet wer-

den anderweitig benötigt. Früher konnten wir ein Schiff wie die *Enterprise* bitten, Flüchtlinge zu irgendeinem Planeten zu bringen. Wären Sie zu einem kleinen Abstecher zur Erde oder nach Bajor bereit, bevor Sie zur Front zurückkehren?«

»Nein«, sagte Riker. Er musterte das ehrliche, offene Gesicht der Frau, sah ihr in die großen braunen Augen. »Wahrscheinlich könnten wir es nicht einmal bis nach Bajor schaffen.«

»Dann sitzen die Bajoraner hier bei uns fest, bis der Krieg entschieden ist.« Winslow wandte sich von den Sardinen ab und ging zu einer anderen Stelle, wo sich lange Tangfladen langsam hin und her neigten. Hier und dort schwammen Tintenfische.

Sie lächelte kurz, als Riker an ihre Seite trat. »Den ganzen Abend über haben Sie mich nicht ein einziges Mal nach Ihrem Schiff gefragt. Ich weiß nicht, ob ich Ihnen danken oder aber beleidigt sein soll.«

»Ich weiß, daß Sie und ihre Crew sich alle Mühe geben.« Riker hob die Hand und strich eine Strähne des dunklen Haars von Shanas Wange. Ihre Augen glänzten. »Es ist komisch. Als ich hier eintraf, wollte ich die Starbase so schnell wie möglich wieder verlassen. Jetzt habe ich es nicht mehr so eilig. Es wäre dumm, diese letzten Tage nicht zu genießen... zusammen mit Ihnen.«

»Sie rechnen nicht damit, hierher zurückzukehren?« fragte Winslow heiser.

»Um ganz ehrlich zu sein, Shana: Ich weiß nicht, was uns erwartet. Ich bin sehr besorgt. Natürlich werde ich auch weiterhin meine Pflicht erfüllen und versuchen, die Crew der *Enterprise* zu schützen – bis es keinen Sinn mehr hat. Ich möchte nur auf folgendes hinweisen: Durch Sie werden diese wenigen Tage weitaus angenehmer, als ich dachte...«

Shana Winslow zog ihn ganz plötzlich zu sich

263

heran. Ihre Lippen trafen sich zu einem leidenschaft-
lichen Kuß, der nach einigen Sekunden sanfter und
zärtlicher wurde. Ihre Hände schlossen sich so fest
um seine breiten Schultern, als wollte sie sich für den
Rest ihres Lebens daran festklammern. Riker schloß
die Arme um sie und drückte sie an sich.

Sie hörten ein leises Kichern, drehten sich um
und sahen zwei Schülerinnen, die sie beobachteten.
»Husch!« sagte Riker und lächelte gutmütig. Die beiden Mädchen eilten fort und kehrten zu den anderen
Kindern zurück, die ihre Tour durchs Aquarium fortsetzten.

Winslow wich ein wenig zur Seite und brachte ihr
Haar in Ordnung. »In der Öffentlichkeit sollte ich
meine Gefühle nicht so deutlich zeigen. Sonst glauben
die anderen Raumschiffkommandanten, Sie bekämen
eine Sonderbehandlung.«

»Ist das nicht der Fall?« entgegnete Riker und lächelte.

»Ich meine, die anderen könnten glauben, daß Ihr
Schiff schneller repariert wird.«

»Oh.« Er tastete nach Shanas Taille. »Derzeit bin ich
an ganz anderen Dingen interessiert.«

Sie schob ihn sanft fort. »Wir müssen ein wenig dis-
kreter sein. Sollen wir mein Quartier aufsuchen?«

»Gern«, sagte Riker und vollführte eine einladende
Geste in Richtung Ausgang. Früher hätte er in einer
solchen Begegnung nur ein Abenteuer gesehen, doch
die Zeiten – und die Umstände – hatten sich geändert. Shana Winslow füllte eine leere Stelle in ihm,
und er hoffte, daß es ihr ebenso erging. Dies war
keine geeignete Zeit, um allein zu sein.

»Ich lade dich ein, Will«, sagte Shana und ging zum
Du über. Sie griff nach seiner Hand und drückte sie.
»Aber du solltest wissen, daß ich ... mein Körper ...«

»Du bist die Schönheit in Person«, kam Riker ihr

zuvor. »Auch ich bin nicht ganz ungeschoren geblieben – wir können unsere Narben vergleichen. Als ich zur Crew des klingonischen Kreuzers *Pagh* gehörte, erhielt ich ein Brandmal an einer Stelle, die nur wenige Personen zu Gesicht bekommen. Dann gab es da einen Borg, der mich mit einer Art Bohrer kratzte ...«

Shana schmiegte sich kurz an ihn. »Ich freue mich schon darauf, mir alles genau anzusehen.«

Langsam schritten sie durch das Aquarium, in dem jetzt Stille herrschte. »Mußt du mit irgendwelchen Notfällen rechnen, die dich zwingen, in den Dienst zurückzukehren?«

»Nicht heute nacht. Das Schiff des Admirals ist fort.« Sie lächelte schief, und ihre Hand schloß sich ein wenig fester um Wills Arm. »Aber wenn es plötzlich drunter und drüber geht ...«

»Nein«, sagte Riker. »Vielleicht morgen. Aber heute nacht wird das Universum für uns ruhig bleiben.«

Nach mehreren Schichten und einem Dutzend Ladungen Corzanium gewöhnte sich die Crew des Tankers an den Vorgang, und ihre Zuversicht wuchs. Sam und die anderen hatten nicht mehr das Gefühl, jedesmal mit dem Tod konfrontiert zu sein, wenn sie Corzanium aus dem Schwarzen Loch gewannen und es in die Restrukturierungskammer weiterleiteten. Der Vorgang kam einer Art Staffellauf in Zeitlupe gleich, bei dem der Stab immer weitergereicht wurde, bis er schließlich die Ziellinie erreichte. Die cardassianische Ausrüstung erschien plötzlich zuverlässig und sogar adäquat.

Sie stellten sich das Auge von Talek nicht mehr als Schwarzes Loch vor, sondern als tiefen Bergwerksschacht. Sie sprachen nur noch von dem ›Loch‹. Natürlich blieb die ganze Angelegenheit gefährlich, doch die Singularität wirkte nicht mehr so unheilvoll wie zu Anfang. Sam und seine Gefährten sahen in ihr vor allem eine Rohstoffquelle, die es auszubeuten galt.

Grof bewahrte sich sein herrisches Wesen, aber er reagierte auch mit Zufriedenheit auf die erzielten Fortschritte. Die letzte Auseinandersetzung mit dem Trill hatte dafür gesorgt, daß er sich nun von der Brücke fernhielt – das war Sam nur recht. Die meisten anderen Besatzungsmitglieder boten angenehme Gesellschaft, wenn sie in den Kontrollraum kamen, um dort jemanden abzulösen oder einfach nur auf den Hauptschirm zu blicken. Doch selbst Sams bester Freund, Taurik, erschien nur noch selten auf der Brücke. Es entstand allmählich der Eindruck, daß die wichtigsten Dinge unten stattfanden, im Frachtraum. Sam selbst schien kaum mehr Bedeutung zu haben als der Shuttlepilot bei einem Picknickausflug.

Die anderen dachten kaum mehr ans Angriffsschiff der Jem'Hadar, das sie noch immer überwachte, aber Sam Lavelle beobachtete es in jeder freien Minute. Er wußte noch immer nicht, wie sie das Schiff unter ihre Kontrolle bringen sollte. Wie erging es den Jem'Hadar an Bord? Waren sie ihrer Sache bereits ganz sicher? An einem Anlaß dafür mangelte es gewiß nicht – bisher hatten sich die Dinge genau nach ihren Wünschen entwickelt.

Geduld, dachte Sam. *Ich muß Geduld haben. Bestimmt fällt mir etwas ein. Vielleicht ergibt sich eine Chance, und dann handeln wir.*

Vielleicht lenkten ihn diese besorgten Gedanken während der ersten Schicht des Tages so sehr ab, daß er den Instrumentenanzeigen nicht die gebotene Aufmerksamkeit schenkte. Und Enrique an der taktischen Station? Warum fiel ihm nichts auf? Und warum war die Funktionsstation unbesetzt? Und die Jem'Hadar – schliefen sie? *Irgend jemand* hätte den

Felsbrocken bemerken sollen, der aus dem Nichts kam und geradewegs auf das Auge von Talek zuhielt.

Er überraschte die Crew in der kritischsten Phase des Schürfvorgangs: Der ausgedehnte Traktorstrahl reichte ins Schwarze Loch hinein, um die emittierten Corzaniumpartikel einzufangen. Die Sonde schwebte am Rand des Ereignishorizonts, in unmittelbarer Nähe des Übergangs zu einem anderen Raum-Zeit-Kontinuum. Der kleine Asteroid hätte zu keinem schlechteren Zeitpunkt eintreffen können.

»Lieber Himmel!« entfuhr es Enrique, als er ihn auf dem Display sah.

Sam und er starrten zum Hauptschirm. Das zentrale Projektionsfeld zeigte ihnen einen hausgroßen Felsen, der am Tanker vorbeiflog und den Traktorstrahl durchquerte, dadurch den Kontakt mit der Schürfsonde unterbrach. Seit dem Verlust der ersten Sonde waren sie besonders vorsichtig mit dem empfindlichen Apparat umgegangen, der jetzt innerhalb einer Mikrosekunde vom Schwarzen Loch verschlungen wurde. Der entsprechende Ortungsreflex verschwand einfach von Sams Monitor.

»Was ist los?« ertönte Grofs Stimme aus dem Kom-Lautsprecher.

Es blieb Sam keine Zeit für eine Antwort. Die Flugbahn des Asteroiden veränderte sich, und er geriet erneut in den Traktorstrahl, verharrte dort. Eine Erschütterung durchlief den Tanker. Der Felsen hatte eine wesentlich größere Masse als die Schürfsonde, und das Schiff wurde plötzlich in Richtung des Schwarzen Lochs gezogen.

»Traktorstrahl deaktivieren!« befahl Sam, aber es war bereits zu spät. Von der Leiter her kam das Geräusch eiliger Schritte.

»Wir stürzen ins Loch!« entfuhr es Enrique.

Sam gab vollen Schub mit den Manövrierdüsen,

und eine zweite Erschütterung erfaßte das Schiff, stärker als die erste. Grof brummte etwas Unverständliches, als er an der Leiter den Halt verlor und aufs untere Deck fiel. Sam achtete nicht darauf, konzentrierte sich jetzt ganz auf die Navigationskontrollen und den verzweifelten Versuch, die *Tag Garwal* und ihre Crew zu retten.

Das Schiff reagierte träge, so wie ein Unterseeboot. Vermutlich lag es an der Nähe des Schwarzen Lochs und seines Ereignishorizonts. Die Entfernung war viel zu gering und schrumpfte weiter ...

Grof kam die Leiter hoch und schob sich schnaufend durch die Luke. Zorn zeigte sich in seinem rot angelaufenen Gesicht. »Was machen Sie da, Sie *Idiot!* Sie ruinieren mein Schiff!«

»Seien Sie still«, knurrte Enrique. »Er versucht uns zu retten. Sehen Sie zum Hauptschirm. Wir haben es mit einem Asteroiden zu tun.«

Sam beobachtete, wie der große Felsen im Schwarzen Loch verschwand, dem sie jetzt so nahe waren, daß es den ganzen Bildschirm ausfüllte. Erneut betätigte er die Navigationskontrollen. Bei einem modernen Shuttle mit leistungsstarkem Triebwerk hätte der Schub vielleicht ausgereicht, um der Singularität zu entkommen, aber der große, schwerfällige Tanker konnte den Kampf gegen eine so enorm hohe Gravitation nicht gewinnen.

»Wenn wir den Ereignishorizont erreichen, sind wir erledigt!« donnerte Grof.

»Ich leite den Warptransfer ein«, sagte Sam.

»Nein!« stieß der Trill hervor. »Dann feuern die Jem'Hadar auf uns.«

»Wir sind bereits so gut wie tot.« Sam wollte gerade das Warptriebwerk aktivieren – die jähe Beschleunigung des Warptransfers hätte den Tanker vermutlich in Stücke gerissen –, als sich die *Tag Gar-*

wal plötzlich schüttelte. Verblüfft blickte Sam auf die Anzeigen und stellte fest, daß sie sich dem Schwarzen Loch nicht weiter näherten.

»Die Jem'Hadar«, sagte Enrique. »Sie haben einen Traktorstrahl auf uns gerichtet.«

Sam schaltete die Darstellung des Hauptschirms um und sah ein kleineres Schiff, von dem ein blaues Pulsieren ausging und das jetzt wesentlich näher war als vorher. Es befand sich sogar in Transporterreichweite! Zwar hatten die Jem'Hadar ihnen gerade das Leben gerettet, aber Sams erster Gedanke bestand darin, ihren Raumer zu übernehmen. Allerdings geschah alles zu plötzlich; er war nicht vorbereitet.

Erneut gab er vollen Schub mit dem Manövriertriebwerk, und diesmal gelang es ihm, die Distanz zum Schwarzen Loch zu vergrößern. Der Asteroid war inzwischen in der Singularität verschwunden. Das Schiff der Jem'Hadar wich rasch zurück, und Sam zählte stumm die Sekunden, die es in Transporterreichweite verbrachte. Der Traktorstrahl wurde erst deaktiviert, als sich die *Tag Garwal* wieder an ihrer ursprünglichen Position befand, und das bedeutete: Fast eine ganze Minute lang waren die Jem'Hadar verletzbar gewesen.

Die Anspannung wich erst aus Sam, als sich der Tanker wieder in einem stabilen Orbit um das Schwarze Loch befand. Er spürte eine seltsame Mischung aus Zorn, Furcht und Begeisterung. Sie wären fast ums Leben gekommen, aber dabei hatten sie eine wichtige Information gewonnen: Die Jem'Hadar zögerten nicht, sich Gefahren auszusetzen, um den Tanker vor der Zerstörung zu bewahren.

Mit einem Tastendruck aktivierte Sam die interne Kommunikation. »Hier spricht der Captain. Wir sind jetzt wieder in Sicherheit, aber leider haben wir die Schürfsonde verloren. Stellen Sie mögliche Schäden fest.« Er schloß den Kom-Kanal wieder.

Grof seufzte erleichtert. »Na bitte, Sam. Was halten Sie *jetzt* von den Jem'Hadar?«

»Die verdammten Kerle hätte den Asteroiden pulverisieren sollen, bevor er uns erreichte!« knurrte Sam. »Enrique, stellen Sie eine Verbindung mit ihnen her.«

»Warten Sie«, sagte der Trill. »Sam, ich beschwöre Sie: Lassen Sie sich jetzt nicht zu einer Dummheit hinreißen.«

»Ich bin der Captain dieses elenden Schiffes«, brummte Sam. »Ich erteile hier die Anweisungen. Enrique, stellen Sie einen Kontakt her.«

Der dunkelhaarige Mann zögerte kurz und betätigte dann die Kom-Kontrollen. »Grußfrequenzen geöffnet. Akustische und visuelle Verbindung.«

Sam stand auf und flüsterte Grof zu: »Haben Sie ein wenig Vertrauen zu mir.«

»Kontakt hergestellt«, sagte Enrique.

Sam strich seinen Overall glatt und trat vor den Hauptschirm. »Ich möchte Ihnen für Ihr rasches Eingreifen danken, ohne das die *Tag Garwal* ins Schwarze Loch gestürzt wäre. Unsere Crew steht in Ihrer Schuld. Ohne Ihre Hilfe wären wir ums Leben gekommen – vom Verlust der wertvollen Fracht ganz zu schweigen.

Allerdings hätte uns der Asteroid gar nicht erst erreichen dürfen. Ihre primäre Aufgabe besteht darin, uns im Auge zu behalten, aber Sie sollten auch die Umgebung beobachten. Bestimmt hätte der Asteroid rechtzeitig geortet werden können. Seien Sie nicht nur Wächter, sondern auch ein Schild für uns. Wenn Sie dazu bereit sind, erleichtern Sie uns unsere Arbeit.«

Sam stützte die Hände in die Hüften und wartete.

»Sie antworten«, meldete Enrique nervös.

»Auf den Schirm.«

Das graue, stachelige Gesicht eines Jem'Hadar erschien im Projektionsfeld. Er senkte die schweren Lider und nickte. »Wir bestätigen Ihre Mitteilung und erklären uns bereit, die genannte Aufgabe zu übernehmen.«

»Danke.« Sam lächelte höflich.

Die Miene des Jem'Hadar blieb unbewegt. »Ende«, sagte er nur, und sein Gesicht verschwand vom Schirm.

Sam sah zu Grof, der erleichtert, erschrocken und verblüfft wirkte. »Sie haben sie dazu veranlaßt, ihre Mission zu modifizieren.«

»Sie helfen uns dabei, am Leben zu bleiben. Das halten die Jem'Hadar vermutlich für eine gute Idee. Sie nicht?«

»Doch, natürlich.« Der Trill wirkte verlegen. »Tut mir leid, daß ich Sie angeschrien habe. Ich weiß nicht, was in mich gefahren ist.«

»Sie haben es immer recht eilig damit, Ihren Mitarbeitern die Schuld an allem zu geben, das nicht nach Plan läuft. Manchmal steckt einfach nur Murphys Gesetz dahinter.«

»Murphys Gesetz?« wiederholte Grof. »Davon höre ich jetzt zum erstenmal.«

»Was schiefgehen kann, geht früher oder später auch schief.«

Grof nickte langsam. »Ja, diese Worte klingen nach einer profunden Wahrheit. Nun, ich bin dafür verantwortlich, daß wir mit nur drei Schürfsonden aufgebrochen sind. Ich habe sie für ausreichend gehalten.«

»Wir sollten uns noch einmal das Exemplar ansehen, das im Transporterraum auf die Plattform gefallen ist«, schlug Sam vor. »Vielleicht können wir die beschädigten Teile replizieren.«

Sie hörten Schritte auf der Leiter, und Taurik betrat die Brücke. »Wir haben Fracht und Ausrüstung gesichert, aber es kam zu leichten Schäden. Wir sollten

271

zunächst auf weitere Schürfeinsätze verzichten und alle notwendigen Reparaturen vornehmen.«

»Einverstanden«, sagte Grof. »Wir können nicht vorsichtig genug sein. Von jetzt an werden wir Murphys Gesetz keinen Augenblick lang vergessen. Wir haben heute eine wichtige Lektion gelernt.«

»In der Tat«, bestätigte Sam, dachte dabei aber an etwas anderes. Er hatte den schwachen Punkt der Jem'Hadar entdeckt, doch es war eine Menge Mut notwendig, ihn auszunutzen.

Es gab nur eine Person, die er bei dieser Sache ins Vertrauen ziehen mußte: die Transportertechnikerin Leni Shonsui. Derzeit galt: Je weniger Personen Bescheid wußten, um so besser. Außerdem hielt Shonsui nichts von Grof und war deshalb kaum geneigt, mit ihm zu reden. Der Trill durfte nichts erfahren und mußte neutralisiert werden, wenn der entscheidende Zeitpunkt kam.

Sam hob den Kopf und begegnete Grofs Blick. Der Trill lächelte herzlich, was der Mensch irgendwie als beunruhigend empfand. Immerhin hatte er gerade an die Möglichkeit gedacht, den Professor umzubringen. »Sie haben während des Zwischenfalls ausgezeichnete Arbeit geleistet, Sam, und ich habe mich geirrt – es war richtig, einen Kom-Kontakt zu den Jem'Hadar herzustellen. Von jetzt an werde ich versuchen, mich mit meiner Kritik zurückzuhalten.«

»Ausgezeichnete Idee, Grof.« Sam klopfte dem Trill auf die Schulter und schob ihn in Richtung Leiter. »Wir sollten versuchen, gut miteinander zurechtzukommen, denn schließlich sitzen wir in einem Boot.«

14

Sam betrat die Ruhenische hinter der Brücke und sank dort auf die Koje. Wie aus weiter Ferne hörte er die Stimmen von Taurik und Woil, die im Kontrollraum saßen und die Funktion der Bordsysteme überwachten. Die Crew der *Tag Garwal* ruhte aus, leckte gewissermaßen ihre Wunden nach dem fast fatalen Zwischenfall. Abgesehen von strapazierten Nerven gab es auch noch eine andere, wichtigere Konsequenz: Sie besaßen nur noch eine Schürfsonde und hatten erst ein Viertel der notwendigen Menge an Corzanium gewonnen.

Unglücklicherweise bedeutete das: Sam mußte seinen Plan in die Tat umsetzen, bevor sie Gefahr liefen, die dritte und letzte Sonde zu verlieren. Zweifellos würden sie auch nur mit der Hälfte der vorgesehenen Fracht zum Verteron-Beschleuniger zurückkehren, und bestimmt würde sich ihm nie wieder eine so gute Gelegenheit wie jetzt bieten.

Sam versuchte, die besorgten Gedanken und widerstreitenden Empfindungen aus sich zu verbannen. Er war immer ein Kämpfer gewesen, schon als Kind. Während der letzten Jahre hatte er gelernt, diese Eigenschaft nicht zu deutlich zu zeigen, aber sie steckte nach wie vor in ihm.

Vermutlich gab es in der ganzen Galaxis kein schlimmeres Kommando als seins: Er trug die Verantwortung für Schiff *und* Meuterer, während sie sich in gefährlicher Nähe eines Schwarzen Lochs befanden, überwacht von einem Kriegsschiff der Jem'Hadar. Diese Überlegungen halfen Sam nicht gerade dabei, sein Bewußtsein von allem Ballast zu befreien und einzuschlafen.

Schließlich siegte Erschöpfung über Sorge, brachte Schlaf und einen Traum. In diesem Traum war er wieder ein einfacher Fähnrich an Bord der *Enterprise*, zusammen mit Ogawa, Sito, Taurik und erfahrenen Offizieren wie Riker und Worf, die immer so klug und ruhig erschienen. Inzwischen wußte Sam, daß sie bei kritischen Situationen ebenso angespannt waren wie die übrigen Besatzungsmitglieder – sie durften es nur nicht zeigen.

Der Riker im Traum war sehr freundlich zu ihm. Im Gesellschaftsraum des zehnten Vorderdecks schien eine endlose Party stattzufinden, und alle gratulierten ihm immer wieder. Er fühlte sich so wie bei der Abschlußfeier der Schule. Es waren sogar einige seiner alten Schulkameraden zugegen, was Sam zunächst ein wenig seltsam erschien. Dann fiel ihm ein, daß er sich an Bord der *Enterprise* befand, und dort war alles möglich.

Mit Jenny, seiner alten Flamme von der High-School, tanzte er im Gesellschaftsraum der *Enterprise* und trug dabei seine Galauniform. *Meine Güte, kann ich mir eigentlich noch mehr wünschen?* Nach dem Tanz zogen sie sich in eine dunkle Ecke zurück, wo sie sich umarmten und die Sterne beobachteten, während hinter ihn die Jazzmusik von Rikers Quartett erklang. Jenny hob die Hand, berührte ihn an der Brust, im Gesicht …

Echte Hände schüttelten ihn. »Wachen Sie auf, Captain!« sagte der Antosianer Jozarnay Woil.

Sam setzte sich abrupt auf und bedauerte das vorzeitige Ende des schönen Traums. »Was ist?«

»Eben traf ein weiteres Raumschiff ein.«

Sam rollte sich von der Koje, zog die Schuhe an und eilte auf die Brücke. Dort sah er zum Hauptschirm und rieb sich den Schlaf aus den Augen. Tatsächlich: Ein zweites Schiff hatte sich dem Kreuzer der Jem'Hadar hinzugesellt und wahrte einen respektvollen Abstand. Sam konnte weder das Schiff selbst noch seine mögliche Herkunft identifizieren, aber eins stand fest: Es war noch häßlicher als die *Tag Garwal*.

»Ein anderer Tanker?« fragte er Taurik, der an den Navigationskontrollen saß.

»Negativ«, erwiderte der Vulkanier. »Nach der Warpsignatur zu urteilen, handelt es sich um Bajoraner. Vermutlich ist es ein Transporter oder ein wissenschaftliches Schiff.«

»Bajoraner?« Woil schüttelte den Kopf. »Der Krieg wird immer seltsamer.«

Die hinter Sams Stirn wogenden Nebelschwaden der Benommenheit lösten sich allmählich auf, während er das sonderbare Raumschiff beobachtete und überlegte, ob er versuchen sollte, einen Kom-Kontakt herzustellen. Es hing ganz davon ab, welchen Standpunkt die Jem'Hadar den Neuankömmlingen gegenüber vertraten. Wenn sie nicht auf der Seite des Dominion standen, würden die Wächter an Bord des Angriffsschiffes wohl kaum zulassen, daß sie den Schürfvorgang beobachteten. Wie dem auch sei: Vielleicht konnte Sam die Präsenz des zweiten Raumers irgendwie zu seinem Vorteil nutzen – möglicherweise bot ihm der Zufall jetzt die ersehnte Chance.

»Sollen wir die anderen benachrichtigen?« fragte Taurik.

»Nein«, antwortete Sam. »He, das Schiff nimmt Fahrt auf. Verfolge den Kurs, Taurik.«

Schaltelemente klickten und summten unter den Fingern des Vulkaniers.

Die Brückencrew beobachtete stumm, wie sich das kastenförmige Schiff drehte und fortflog.

»Erfassung mit den Fernbereichsensoren fortsetzen«, sagte Sam.

Die Bajoraner offenbarten ein sonderbares Verhalten. Schon nach kurzer Zeit ging ihr Schiff auf Relativgeschwindigkeit null, nahm ganz offensichtlich eine Warteposition ein und schien seinerseits die Ereignisse in der Umgebung des Schwarzen Lochs zu beobachten. Sam fragte sich, ob die Jem'Hadar die Präsenz der Fremden so sehr als Provokation empfanden, daß sie den Tanker unbewacht ließen, wenn auch nur für einige Sekunden.

»Sie befinden sich außerhalb der Waffenreichweite«, meldete Taurik. »Obgleich sie es bestimmt nicht mit den Jem'Hadar aufnehmen können.«

»Vielleicht gilt ihr Interesse dem Auge von Talek«, warf Woil ein.

»Bei einem wissenschaftlichen Forschungsschiff wäre das durchaus denkbar«, sagte Taurik.

Was auch immer das kastenförmige Schiff hierhergeführt haben mochte – Sam wollte sich diese Gelegenheit nicht entgehen lassen. Vielleicht konnten die Bajoraner irgendwie dazu gebracht werden, eine Rolle bei ihrer Flucht zu spielen.

»Wann beginnt die erste Schicht?« fragte er.

»In neunundzwanzig Minuten«, erwiderte Taurik.

»Ich glaube, wir sollten die anderen wecken und ein wenig früher als geplant beginnen«, sagte Sam und rieb sich wie Grof die Hände. »Bringen wir die Schürfsonde nach draußen, um mehr Corzanium zu gewinnen.«

Taurik wölbte eine Braue, stand stumm auf und ging zur Leiter, um die Anweisungen des Captains auszuführen.

Woil sah Sam an und lächelte. »Sie haben etwas vor, nicht wahr?«

»Hängen Sie nur nicht zu sehr an Ihrem Job«, sagte Sam.

Ro Laren stand auf der Brücke der *Träne des Friedens*, in Gesellschaft von Captain Picard und Geordi La-Forge, der an den Navigationskontrollen saß. Eigentlich hätte einer von ihnen im Maschinenraum sein und ein anderer schlafen sollen, aber alle waren in den Kontrollraum gekommen, um sich ihr Ziel anzusehen.

Der cardassianische Tanker schwebte im All und wirkte fast wie ein silbriger Schimmer im Auge von Talek. Ro erschien es unglaublich, daß sie dem Dominion einen harten Schlag versetzen konnten, indem sie dieses unbedeutende Raumschiff zerstörten. Bisher hatten sich die Informationen des Ferengi als richtig erwiesen, und das bedeutete: Jenes Schiff dort draußen gewann Corzanium aus dem nahen Schwarzen Loch. Mit seiner Fracht sollte das künstliche Wurmloch fertiggestellt werden, und deshalb durfte es nicht zum Verteron-Beschleuniger zurückkehren. Sie mußten es vernichten.

Allerdings gab es da ein Problem: Zwischen ihnen und dem Tanker befand sich ein Angriffsschiff der Jem'Hadar. Während der letzten Tage hatten sie solche Kriegsschiffe gut genug kennengelernt, um eine genaue Vorstellung von ihrem Potential zu haben. Ein direkter Angriff auf den Tanker mit nur zwei Photonentorpedos kam Selbstmord gleich.

Sie hatten es bereits mit List und Schläue versucht, indem sie den Jem'Hadar gegenüber behaupteten, sie seien eine bajoranische wissenschaftliche Mission mit dem Auftrag, das Auge von Talek zu untersuchen. Die Antwort bestand aus der Aufforderung, diesen

Raumbereich zu verlassen. Jetzt warteten sie außerhalb der Waffenreichweite, obwohl die Jem'Hadar sicher wollten, daß sie sich ein ganzes Stück weiter entfernten. Würden sie in dem kleinen bajoranischen Transporter eine Bedrohung sehen oder ihm keine Beachtung schenken?

Picard beobachtete die fremden Schiffe auf dem Hauptschirm und runzelte die Stirn. »Wir müssen rasch handeln. Mr. LaForge, können wir von hier aus einen Torpedo abfeuern und sicher sein, daß er das Schwarze Loch erreicht?«

»Das wäre durchaus möglich«, erwiderte der Chefingenieur. »Aber er flöge mit Unterlichtgeschwindigkeit, und der Tanker hätte genug Zeit für ein Ausweichmanöver. Eine neue Anpeilung des Ziels wäre kaum möglich, da die starke Gravitation der Singularität das Peilungssystem des Torpedos beeinträchtigt.«

»Und dreißig Sekunden später wären wir tot«, fügte Ro hinzu.

»Können wir Gebrauch von irgend etwas machen, das unsichtbar bleibt?« fragte der Captain hoffnungsvoll. »Lassen sich irgendwie das Schwarze Loch und seine Auswirkungen für unsere Zwecke verwenden?«

LaForge richtete den Blick seiner künstlichen Augen auf die Displays. »Vielleicht gibt es eine Möglichkeit. Was ist, wenn wir eine Art Steinschlag auslösen?«

»Einen Steinschlag?« wiederholte Picard verwirrt.

»Ja. Etwa hundert Millionen Kilometer von hier entfernt gibt es einen Asteroidenschwarm. Im Lauf von einigen Jahren würden die Felsbrocken ohnehin ins Schwarze Loch fallen. Wir könnten diesen Vorgang ein wenig beschleunigen.«

Ro trat zur Navigationskonsole. »Wie?«

»Wir sammeln möglichst viele mit einem Traktor-

strahl ein und fliegen dann mit geringer Warpgeschwindigkeit los«, erklärte LaForge. »Dann deaktivieren wir den Traktorstrahl und beenden den Warptransfer. Die Asteroiden fliegen weiter, wie von einer
gewaltigen Schleuder auf die Reise geschickt. Wenn
sie annähernd mit Lichtgeschwindigkeit unterwegs
sind, dürften sie den beiden Schiffen dort draußen
eine ziemliche Überraschung bescheren.«

»Als Kind habe ich mit Steinen nach Cardassianern
geworfen«, sagte Ro. »So etwas kann manchmal recht
wirkungsvoll sein.«

»Wir verwenden das Äquivalent einer Schrotflinte«,
entgegnete LaForge und zuckte mit den Schultern.
»Vielleicht verfehlen wir das Ziel, aber wenigstens
brauchen wir keine Torpedos einzusetzen. Nichts
kann die Asteroiden davon abhalten, dem Schwarzen
Loch entgegenzustürzen, weder Schilde noch Phaser.
Man kann sie in kleinere Stücke zertrümmern, aber es
kommen immer mehr.«

Picard zupfte nachdenklich an seinem Ohrring.
»Einverstanden.«

Leni Shonsui war vermutlich das älteste Besatzungsmitglied der *Tag Garwal*, und die Terranerin begegnete dem Leben mit einer sehr nüchternen Einstellung. Den Zwischenfall mit der ersten Schürfsonde
hatte sie sehr persönlich genommen und sich vom
Rest der Crew zurückgezogen. Sam vermutete, daß
die Asiatin in ihrer Jugend sehr schön gewesen war.
Sie wirkte noch immer attraktiv, aber die Gefangenschaft hatte Spuren von Bitterkeit in ihren Zügen hinterlassen. Trotz des einen Fehlers kam sie sehr gut mit
der cardassianischen Technik zurecht.

Sam wollte nicht die Brücke verlassen, um mit ihr
zu reden – ein Treffen mit ihr ließ Grof vielleicht
mißtrauisch werden. Statt dessen gab er bekannt, daß

279

in der Messe über die aktuelle Situation diskutiert werden sollte. Eine Minute vor dem Beginn der Besprechung rief er Shonsui zur Brücke.

Als sie in den Kontrollraum kam, stand Sam auf und schloß die Luke hinter ihr.

»Leni«, sagte er, »ich will keine Zeit vergeuden. Sie wissen, daß wir einen Fluchtversuch unternehmen müssen. Inzwischen haben wir erfahren, daß die Jem'Hadar bereit sind, in Transporterreichweite zu kommen und ihre Schilde zu senken, um uns zu retten. *Sie* müssen ihr Schiff lahmlegen, damit wir entkommen können. Irgendwelche Vorschläge?«

Shonsui holte tief Luft. »Was ist mit Grof?«

»Ich sorge dafür, daß er irgendwie neutralisiert wird.«

»Gut.« Sie trat näher an Sam heran, stellte sich auf die Zehenspitzen und flüsterte ihm ins Ohr: »Ich könnte ein wenig Corzanium in die Warpspule der Jem'Hadar beamen. Ich habe mir einen kleinen Brocken unter den Nagel gerissen, und wenn er plötzlich im Triebwerk des Angriffsschiffes erscheint, kommt es bestimmt zu Problemen. Verfügen wir über eine schematische Darstellung des Raumers?«

»Ja, ich habe entsprechende Daten gefunden.« Sam deutete auf seine Konsole. »Sie vertreten mich hier auf der Brücke, während ich an der Besprechung teilnehme. Wir benutzen das Benachrichtigungssymbol auf Ihren Anzeigen. Wenn ich das Signal gebe, so bedeutet es, daß wir in Transporterreichweite sind. Ihnen bleibt dann eine Minute, um alles zu erledigen. Überlassen Sie es mir, dafür zu sorgen, daß die Jem'Hadar noch einmal in Reichweite unseres Transporters kommen.«

»Wir stürzen nicht ins Schwarze Loch?« fragte Shonsui besorgt.

»Nein. Keine Sorge. Ich verlasse mich auf Sie, Leni.

Und kein Wort zu den anderen. Wir beide genügen, um diese Sache durchzuziehen.«

»In Ordnung, Captain«, antwortete sie und lächelte. »Wir bekommen Gelegenheit, viele Feinde zu töten.«

»Ja«, bestätigte Sam mit etwas weniger Enthusiasmus. Wenn er seine Mitgefangenen ansah, vergaß er manchmal, was sie alle hinter sich hatten. Jeder von ihnen schleppte eine individuelle Last aus Leid und Schmerz mit sich herum.

»Wir schicken die Jem'Hadar ins Jenseits«, betonte Leni noch einmal und nahm an den Navigationskontrollen Platz. »Ich werde bereit sein, wenn Sie das Signal geben.«

»Danke«, erwiderte Sam, öffnete die Luke und kletterte die Leiter hinunter. Jetzt war er sicher, daß es bald losgehen würde. Nur eine Person wäre imstande gewesen, ihm seinen törichten Plan auszureden, und genau diese Person hatte ihm begeistert zugestimmt.

Furcht regte sich in Sam, als er zur Messe ging. Bald würde er dieser Hölle entweder entkommen oder aber Selbstmord begehen und die ganze Crew in den Tod mitnehmen.

Ein schriller Schrei riß Riker aus tiefem, zufriedenem Schlaf. Er rollte sich aus dem Bett, und einige Sekunden lang wußte er nicht, wo er sich befand.

Er drehte sich um und sah Shana Winslow, die um sich schlug und dabei laut schluchzte. Ihre Augen waren geschlossen – ganz offensichtlich litt sie an einem schrecklichen Alptraum. Riker beschloß sofort, sie zu wecken.

»Shana, Shana«, sagte er und schüttelte sie sanft. »Wach auf.«

Sie schnappte nach Luft, und ihre Lider zuckten nach oben. Einige Sekunden lang schien es ihr ebenfalls schwerzufallen, in die Wirklichkeit zurückzufinden. Schließlich erkannte sie Riker und schlang die Arme so fest um ihn, als sei er das einzig Reale in ihrem Leben.

»Ach, Will! Bin ich verrückt? In jeder Nacht sehe ich meinen Tod – zu dem es nicht kam. Ich hätte an Bord der *Budapest* sterben sollen, das weiß ich genau. Aber im letzten Augenblick beamte man mich in Sicherheit.«

Ihre Fingernägel bohrten sich in Rikers Rücken, und sie starrte an ihm vorbei. »Ich sehe sie *alle* – all jene, die damals starben! Mein Ehemann, der Captain, der Erste Offizier …«

»Es ist ganz normal, daß du sie siehst«, sagte Riker in einem tröstenden Tonfall. »Es liegt an der Schuld des Überlebenden. Die Träume bringen dich zurück in die Vergangenheit, aber in Wirklichkeit bist du hier in der Gegenwart, bei mir. Wir leben. Ich weiß nicht, wie lange sich der Tod noch gedulden muß, bevor er uns holt, aber derzeit leben wir. Und wir sind zusammen.«

»Ja, du hast recht«, hauchte Shana. »Wir leben. Und die anderen sind tot. Ich weiß nicht, wie lange schon …«

In der Dunkelheit einer einfachen Kabine der Starbase 209, umgeben von Krieg, Flüchtlingen, beschädigten Raumschiffen und kaltem All, hielt Riker die leidende Frau in den Armen. Die Schuld des Überlebenden kannte er gut. Er fühlte sie selbst, weil er kaum daran zweifelte, daß Captain Picard, LaForge, Data, Ro und die anderen tot waren. Er drückte Shana auch weiterhin an sich, bis ihr Zittern schließlich aufhörte.

»Also los!« ertönte Sams Stimme aus den Lautsprechern der internen Kommunikation. »Treffen Sie Vorbereitungen für den Start der Sonde.«

»So ist es richtig!« donnerte der hinter ihm stehende Grof. Sam blickte unsicher zu Taurik, der jetzt an den taktischen Kontrollen saß. Sie hatten sich inzwischen daran gewöhnt, daß der Vulkanier auf dem unteren Deck weilte, um dort einzuspringen, wo man ihn brauchte. Aber diesmal wollte Sam, daß er auf der Brücke blieb.

»Was ist mit dem anderen Schiff?« fragte Grof, und es klang nach einem nervösen Smalltalk-Versuch.

»Vor etwa einer Stunde nahm es Fahrt auf und verließ diesen Raumbereich«, antwortete Taurik.

»Schürfsonde bereit«, meldete Woil von unten.

»Übernehmen Sie die Funktionsstation, Grof«, sagte Sam und nahm an den Navigationskontrollen Platz.

»He, einen Augenblick!« entfuhr es dem Trill. »Wenn Taurik hier oben bleibt, werde ich auf dem unteren Deck gebraucht.«

»Unsinn«, erwiderte Sam. »Die Probleme, mit denen wir es zu tun bekamen, ergaben sich hier, nicht im Frachtraum. Deshalb möchte ich das beste Team auf der Brücke haben, zumindest eine Zeitlang.«

Sam hoffte, Grofs Widerstand mit einer Streicheleinheit für sein Ego überwinden zu können, und er wurde nicht enttäuscht: Der Trill nahm tatsächlich an der Funktionsstation Platz. Sam lächelte dankbar.

»Captain an Besatzung«, sagte er. »Schürfsonde starten. Bereitschaft für Traktorstrahl.«

Nach vielen erfolgreichen Schürfvorgängen hatten sie eine Routine entwickelt, woran auch der jüngste, fast tragische Zwischenfall nichts änderte. Sie waren Profis, die ihre Arbeit erledigten. Trotz der Rückschläge befanden sich Tanker und Crew noch immer in einem guten Zustand, und darauf zählte Sam. Immerhin brauchten sie das Schiff, um in die Föderation zurückzukehren.

Der Traktorstrahl brachte die Sonde an den Rand des Ereignishorizonts. Von einem Halo aus glühendem Staub umgeben, der in absoluter Schwärze verschwand, wurde das Auge von Talek seinem Namen gerecht. Es wirkte tatsächlich wie das Fenster zur Seele eines Monstrums. Angesichts seiner gewaltigen Kraft schienen der Krieg, das Dominion und eine Handvoll Gefangener nicht mehr zu sein als Plankton für einen Wal. Am schlimmsten war: Der dunkle Schlund schien noch immer hungrig zu sein.

»Ich beginne mit der Tachyonen-Bestrahlung«, sagte Grof. Er sprach jetzt leiser und schien den Ernst der Situation zu erkennen. Beim letzten Einsatz hatte ihnen das Schicksal während dieser Phase einen üblen Streich gespielt.

»Traktorstrahl wird ausgedehnt«, meldete Taurik.

»Weiterleitung der emittierten Corzaniumpartikel«, kam Tamla Horiks Stimme von unten.

Sams Herz pochte immer schneller, und er rutschte im Sessel ein wenig zur Seite, damit Grof seine Bewegungen nicht sehen konnte. Der Trill schien ganz auf seine Konsole konzentriert zu sein, ebenso wie Taurik, dessen Aufmerksamkeit Sam bald brauchte. Nach den Ereignissen vom vergangenen Tag wußte er, daß er besser keinen Zwischenfall provozieren sollte, während der Traktorstrahl über den Ereignishorizont hinausreichte. Aber nachher, wenn die Schürfsonde zu einem Ort gezogen wurde, von dem aus sie an Bord zurückgebeamt werden konnte – das war der richtige Augenblick. Gewisse Vorbereitungen ließen sich schon jetzt treffen.

»Ich muß unsere Flugbahn immer wieder korrigieren, Grof«, sagte Sam. »Für diese Anomalie haben wir noch immer keine Lösung gefunden.« Er lehnte sich zurück und deutete auf sein Display.

»Kompensieren Sie einfach«, erwiderte Grof. »Vielleicht ist die Gravitation der Singularität nicht konstant. Irgendwann können Sie hierher zurückkehren und der Sache auf den Grund gehen. Derzeit genügt es, wenn Sie uns auf Kurs halten.«

»Wie Sie meinen«, sagte Sam und begnügte sich mit diesen Worten.

Taurik neigte nachdenklich den Kopf zur Seite. »Vielleicht sind winzige Unterschiede zwischen den Sonden für die Anomalie verantwortlich. Sie sehen identisch aus, sind es aber nicht.«

»Das wäre möglich«, sagte Sam und dankte dem Vulkanier stumm dafür, seine Behauptungen zu stützen. »Ich nehme auch weiterhin Korrekturen vor. Vielleicht hat der Professor recht und es ist wirklich keine Sache, über die wir uns Sorgen machen müssen.«

Nach einigen Sekunden ertönte erneut Tamla Horiks Stimme. »Es kam zu einer geringfügigen Instabilität aufgrund der sich verändernden Flugdaten, aber die Sonde ist jetzt gefüllt. Wir können sie an Bord holen.«

»Traktorstrahl zurückziehen«, sagte Taurik. »Bereitschaft für ...«

Von einem Augenblick zum anderen wurde die *Tag Garwal* von mehreren heftigen Erschütterungen erfaßt – es fühlte sich an, als feuerte jemand mit einer riesigen Maschinenpistole auf den Rumpf des Tankers. Sam handelte aus einem Reflex heraus und zündete die Manövrierdüsen, um das Schiff vom Schwarzen Loch fortzubringen.

Funken stoben aus einer Schalttafel an der Wand, und Rauch deutete auf verbrannte Schaltkreise hin.

»Was ist los?« rief Grof. »*Wir haben die Sonde verloren!*«

»Schäden auf Deck zwei«, meldete Taurik ruhig. »Leck in der Außenhülle. Die Luft entweicht ...«

Sam versuchte, nicht auf die Stimmen und das Chaos um ihn herum zu achten, als er die Navigationskontrollen betätigte und dabei an die Fast-Katastrophe des vergangenen Tages dachte. Diesmal war die Entfernung zur Singularität ein wenig größer, und außerdem stellte der Traktorstrahl keine Behinderung dar. Er deaktivierte die Düsen in sicherer Distanz zum Ereignishorizont, wobei er den Eindruck zu erwecken versuchte, daß nach wie vor die Gefahr eines Absturzes ins Schwarze Loch bestand. Vielleicht hatte sich gerade die erhoffte Chance ergeben.

Er blickte auf ein anderes Display, um den Status des Jem'Hadar-Schiffes festzustellen, und riß verblüfft die Augen auf. Rasch schaltete er den Hauptschirm um, und das Bild im Projektionsfeld bestätigte die Daten. Das Angriffsschiff trieb im All, und Gas strömte aus mindestens sechs Löchern in der Außenhülle. Wovon auch immer sie getroffen worden waren – die Jem'Hadar hatten das meiste abbekommen. Offenbar hatten ihre Sensoren nicht richtig funktioniert, denn normalerweise konnten die Schilde eines solchen Kriegsschiffes mit praktisch allem fertig werden. Die Manövrierdüsen feuerten, doch ihr Schub genügte nicht, um das Schiff auf einen sicheren Kurs zu bringen. Immer mehr näherte es sich dem Auge von Talek.

»Schilde hoch!« wies Sam den Vulkanier an. Er vermutete, daß sie von getarnten Raketen oder etwas in der Art getroffen worden waren.

Das Jem'Hadar-Schiff trieb näher, war inzwischen fast bis auf Transporterreichweite herab. Sams Zeigefinger bewegte sich auf eine ganz bestimmte Taste zu, um Shonsui das vereinbarte Signale zu geben.

»Keine Bewegung!« knurrte Enrak Grof, und Sam sah auf. Der Trill starrte haßerfüllt und mißtrauisch auf ihn herab. Die zitternde Hand hielt einen Phaser umklammert.

»Woher haben Sie den?« fragte Sam scharf.

»Das braucht Sie nicht zu interessieren. Ich weiß nicht, wie Sie es fertiggebracht haben, aber bestimmt stecken *Sie* hinter dieser Sache. Sie sind wahnsinnig! Weg von den Kontrollen.«

»Professor …«, sagte Taurik ruhig. »Uns allen droht der Tod, wenn Sie Sam nicht gestatten, das Schiff zu steuern. Bitte entschuldigen Sie mich jetzt. Unten gibt es Verletzte, die meine Hilfe brauchen.«

Grof war für einige Sekunden abgelenkt, als Taurik die Brücke verließ, und diese Zeit nutzte Sam, um das Signal auszulösen. Nun stand fest: Vielleicht kamen sie alle ums Leben, aber die Jem'Hadar würden vor ihnen sterben.

Der untersetzte Trill war so außer sich, daß die Flecken auf seiner Stirn zu pulsieren schienen. »Ich schwöre, daß ich Sie erschieße, Sam!«

»Dann *schießen* Sie endlich. Ich wollte Sie vor unserem Fluchtversuch irgendwie außer Gefecht setzen, aber dann geschah dies. Sie vermissen Alternativen, Grof? Hier sind zwei: Sie können mich erschießen und dann sterben; oder Sie fliehen mit uns in die Freiheit.«

Der Trill sah unschlüssig zum Hauptschirm und dem beschädigten Angriffsschiff. Die Manövrierdüsen feuerten inzwischen nicht mehr, und das blaue Glühen fehlte am Rumpf. Er war nur noch grau – so grau wie die Haut der Jem'Hadar.

»Bestimmt halten sie *uns* für die Schuldigen!« jammerte Grof. »Sie werden uns vom einen Ende der Galaxis bis zum anderen jagen. Sie könnten die Jem'Hadar retten, Sam. Richten Sie den Traktorstrahl auf ihr Schiff, jetzt sofort – oder ich schieße!«

Sam schnitt eine Grimasse und rechnete jeden Augenblick mit einer tödlichen Phaserentladung. Er kam der Aufforderung des Trill nicht nach, steuerte den Tanker auch weiterhin fort vom Angriffsschiff und dem Schwarzen Loch, das sich anschickte, die Jem'-Hadar zu verschlingen.

»Ich habe Sie gewarnt«, brummte Grof und zielte mit dem Phaser.

15

Sam Lavelle ignorierte den auf seinen Kopf gerichteten Phaser, sah zum Hauptschirm und beobachtete, wie das Jem'Hadar-Schiff in einer langen Spirale zu trudeln begann, an deren Ende das Schwarz Loch wartete. Er fragte sich, ob die Krieger an Bord dem unausweichlichen Tod mit Furcht begegneten. Er selbst blieb erstaunlich ruhig. Die Zerstörung des Jem'Hadar-Schiffes erschien wie ein Eingreifen des Allmächtigen, und er war bereit zu glauben, daß sie jetzt nichts mehr an einer Rückkehr in die Freiheit hindern konnte.

»Grof«, sagte er langsam und ohne sich umzudrehen, »kann ich von der Annahme ausgehen, daß Sie mich nicht erschießen wollen?«

Der Trill ließ niedergeschlagen den Phaser sinken. »Ich sollte es, aber ich bringe es einfach nicht fertig.«

»Willkommen in der Föderation«, sagte Sam und lächelte schief. »Winken Sie Ihren Freunden zum letztenmal zu.«

Sam Lavelle und Enrak Grof, Besatzungsmitglieder der *Tag Garwal*, Gefangene des Dominion und bis vor kurzem Gegner, beobachteten stumm, wie das Angriffsschiff der Jem'Hadar den Ereignishorizont erreichte und im Schwarzen Loch verschwand. Ein schreckliches Ende für ein Raumschiff, fand Sam. Das All schien eins seiner eigenen Kinder gefressen zu haben.

»Jetzt gilt es, einen neuen Kurs zu programmieren«, sagte er, schüttelte den Schrecken von sich ab und blickte auf die Kontrollen. »Haben Sie irgendwelche Vorschläge?«

»Wir könnten ...«

Bevor er den Satz beenden konnte, wurde der Tanker erneut von einem Objekt getroffen. Diesmal war die Erschütterung so stark, daß Grof von den Beinen gerissen und Sam aus dem Sessel geschleudert wurde. Wieder stoben Funken, und Qualmwolken trieben durch den kleinen Kontrollraum. Sam sah zum Hauptschirm und stellte fest, daß der kastenförmige bajoranische Transporter direkt auf sie zuhielt – er wollte ihnen den Rest geben!

Der Rauch brannte in den Lungen, und Sam hustete, als er aufstand, an dem bewußtlosen Trill vorbeitaumelte, die taktische Station erreichte und dort in den Sessel sank. Mit seiner letzten Kraft gelang es ihm, die Grußfrequenzen zu öffnen.

»Das Schiff hat seine Deflektorkapazität verloren«, sagte LaForge, der an den Navigationskontrollen der *Träne des Friedens* saß. »Der nächste Treffer wird den Tanker zerstören.«

»Zielerfassung für den letzten Photonentorpedo«, befahl Picard grimmig. »Feuer frei.«

Als eine Bestätigung der letzten Anweisung ausblieb, drehte er sich verwundert zu Ro an der taktischen Konsole um. »Ich habe ›Feuer frei‹ gesagt.«

Verwirrung zeigte sich im Gesicht der Bajoranerin, als sie ein Kom-Modul an ihr Ohr preßte. »Ich weiß, Sir, aber ... Ich empfange eine Nachricht. Angeblich besteht die Besatzung des Tankers aus Föderationsgefangenen.«

»Wie bitte?« erwiderte Picard verblüfft. »Fordern Sie die Fremden auf, sich zu identifizieren.«

Ro starrte den Captain groß an. »Der Name klingt vertraut … Lieutenant Sam Lavelle?«

»Lavelle!« Der Captain trat zu Geordis Station und sah dem Chefingenieur über die Schulter. »Sind wir in Gefahr? Können sie irgendwelche Waffensysteme gegen uns einsetzen?«

»Nein, Sir, sie sind unbewaffnet.« LaForge sah zu ihm auf und runzelte die Stirn. »Der Tanker treibt dem Schwarzen Loch entgegen. Wenn wir die Crew nicht retten, ist ihr der Tod sicher.«

»Na schön. Gehen Sie nach unten in den Transporterraum und richten Sie den Transferfokus auf die Brücke des Schiffes. Beamen Sie eine Person an Bord und transferieren Sie auch die anderen, wenn es sich wirklich um jemanden aus der Föderation handelt.«

»Ja, Sir.« LaForge sprang auf und lief los.

Ro nahm einen Phaser und prüfte die Justierung der Waffe. »Ich sollte ihm besser helfen.«

»In Ordnung. Ich übernehme die Navigationsstation. Ro, wir haben bereits einen Gefangenen, und ich möchte keine weiteren an Bord unterbringen müssen, wenn es sich irgendwie vermeiden läßt.«

»Verstanden, Sir.« Die Bajoranerin nickte ernst und verließ ebenfalls die Brücke. Der Captain blieb allein im Kontrollraum zurück.

Er nahm an der Navigationskonsole Platz und beobachtete, wie das cardassianische Schiff dem gleichen schrecklichen Ende entgegentrieb wie zuvor der Jem'Hadar-Kreuzer. Angesichts der Gefahren, die von einem solchen Schwarzen Loch ausgingen, fiel es ihm nicht schwer zu glauben, daß das Dominion bei solchen Missionen Zwangsarbeiter einsetzte. Wer frei entscheiden konnte, hielt sich bestimmt von Schwarzen Löchern fern. Jemand, der Tag für Tag in den finsteren Schlund blicken mußte, verlor früher oder später den Verstand.

291

Kurze Zeit später meldete sich Ro. »Es stimmt tatsächlich, Captain«, sagte sie. »Die Besatzung des Tankers besteht aus Starfleet-Angehörigen und einem Trill-Zivilisten. Es sind insgesamt sieben, und einige von ihnen benötigen medizinische Hilfe. Akute Lebensgefahr besteht in keinem Fall.«

»Sorgen Sie dafür, daß es die Verletzten bequem haben«, erwiderte Picard. »Schicken Sie LaForge in den Maschinenraum. Wir sollten uns besser zurückziehen, für den Fall, daß die Jem'Hadar einen Notruf gesendet haben.«

Wenn der bajoranische Transporter mit mehreren Photonentorpedos ausgestattet gewesen wäre, hätte der Captain nicht gezögert, den cardassianischen Tanker auf der Stelle zu vernichten. Aber die *Träne des Friedens* verfügte nur noch über einen Torpedo, und deshalb hielt es Picard für besser, das Schiff mit dem Corzanium der Singularität zu überlassen. Einen Raumer zu zerstören, ohne daß irgendwelche Spuren zurückblieben ... Jetzt wußte der Captain, wie man so etwas anstellen konnte.

Er brauchte nicht lange zu warten. Die enorme Anziehungskraft des Schwarzen Lochs beschleunigte den Tanker und riß ihn abrupt über den Ereignishorizont. Von einem Augenblick zum anderen existierte das cardassianische Schiff nicht mehr.

Erleichtert programmierte Picard einen Kurs zu den Badlands, mit maximaler Warpgeschwindigkeit. Es war ihnen gelungen, die Fertigstellung des künstlichen Wurmlochs zu verhindern, und außerdem hatten sie auch noch sieben Gefangene befreit, die wichtige Informationen haben mochten.

Captain Picard und Ro Laren saßen in der Messe des bajoranischen Transporters, und drei Gerettete vom cardassianischen Tanker leisteten ihnen Gesellschaft.

292

Zwei von ihnen hatten einmal zur Besatzung der *Enterprise* gehört: Sam Lavelle und der Vulkanier Taurik – Freunde von Sito Jaxa, erinnerte sich Picard. Der dritte Mann war ein Trill-Wissenschaftler namens Enrak Grof. Ihn hatte das Dominion bei der Übernahme von *Deep Space Nine* gefangengenommen.

Nach einigen einleitenden Worten kamen sie auf den Kern der Sache zu sprechen. »Ist es uns wirklich gelungen, den Feind an der Fertigstellung des künstlichen Wurmlochs zu hindern?« fragte Picard.

Sam nickte langsam – er konnte es noch immer kaum fassen, wieder frei zu sein. »Ja, ich denke schon. Ohne das Corzanium, das sich jetzt wieder im Schwarzen Loch befindet, bleibt der Verteron-Beschleuniger unvollendet. Ich glaube, mit Ihrer Hilfe haben wir dem Dominion einen harten Schlag versetzt.«

Taurik und Grof wirkten nicht so überzeugt. Niemand erwartete Begeisterung von dem Vulkanier, aber die besorgte Miene des Trill wirkte sehr beunruhigend.

»Was ist los, Professor Grof?« fragte Picard. »Teilen Sie Sams Meinung nicht?«

Der Trill seufzte schwer. »Leider bin ich dazu nicht imstande, denn ich weiß etwas, das den anderen unbekannt ist.« Er richtete einen niedergeschlagenen Blick auf Lavelle, dessen Lächeln verblaßte.

»Sam, ich ... ich habe immer so von unserer Mission gesprochen, als seien nur wir damit beauftragt, Corzanium zu gewinnen. Aber es gibt noch mindestens eine zweite Gruppe, die insgeheim zu einem anderen Schwarzen Loch geschickt wurde – sie besteht aus Cardassianern. Ich bin immer davon ausgegangen, daß *wir* einen Erfolg erzielen, während die andere Gruppe mit leeren Händen zurückkehrt. Wenn überhaupt.«

293

»Warum bin ich nicht überrascht?« brummte Sam und stand auf. »Weshalb mußten Sie uns auch noch diese Lüge auftischen?«

»Ich bitte Sie, Sam.« Grof verzog das Gesicht. »Haben Sie wirklich geglaubt, das Dominion würde alles auf eine Karte setzen? Wir stellten ein wichtiges Experiment dar, aber die Gründer haben einen Fehlschlag einkalkuliert – oder einen Fluchtversuch.«

Ro Laren lehnte sich in ihrem Sessel zurück. »Es läuft also alles darauf hinaus, daß wir versuchen müssen, den Verteron-Beschleuniger zu vernichten.«

Grof nickte. »Ja, und das ist sehr bedauerlich. Das künstliche Wurmloch wäre ein Triumph der Technik gewesen. Es hätte funktioniert.«

»Es wird funktionieren, wenn wir es nicht zerstören«, sagte Taurik. »Das Dominion verfügt über die notwendigen Ressourcen und auch genug Entschlossenheit, um die Konstruktion zu beenden. Vor dem Zwischenfall, durch den unsere Mission erforderlich wurde, war fast alles für erste Tests bereit.«

»Wahrscheinlich werden auch dabei Zwangsarbeiter verwendet«, meinte Sam kummervoll.

Picard preßte kurz die Lippen zusammen und wandte sich an Ro. »Verstauen Sie die Notrufbake. Wir kehren vorerst nicht heim.«

Langeweile war ein abstrakter Begriff für einen Androiden, aber Data wußte, daß sich ein solches Empfinden bei biologischen Personen einstellte, die nichts zu tun hatten. Er nahm eine Aufgabe wahr – die Überwachung des von ihm auf dem Mond installierten Sensornetzes –, aber sie beanspruchte nur ein Prozent seiner Aufmerksamkeit. Viele Humanoiden hielten die Beobachtung des Sternhimmels für eine unterhaltsame Aktivität. Data hatte diese Meinung nie teilen können, obwohl er jetzt stundenlang zu den Sternen emporsah.

Schließlich aktivierte er aus reiner Neugier den Gefühlschip. Sofort traf ihn eine Schockwelle aus Sorge, Furcht, Schuld und Elend angesichts des Krieges. Alles zusammen bewirkte eine Verzagtheit, die er nie zuvor in dieser Intensität gespürt hatte. Das Entsetzen und die enorme Tragödie des Krieges gingen selbst über die Vorstellungskraft des positronischen Gehirns hinaus, und Data starrte einfach nur in den Staub zu seinen Füßen. Er dachte an seine Gefährten, die allein waren, nur begleitet von Furcht und Leid.

Nach einer Weile begriff Data, daß es ein Fehler gewesen war, den Gefühlschip zu aktivieren. Er schaltete ihn wieder aus. Die gräßlichen Emotionen verschwanden sofort aus ihm, aber er fühlte sich trotzdem von ihnen geschwächt. Eine interessante Frage ergab sich aus seinem Experiment: Wie wurden Menschen und andere fühlende Geschöpfe mit den Schrecken des Krieges fertig? Wie konnten sie angesichts eines solchen Grauens bei Verstand bleiben?

STAR TREK™

in der Reihe
HEYNE SCIENCE FICTION & FANTASY

STAR TREK: CLASSIC SERIE
Vonda N. McIntyre, Star Trek II: Der Zorn des Khan · 06/3971
Vonda N. McIntyre, Der Entropie-Effekt · 06/3988
Robert E. Vardeman, Das Klingonen-Gambit · 06/4035
Lee Correy, Hort des Lebens · 06/4083
Vonda N. McIntyre, Star Trek III: Auf der Suche nach Mr. Spock ·
   06/4181
S. M. Murdock, Das Netz der Romulaner · 06/4209
Sonni Cooper, Schwarzes Feuer · 06/4270
Robert E. Vardeman, Meuterei auf der Enterprise · 06/4285
Howard Weinstein, Die Macht der Krone · 06/4342
Sondra Marshak & Myrna Culbreath, Das Prometheus-Projekt ·
   06/4379
Sondra Marshak & Myrna Culbreath, Tödliches Dreieck · 06/4411
A. C. Crispin, Sohn der Vergangenheit · 06/4431
Diane Duane, Der verwundete Himmel · 06/4458
David Dvorkin, Die Trellisane-Konfrontation · 06/4474
Vonda N. McIntyre, Star Trek IV: Zurück in die Gegenwart · 06/4486
Greg Bear, Corona · 06/4499
John M. Ford, Der letzte Schachzug · 06/4528
Diane Duane, Der Feind – mein Verbündeter · 06/4535
Melinda Snodgrass, Die Tränen der Sänger · 06/4551
Jean Lorrah, Mord an der Vulkan-Akademie · 06/4568
Janet Kagan, Uhuras Lied · 06/4605
Laurence Yep, Herr der Schatten · 06/4627
Barbara Hambly, Ishmael · 06/4662
J. M. Dillard, Star Trek V: Am Rande des Universums · 06/4682
Della van Hise, Zeit zu töten · 06/4698
Margaret Wander Bonanno, Geiseln für den Frieden · 06/4724
Majliss Larson, Das Faustpfand der Klingonen · 06/4741
J. M. Dillard, Bewußtseinsschatten · 06/4762
Brad Ferguson, Krise auf Centaurus · 06/4776
Diane Carey, Das Schlachtschiff · 06/4804
J. M. Dillard, Dämonen · 06/4819
Diane Duane, Spocks Welt · 06/4830
Diane Carey, Der Verräter · 06/4848
Gene DeWeese, Zwischen den Fronten · 06/4862
J. M. Dillard, Die verlorenen Jahre · 06/4869
Howard Weinstein, Akkalla · 06/4879
Carmen Carter, McCoys Träume · 06/4898
Diane Duane & Peter Norwood, Die Romulaner · 06/4907
John M. Ford, Was kostet dieser Planet? · 06/4922
J. M. Dillard, Blutdurst · 06/4929

☰STAR TREK™

Gene Roddenberry, Star Trek I: Der Film · 06/4942
J. M. Dillard, Star Trek VI: Das unentdeckte Land · 06/4943
Jean Lorrah, Die UMUK-Seuche · 06/4949
A. C. Crispin, Zeit für gestern · 06/4969
David Dvorkin, Die Zeitfalle · 06/4996
Barbara Paul, Das Drei-Minuten-Universum · 06/5005
Judith & Garfield Reeves-Stevens, Das Zentralgehirn · 06/5015
Gene DeWeese, Nexus · 06/5019
D. C. Fontana, Vulkans Ruhm · 06/5043
Judith & Garfield Reeves-Stevens, Die erste Direktive · 06/5051
Michael Jan Friedman, Das Doppelgänger-Komplott · 06/5067
Judy Klass, Der Boaco-Zwischenfall · 06/5086
Julia Ecklar, Kobayashi Maru · 06/5103
Peter Norwood, Angriff auf Dekkanar · 06/5147
Carolyn Clowes, Das Pandora-Prinzip · 06/5167
Michael Jan Friedman, Schatten auf der Sonne · 06/5179
Diana Duane, Die Befehle des Doktors · 06/5247
V. E. Mitchell, Der unsichtbare Gegner ·06/5248
Dana Kramer-Rolls, Der Prüfstein ihrer Vergangenheit · 06/5273
Barbara Hambly, Der Kampf ums nackte Überleben ·
   06/5334
Brad Ferguson, Eine Flagge voller Sterne · 06/5349
J. M. Dillard, Star Trek VII: Generationen · 06/5360
Gene DeWeese, Die Kolonie der Abtrünnigen · 06/5375
Michael Jan Friedman, Späte Rache · 06/5412
Peter David, Der Riß im Kontinuum · 06/5464
Michael Jan Friedman, Gesichter aus Feuer · 06/5465
Peter David/Michael Jan Friedman/Robert Greenberger, Die Enterbten ·
   06/5466
L. A. Graf, Die Eisfalle · 06/5467
John Vornholt, Zuflucht · 06/5468
L. A. Graf, Der Saboteur · 06/5469
Melissa Crandall, Die Geisterstation · 06/5470
Mel Gilden, Die Raumschiff-Falle · 06/5471
V. E. Mitchell, Tore auf einer toten Welt · 06/5472
Victor Milan, Aus Okeanos Tiefen · 06/5473
Diane Carey, Das große Raumschiff-Rennen · 06/5474
Diane Carey, Kirks Bestimmung · 06/5476
L. A. Graf, Feuersturm · 06/5477
A. C. Crispin, Sarek · 06/5478
Simon Hawke, Die Terroristen von Patria · 06/5479
Barbara Hambly, Kreuzwege · 06/5681
L. A. Graf, Ein Sumpf von Intrigen · 06/5682
Howard Weinstein, McCoys Tochter · 06/5683
J. M. Dillard, Sabotage · 06/5685
Denny Martin Flinn, Der Coup der Promethaner · 06/5686

STAR TREK™

Diane Carey/Dr. James I. Kirkland, Keine Spur von Menschen ·
06/5687
William Shatner, Die Asche von Eden · 06/5688
William Shatner, Die Rückkehr · 06/5689
William Shatner, Der Rächer · 06/5690
Peter David, Die Tochter des Captain · 06/5691
Dean Wesley Smith/Kristine Kathryn Rusch, Die Ringe von Tautee ·
06/5693
Diane Carey, Invasion – 1: Der Erstschlag · 06/5694
Dean Wesley Smith/Kristine Kathryn Rusch, Tag der Ehre – 4:
Das Gesetz des Verrats · 06/5702

STAR TREK: THE NEXT GENERATION
David Gerrold, Mission Farpoint · 06/4589
Gene DeWeese, Die Friedenswächter · 06/4646
Carmen Carter, Die Kinder von Hamlin · 06/4685
Jean Lorrah, Überlebende · 06/4705
Peter David, Planet der Waffen · 06/4733
Diane Carey, Gespensterschiff · 06/4757
Howard Weinstein, Machthunger · 06/4771
John Vornholt, Masken · 06/4787
David & Daniel Dvorkin, Die Ehre des Captain · 06/4793
Michael Jan Friedman, Ein Ruf in die Dunkelheit · 06/4814
Peter David, Eine Hölle namens Paradies · 06/4837
Jean Lorrah, Metamorphose · 06/4856
Keith Sharee, Gullivers Flüchtlinge · 06/4889
Carmen Carter u. a., Planet des Untergangs · 06/4899
A. C. Crispin, Die Augen der Betrachter · 06/4914
Howard Weinstein, Im Exil · 06/4937
Michael Jan Friedman, Das verschwundene Juwel · 06/4958
John Vornholt, Kontamination · 06/4986
Mel Gilden, Baldwins Entdeckungen · 06/5024
Peter David, Vendetta · 06/5057
Peter David, Eine Lektion in Liebe · 06/5077
Howard Weinstein, Die Macht der Former · 06/5096
Michael Jan Friedman, Wieder vereint · 06/5142
T. L. Mancour, Spartacus · 06/5158
Bill McCay/Eloise Flood, Ketten der Gewalt · 06/5242
V. E. Mitchell, Die Jarada · 06/5279
John Vornholt, Kriegstrommeln · 06/5312
David Bischoff, Die Epidemie · 06/5356
Peter David, Imzadi · 06/5357
Laurell K. Hamilton, Nacht über Oriana · 06/5342
Simon Hawke, Die Beute der Romulaner · 06/5413
Rebecca Neason, Der Kronprinz · 06/5414
John Peel, Drachenjäger · 06/5415

═══ STAR TREK™ ═══

Diane Carey, Abstieg · 06/5416
Diane Duane, Dunkler Spiegel · 06/5417
Jeri Taylor, Die Zusammenkunft · 06/5418
Michael Jan Friedman, Relikte · 06/5419
Susan Wright, Der Mörder des Sli · 06/5438
W.R. Thomson, Planet der Schuldner · 06/5439
Carmen Carter, Das Herz des Teufels · 06/5440
Michael Jan Friedman & Kevin Ryan, Requiem · 06/5442
Dafydd ab Hugh, Gleichgewicht der Kräfte · 06/5443
Michael Jan Friedman, Die Verurteilung · 06/5444
Peter David, Q² · 06/5445
Simon Hawke, Die Rückkehr der Despoten · 06/5446
Robert Greenberger, Die Strategie der Romulaner · 06/5447
Gene DeWeese, Im Staubnebel verschwunden · 06/5448
Brad Ferguson, Das letzte Aufgebot · 06/5449
Kij Johnson/Greg Cox, Die Ehre des Drachen · 06/5751
J. M. Dillard/Kathleen O'Malley, Wahnsinn · 06/5753
Dean Wesley Smith/Kristine Kathryn Rusch, Invasion – 2:
    Soldaten des Schreckens · 06/5754
J. M. Dillard, Star Trek VIII: Der erste Kontakt · 06/5757
Diane Carey, Tag der Ehre – 1: Altes Blut · 06/5763
John Vornholt, Der Dominion-Krieg – 1: Hinter feindlichen Linien ·
    06/5765
J. M. Dillard, Star Trek IX: Der Aufstand · 06/5770

STAR TREK: DIE ANFÄNGE
Vonda N. McIntyre, Die erste Mission · 06/4619
Margaret Wander Bonanno, Fremde vom Himmel · 06/4669
Diane Carey, Die letzte Grenze · 06/4714

STAR TREK: DEEP SPACE NINE
J. M. Dillard, Botschafter · 06/5115
Peter David, Die Belagerung · 06/5129
K. W. Jeter, Die Station der Cardassianer · 06/5130
Sandy Schofield, Das große Spiel · 06/5187
Dafydd ab Hugh, Gefallene Helden · 06/5322
Lois Tilton, Verrat · 06/5323
Esther Friesner, Kriegskind · 06/5430
John Vornholt, Antimaterie · 06/5431
Diane Carey, Die Suche · 06/5432
Melissa Scott, Der Pirat · 06/5434
Nathan Archer, Walhalla · 06/5512
Greg Cox/John Gregory Betancourt, Der Teufel im Himmel · 06/5513
Robert Sheckley, Das Spiel der Laertianer · 06/5514
Diane Carey, Der Weg des Kriegers · 06/5515
Diane Carey, Die Katakombe · 06/5516

═══ STAR TREK™ ═══

Dean Wesley Smith/Kristine Kathryn Rusch, Die lange Nacht · 06/5517
John Peel, Der Schwarm · 06/5518
L. A. Graf, Invasion – 3: Der Feind der Zeit · 06/5519
Diane Carey, Neuer Ärger mit den Tribbles · 06/5723
L. A. Graf, Tag der Ehre – 2: Der Himmel von Armageddon ·
  06/5725
Diane Carey, Der Dominion-Krieg – 2: Verlorener Friede · 06/5727

STAR TREK: STARFLEET KADETTEN
John Vornholt, Generationen · 06/6501
Peter David, Worfs erstes Abenteuer · 06/6502
Peter David, Mission auf Dantar · 06/6503
Peter David, Überleben · 06/6504
Brad Strickland, Das Sternengespenst · 06/6505
Brad Strickland, In den Wüsten von Bajor · 06/6506
John Peel, Freiheitskämpfer · 06/6507
Mel Gilden & Ted Pedersen, Das Schoßtierchen · 06/6508
John Vornholt, Erobert die Flagge! · 06/6509
V. E. Mitchell, Die Atlantis-Station · 06/6510
Michael Jan Friedman, Die verschwundene Besatzung · 06/6511
Michael Jan Friedman, Das Echsenvolk · 06/6512
Diane G. Gallagher, Arcade · 06/6513
John Peel, Ein Trip durch das Wurmloch · 06/6514
Brad & Barbara Strickland, Kadett Jean-Luc Picard · 06/6515
Brad & Barbara Strickland, Picards erstes Kommando · 06/6516
Ted Pedersen, Zigeunerwelt · 06/6517
Patricia Barnes-Svarney, Loyalitäten · 06/6518
Diana G. Gallagher, Tag der Ehre – 5: Ehrensache · 06/6530

STAR TREK: VOYAGER
L. A. Graf, Der Beschützer · 06/5401
Dean Wesley Smith/Kristine Kathryn Rusch, Die Flucht · 06/5402
Nathan Archer, Ragnarök · 06/5403
Susan Wright, Verletzungen · 06/5404
John Betancourt, Der Arbuk-Zwischenfall · 06/5405
Christie Golden, Die ermordete Sonne · 06/5406
Mark A. Garland/Charles G. McGraw, Geisterhafte Visionen · 06/5407
S. N. Lewitt, Cybersong · 06/5408
Dafydd ab Hugh, Invasion – 4: Die Raserei des Endes · 06/5409
Karen Haber, Segnet die Tiere · 06/5410
Jeri Taylor, Mosaik · 06/5811
Melissa Scott, Der Garten · 06/5812
David Niall Wilson, Puppen · 06/5813
Greg Cox, Das schwarze Ufer · 06/5814
Michael Jan Friedman, Tag der Ehre – 3: Ihre klingonische Seele · 06/5815
Christie Golden, Gestrandet · 06/5816

═══ STAR TREK™ ═══

DAS STAR TREK-UNIVERSUM, 2 Bde.,
von *Ralph Sander* · 06/5150
DAS STAR TREK-UNIVERSUM, 1. Ergänzungsband
von *Ralph Sander* · 06/5151
DAS STAR TREK-UNIVERSUM, 2. Ergänzungsband
von *Ralph Sander* · 06/5270

Ralph Sander, Star Trek Timer 1996 · 06/1996
Ralph Sander, Star Trek Timer 1997 · 06/1997
Ralph Sander, Star Trek Timer 1998 · 06/1998
Ralph Sander, Star Trek Timer 1999 · 06/1999

William Shatner/Chris Kreski, Star Trek Erinnerungen ·
  06/5188
William Shatner/Chris Kreski, Star Trek Erinnerungen:
  Die Filme · 06/5450

Phil Farrand, Cap'n Beckmessers Führer durch
  STAR TREK – DIE CLASSIC SERIE · 06/5451
Phil Farrand, Cap'n Beckmessers Führer durch
  STAR TREK – DIE NÄCHSTE GENERATION · 06/5199
Phil Farrand, Cap'n Beckmessers Führer durch
  STAR TREK – DIE NÄCHSTE GENERATION – Teil 2 ·
  06/6457
Phil Farrand, Cap'n Beckmessers Führer durch
  STAR TREK – DEEP SPACE NINE · 06/6458

David Alexander, Gene Roddenberry – Die autorisierte Biographie ·
  06/5544
Judith & Garfield Reeves-Stevens, Star Trek Design · 06/5545
Nichelle Nichols, Nicht nur Uhura · 06/5547
Leonard Nimoy, Ich bin Spock · 06/5548
Lawrence M. Krauss, Die Physik von Star Trek · 06/5549
Judith & Garfield Reeves-Stevens, Star Trek – Deep Space Nine:
  Die Realisierung einer Idee · 06/5550
Herbert F. Solow & Yvonne Fern Solow, Star Trek: Das Skizzenbuch –
  Die Classic-Serie · 06/6469
Judith & Garfield Reeves-Stevens, Star Trek – Phase II: Die verlorene
  Generation · 06/6470
Herbert F. Solow/Robert H. Justman, Star Trek – Die wahre Geschichte
  · 06/6499
J. M. Dillard, Star Trek: Wo bisher noch niemand gewesen ist ·
  06/6500

Diese Liste ist eine Bibliographie erschienener Titel,
KEIN VERZEICHNIS LIEFERBARER BÜCHER!

Herbert F. Solow & Robert H. Justman

Star Trek – Die wahre Geschichte

Vergessen Sie alles, was Sie bisher über STAR TREK gehört oder gelesen haben!

Dies ist die einzig wahre Geschichte …!

06/6499

HEYNE-TASCHENBÜCHER

Greg Egan
Diaspora

06/6338

Am Ende des nächsten Jahrtausends steht die Menschheit vor einem tiefgreifenden Umbruch. Sie hat nicht nur die Grenzen ihres Heimatplaneten hinter sich gelassen und das Sonnensystem bevölkert, sondern auch die Beschränkungen des eigenen Körpers überwunden. Doch der vermeintliche Fortschritt erweist sich als äußerst brüchig, als aus den Tiefen des Alls eine Katastrophe droht, die die Zivilisation in einem Schlag vernichten könnte.

»Greg Egan schreibt Ideenliteratur im besten Sinne – die alte Garde um Asimov und Heinlein würde den Hut ziehen.« *The Times*

HEYNE-TASCHENBÜCHER

Dan Simmons

Hyperion

Das mehrfach preisgekrönte Kultbuch der Science Fiction!

Auf Hyperion herrscht ein grausames Ungeheuer, das Shrike. Manche verehren es als Gott, andere wollen es vernichten, doch gefürchtet wird es von allen. Und es wartet auch auf sie alle ...!

06/8005

HEYNE-TASCHENBÜCHER